A GRANDE FOME

JOHN FANTE

A GRANDE FOME

CONTOS (1932-1959)

ORGANIZADO POR STEPHEN COOPER

TRADUÇÃO DE **ROBERTO MUGGIATI**

1ª edição

JOSÉ OLYMPIO
EDITORA
Rio de Janeiro, 2015

Capa
Leonardo Iaccarino

Foto de capa
Garsya/Shutterstock

Foto do autor
Bill Peters/The Denver Post/Getty Images

CIP-BRASIL. CATALOGAÇÃO NA FONTE
SINDICATO NACIONAL DOS EDITORES DE LIVROS, RJ

F217g

Fante, John, 1909-1983
A grande fome / John Fante; organização Stephen Cooper; tradução Roberto Muggiati. – 1ª ed. – Rio de Janeiro: José Olympio, 2015.

Tradução de: The big hunger
ISBN 978-85-03-01251-5

1. Conto americano. I. Cooper, Stephen. II. Muggiati, Roberto. III. Título.

15-21229

CDD: 813
CDU: 821.111(73)-3

Este livro foi revisado segundo o novo Acordo Ortográfico da Língua Portuguesa.

EDITORA JOSÉ OLYMPIO LTDA.
Rua Argentina 171 – Rio de Janeiro, RJ
20921-380
Tel.: 2585-2000

Impresso no Brasil
2015

SUMÁRIO

PREFÁCIO

Num dia de verão, em 1994, Joyce Fante me conduziu à espaçosa casa do seu rancho em Point Dume, Malibu. Desde nosso primeiro encontro, no início daquele verão, ela me abrira sua porta três ou quatro vezes, sempre me acolhendo com um sorriso corajoso. Costumávamos sentar no pátio ou à mesa da sala de jantar, tomando café e conversando sobre sua vida com John Fante, os primeiros dias do seu casamento em Los Angeles, Manhattan Beach, Roseville e São Francisco e, depois, os anos aqui em Cliffside Drive, onde o casal criou seus quatro filhos e onde Joyce permaneceu depois da morte de John, em 1983. Desde então seu tempo foi preenchido com leituras, anotações em seu diário e o cultivo do reconhecimento mundial de John Fante como um dos grandes escritores do século vinte; e, nos dias em que eu a visitava, ela contava histórias que, eu sabia, o mundo gostaria de conhecer também, histórias para a biografia que eu queria escrever.

Mas este dia pareceu diferente. Depois de me receber na porta da frente, Joyce me levou através da sala de jantar e da cozinha, onde seu grande gato cinza bancava a sentinela, até uma pequena área de serviço na penumbra, cheirando a poeira. Queria me mostrar algo.

Meus olhos ainda estavam se ajustando quando ela acendeu a lâmpada nua no teto e eu avistei as únicas coisas que haviam para ser vistas naquele aposento: quatro arquivos altos de metal, enfileirados contra a parede, cada um com quatro gavetões cavernosos do tamanho de papel ofício. Joyce apontou com a cabeça. Ao toque da minha mão, a gaveta superior do arquivo mais próximo se abriu com um gemido. A gaveta estava cheia de envelopes, cartas, pastas, cadernos de apontamentos e resmas e mais resmas de folhas datilografadas e manuscritas. A segunda gaveta estava cheia de material semelhante, e a terceira e a quarta, e assim por diante. Folheando o conteúdo de gaveta após gaveta, avistei fotografias, convites de batizado, contratos de estúdio, declarações de renda, cheques cancelados, cópias carbono, velhos números de *The American Mercury*, fichas médicas, cadernetas de endereços, álbuns de recortes, livros de orações; até mesmo um envelope selado com a etiqueta "Cabelos de John Fante" — tanta documentação em um mesmo local quanto se esperaria encontrar da vida de uma pessoa: tudo ali, ao meu alcance, naquela saleta.

Aquele momento parecia um sonho.

E, no entanto, não era apenas um sonho. Pois, quando voltei o olhar para Joyce, seus olhos disseram-me que, depois de nossas várias sessões de conversa, agora eu estava livre para começar minhas explorações. Veio-me à lembrança, então, no prefácio que Charles Bukowski escrevera para o relançamento de *Pergunte ao pó*, em 1980, pela editora Black Sparrow, a parte em que fala de sua descoberta do grande romance de Fante na Biblioteca Pública de Los Angeles. Naquele momento, escreveu Bukowski, ele se sentiu como um homem que encontrava ouro no lixão da cidade. E aqui estava eu agora, na própria mina de ouro...

Escrevo estas palavras no verão de 1999. Para escrever a biografia de John Fante passei anos garimpando os arquivos daquela sala, traçando cronologias, encaixando manuscritos fragmentados, preenchendo lacunas, grandes e pequenas, na história de um escritor que frequentemente obscurecia os fatos de sua vida. Aprendi coisas sobre a vida de Fante, nem sempre agradáveis, que nunca poderia ter conhecido sem ter acesso àqueles arquivos. E, ainda por cima, encontrei as histórias deste livro.

Ao contrário da concepção errônea de que Fante nada guardava daquilo que não pudesse usar, descobri que, além de uma quantidade de roteiros de cinema e televisão, e adaptações para filmes e para a TV, a maioria jamais produzida, ele salvou dúzias de contos inéditos, bem como muitos outros que haviam aparecido em várias revistas, mas, depois de sua morte, nunca figuraram em coletâneas. Nem mesmo Joyce Fante conhecia estes escritos em sua totalidade. Graças, porém, ao seu apoio e ao entusiasmo do editor da Black Sparrow, John Martin, *A grande fome* agora traz dezessete "novos" contos de John Fante, mais o prólogo completo de *Pergunte ao pó*.

Os leitores que desejarem saber mais sobre estas histórias acharão uma ajuda nas notas do editor ao final do livro. Mas cada conto é uma revelação em si. Em conjunto, o conteúdo deste volume fortalecerá a atração que John Fante continua a exercer em imaginações ao redor do mundo. Cinco anos atrás tive o privilégio de entrar em uma saleta obscura e poeirenta. Agora o privilégio é meu de novo, desta vez ajudando a trazer à luz o último livro de John Fante — e, de certa forma, seu livro mais jovem e mais faminto.

Stephen Cooper
15 de julho de 1999

QUAQUARAQUAQUÁ, DIBBER LANNON

Dibber Lannon tem um irmão mais velho. Ele se chama Pat Lannon. Dibber me disse que seu irmão Pat ia ser Papa um dia. Ora, Dibber certamente foi iludido. Dibber disse que Pat seria o maior Papa do mundo, maior até que o Papa Pio. Quaquaraquaquá, Dibber Lannon!

Isso porque:

Pat Lannon estava na oitava série quando eu e Dibber éramos terceiranistas. Eu me lembro dele. E que irmão mais velho! Fiau! Era um tremendo espião, isso sim. Foi o campeão de espionagem daquela escola e ainda detém o título. Dibber não sabe disso. Como poderia? Era o irmão mais moço de Pat e como poderia um irmão mais moço saber que seu irmão mais velho era um delator? Quem iria contar a ele? Ninguém. Pois é. Gargalhada para Dibber Lannon.

Ouvi alguns sujeitos mais velhos da escola falando de Pat Lannon. Sabiam muita coisa. Falaram da época em que eles foram para o Treinamento Manual, mas não foram para o Treinamento Manual, foram gazetear, na verdade. Todo mundo menos Pat Lannon. Ele era bom demais para fazer gazeta. E o que fez? Procurou o sr. Simmons e o levou ao viaduto.

Os sujeitos estavam debaixo do viaduto fumando. O sr. Simmons reprovou todos, menos Pat Lannon. Esse era o tipo de irmão que Dibber Lannon tinha. E é o mesmo irmão que Dibber disse que ia ser Papa.

Quando Pat Lannon frequentava nossa escola eu era apenas terceiranista. Ele estava no oitavo ano. Mas eu me lembro dele. Era um sujeito muito sinistro. Parecia louco. Usava óculos. Seus olhos giravam. Olhava para alguma coisa e seus olhos a percorriam toda. Usava sandálias. Que irmão mais velho! Os sujeitos mais velhos disseram que quando Pat estava na primeira série ele ainda usava franjinha! E ia ser Papa! Ha ha.

Todo ano nossa escola apresenta uma peça. Lembro quando Pat Lannon participou das peças. Elas nunca prestaram. Quero dizer, são uma porcaria. As freiras é que as escrevem. Não chegam nem a ser peças. São autos medievais. Coisas muito bobas. Não têm nenhuma ação, ninguém é morto e ninguém nunca fala nada engraçado. As garotas não podem participar. Os meninos vestem mantos feitos de lençóis. É tudo muito doido. Todo mundo tem um papel cretino. Um sujeito, por exemplo, será o Pecado. Outro sujeito será a Pureza. O seguinte é a Fé. O outro representa a Misericórdia. E assim vai por muito tempo. A coisa toda é contada em linguagem sagrada, como a de Jesus.

O Pecado se apresenta. Ele diz algo em fala sacra. Então chega a Fé. Ela diz: "Prestai-me ouvidos! Pois eu sou a Fé! Trago-vos uma mensagem!" E então aparece a Esperança. Diz às pessoas quem é e o que faz. O sujeito seguinte é a Caridade, ou a Humildade, ou outra bobagem desse tipo. Todos se aproximam do centro do palco e aguardam. Aguardam o quê? O Amor! E quem era o Amor? Pat Lannon! Toda vez!

Ele surgia e gritava: "Prestai-me ouvidos! Pois eu sou o Amor! Trago-vos paz sobre a Terra e boa vontade aos homens!" As pessoas nas primeiras filas acham aquilo uma maravilha. Batem palmas sem parar. Um tremendo Papa!

Pat Lannon era um grande bajulador das freiras. Ele tinha uma bicicleta. Era o menino de recados delas. Ficava até a noite fazendo coisas. Limpava apagadores e lavava os quadros-negros. Chegava até a corrigir provas. Os sujeitos mais velhos disseram que iam lhe dar um soco no nariz se levassem pau. Mas ele tinha de reprovar alguns para que a coisa parecesse autêntica. O que fazia então? Reprovava as garotas. E por quê? Porque eram os únicos alunos na escola que ele podia bater! E Dibber disse que *ele* ia ser Papa! Só gargalhando mesmo!

Russell Meskimen era um dos veteranos. Costumava esvaziar os pneus da bicicleta de Pat. Um dia Russell teve que ficar de castigo depois da aula por ter escrito palavrões na calçada. Irmã Cletus era sua professora. Prometeu que o deixaria ir para casa se ele cumprisse uma tarefa. Russell achou que ia se safar fácil, por isso concordou. Mas tinha uma pegadinha ali.

A Irmã Cletus disse: — Vá até o Gales' e compre vinte rolos de papel higiênico e mande botar na conta das Irmãs de Caridade.

Ora, ora. Era uma parada dura.

Mas Russell não podia dizer não. Não queria fazer aquilo. O Gales' fica bem no centro da cidade. O que as pessoas iriam pensar? Um ou dois rolos não faziam diferença — mas vinte rolos! E para as Irmãs, também! Sabe como as pessoas são. Poxa, elas riem na sua cara a troco de nada. Russell foi pegar sua bicicleta.

No bicicletário viu Pat Lannon.

— Ei, Pat — disse Russell —, que tal se eu prometer não esvaziar mais seus pneus?

— Vai ser uma maravilha — disse Pat.

— Se você for à cidade para mim, eu prometo — disse Russell.

Então Pat Lannon partiu para o Gales'. Não esquentou a cabeça com aquilo. Entrou e pediu vinte rolos de papel higiênico. E ele é o sujeito que Dibber disse que seria Papa! Que Papa! Vinte rolos, também! Quando voltou, Russell pegou os rolos e os levou para a Irmã Cletus. Ao sair, Russell viu a bicicleta no bicicletário. Pensou que se um sujeito é tão imbecil assim ele não precisa de ar nos seus pneus. Então esvaziou as câmaras. O que prova alguma coisa.

Bob Armstrong é outro veterano. Ele e Pat formavam uma dupla de coroinhas. Ajudavam na missa juntos. Bob costumava roubar vinho. Um dia ele roubou demais e Padre Walker ficou desconfiado. Perguntou a Bob se fora ele.

Bob disse: — Não, padre. Eu juro.

Então Padre Walker perguntou a Pat.

Pat disse: — Foi Bob quem roubou, padre. Eu vi.

Ora, ora. Um senhor delator, também.

Depois da missa, Bob foi à forra com Pat. Saltou sobre ele de trás dos arbustos de lilás. Que grande lutador Pat Lannon se revelou! Um lutador sujo, porque chutava, brigava com os pés. E até arranhava! Bob foi ficando cada vez mais furioso. Surrou Pat como o diabo.

Eu costumava ir à casa dos Lannon. Eu e Dibber zanzávamos pelas redondezas, fazendo coisas. Construímos uma casa na árvore e escavamos uma caverna. Depois de brincarmos, Dibber me levava à sua casa para comermos alguma coisa. Os

Lannon têm uma bela casa, uma das melhores da cidade. Não admira — o sr. Lannon é dono de uma loja de móveis. Têm tapetes por toda parte, até mesmo no porão. Têm um tapete verde e duro na cozinha, cadeiras verdes, um fogão verde e até mesmo cabos verdes nas panelas. É uma bela cozinha, com certeza. É muito melhor do que a nossa sala de visitas.

Pat Lannon tinha um covil no porão. Eu o observava brincar com seu aparelho de química. Ficava olhando da porta. Ele não falava. Não gostava que eu brincasse com Dibber. Olhava para mim com seus olhos giratórios. Ele me metia medo. Depois de algum tempo, apontou para um tubo com uma substância verde.

— Está vendo isso? — perguntou.

Eu disse que sim.

Então apontou para um tubo com uma substância amarela.

— Vê aquilo?

Eu disse que via.

— Coloque a substância verde dentro da amarela.

Eu coloquei.

A coisa saltou — *zuuummm!*

Queimou meus cabelos e dedos. Doía. Ele riu até seus óculos caírem. Então eu ri também. Mas estava só fingindo. Não foi engraçado. Foi triste. Fiquei zangado. Meu dedo doía. Fiquei furioso. Senti ódio do desgraçado. Meu Deus, como eu o odiava. Um Papa e tanto!

Certa vez fui com Dibber até a casa mal-assombrada à beira do riacho. Levamos estilingues para matar fantasmas. Subimos por toda a casa à procura deles. Havia teias de aranha e morcegos, mas nenhum fantasma. Ouvimos um barulho no andar de cima e sacamos nossos estilingues. Soava como um fantasma. Mas não era. Era apenas Pat

Lannon. Estava lá de bobeira. Tirou um giz do bolso e escreveu no chão:

Cuidado! Estas tábuas estão podres. Cuidado!

— Que quer dizer isso? — perguntou Dibber.

Recusou-se a contar. Disse que era um segredo. Mas me deu um níquel e deu um níquel a Dibber. Mandou que fôssemos até o chefe dos escoteiros e contássemos o que havia escrito. Disse que ganharia uma medalha por aquilo. Dibber foi. Eu não. Achei que era outra piada, como a substância nos tubos de ensaio. Eu o enganei. Peguei outro níquel e fui ao cinema.

Pat Lannon tinha uma fiação secreta espalhada por seu quintal. Tudo em que você tocava lhe dava um choque e o derrubava. Ele dizia que era para afastar os ladrões de galinha. Mas eu sei o que aconteceu com as galinhas. Pat as matou. Fazia maldades com os gatinhos também. Colocava fios em volta de suas patas e lhes dava choques. Corria atrás de uma galinha sem trégua até que ela caísse, exausta. Aí lhe dava um choque. Misturava substâncias em seu aparelho de química e matava gatinhos. Havia um formigueiro no seu quintal. Amarrou um gatinho num pau e o colocou sobre o formigueiro.

Depois da escola das freiras, Pat ia ao curso preparatório. Os Lannon tinham um Packard. Pat levava as garotas do curso preparatório à missa no carrão. Elas sentavam-se no banco da igreja reservado para os Lannon. Não eram católicas. Se você é católico, espera-se que não sente com protestantes. Não é um pecado, mas não deve fazer isso, de qualquer maneira. Mas elas tinham belas pernas. Melhor do que as pernas católicas. Não prestavam atenção à missa. Simplesmente ficavam sentadas ali. Uma delas era uma ruiva que mascava chiclete. Sentei-me no banco ao lado quando ela veio. Perguntava sem parar. Por que ele fez aquilo? — referindo-se ao padre.

Dibber explicou que Pat trazia garotas protestantes à missa para convertê-las. Quanta bobagem! Pat Lannon não tentava converter ninguém. Acho que eu o vi certa vez. Eu sei. Voltava da comunhão e sorria. Esfregava a pança e lambia os lábios. A ruiva o observava: — Maravilha! — disse ele. — Maravilha! É um sacrilégio falar assim. A Sagrada Comunhão não é nada maravilhosa. Você não pode sequer saborear a hóstia. Um Papa e tanto! Gargalhada para Dibber!

A garota principal de Pat Lannon era Dagmar Heine. Ele a levava à igreja também. Gosto de Dagmar. Ela é esperta. Belas pernas. Antes de crescer e ir para o ensino médio, ela costumava deslizar de trenó em nossa colina com o seu Flexible Flyer. Batia o recorde todo ano. Cabelos dourados, também. Morava perto de nós, junto à colina. Sua mãe havia morrido. O pai trabalhava para a estrada de ferro.

Um Papa não diz palavrões, mas ouvi Pat Lannon xingar na frente de Dagmar. Foi nas quadras de tênis dos Lannon. Pat jogava contra Dagmar. Ela estava ganhando. Ria dele. Ele caiu em cima da rede e ela teve de parar o jogo de tanto que ria. Pat ficou com raiva e não quis mais jogar com ela. Disse que estava cansado. Mas eu sei por que ele parou. Sentia-se inferior. E ainda por cima estava no fim da escola preparatória. Um Papa e tanto!

Pedi emprestada sua raquete de tênis.

Ele disse: — Peça à vadia ali.

— Que é isso, Pat? — disse Dagmar.

— Foda-se — ele respondeu.

Um Papa e tanto!

Passou o verão inteiro com Dagmar. Ela vinha à sua casa. Eu os vi se beijando e abraçando. Pat tirava os óculos para fazer aquilo. Um sulco atravessava seu rosto. Dagmar viu, mas continuou beijando. Eu não entendia como ela conseguia. Desejava ser mais velho para poder beijá-la. Mas não depois daquele sujeito.

Se eu e Dibber estávamos em nossa caverna, Pat e Dagmar usavam nossa casa na árvore. Se estávamos na casa da árvore, eles usavam nossa caverna. Tentávamos expulsá-los. Não saíam. Dagmar oferecia-nos dinheiro para deixar que a usassem. Davam-nos um dólar. Eu e Dibber rachávamos a grana. Sabia o que faziam naquela casa na árvore. Odiava aquilo. Farfalhava como num terremoto. Um Papa e tanto!

Dibber sempre me disse que Pat ia estudar para ser médico. Certa vez perguntamos a Dagmar o que ia ser e ela disse que ia estudar para ser enfermeira dos pacientes de Pat. E então, de repente, a cidade inteira falava sobre a partida de Pat Lannon para se tornar padre. Achei estranho. Padre Walker não anunciou aquilo como anunciara quando Rooney partiu. Eu não acreditava naquilo. Perguntei à minha mãe. Ela disse que achava que era verdade. Mas eu ainda não acreditava. Perguntei a Dibber. Ele disse que era um fato. Disse que Pat estava num mosteiro no Kentucky.

Então Dibber começou a gabar-se. Falou-me das cartas que recebia de Pat. Gabava-se e gabava-se e gabava-se. Certa vez Pat escreveu que estava trabalhando nos vinhedos do mosteiro. Depois, estava estudando chinês. Depois, descascando batatas. Então fez um retiro de seis semanas e nada de cartas enquanto durava o retiro. Um retiro é onde você nada mais faz além de rezar. Não pode escrever cartas. Fiquei feliz com aquilo.

Dagmar veio à nossa casa. Falou com minha mãe. Não podia acreditar que Pat tinha ido embora para se tornar padre. Disse à minha mãe que nunca acreditaria naquilo. Chorou e ficou muito triste. Os padres não podem casar. Foi por isso que ficou triste. Era muito apegada ao sujeito. Às vezes Dagmar trazia revistas para minha irmã. Ficava por lá e conversava antes de ir embora. Perguntei se ainda pretendia ser enfermeira. Disse que não sabia.

Ouvi minha mãe falando com ela. Era tudo muito louco, o que minha mãe dizia. Falou que ela devia se orgulhar muito agora que Pat ia ser padre. Disse que ele iluminaria a vida de Dagmar com graça santificadora. Disse que Dagmar era a pessoa mais sortuda do mundo por receber as preces de um padre. Fiau! Parecia loucura para mim. Um padre é uma coisa boa — como o padre Walker — ele é um sujeito bacana. Mas não Pat Lannon. Eu o conhecia. Ele não me enganava. Eu conhecia aquele sujeito. Como matava galinhas e gatinhos. Você não pode fazer aquilo e ser santo. Nem em um milhão de anos.

Então o inverno chegou de novo. A colina estava coberta de neve. Logo ficaria dura e reluzente e preparamos nossos trenós. Depois da ceia fomos até a colina. Eu, Dibber, meu irmão e toda a turma. A trilha passava pela casa de Dagmar. Nós a avistamos na janela. Ela nos observava. Gritamos para que saísse, como fazia quando batia os recordes com o seu Flexible Flyer, mas ela não topou. As luzes se apagaram e a casa ficou às escuras. Subimos a colina com nossos trenós e ficamos pensando, que diacho.

Deslizamos ladeira abaixo até tarde. Um a um, toda a turma foi para casa. Então Dibber foi para casa e só ficamos meu irmão e eu na colina. Decidimos descer uma vez mais.

Era a vez de meu irmão, ele puxou o trenó. As luzes na casa de Dagmar ainda estavam apagadas. Quando chegamos ao topo da colina, as luzes se acenderam de novo. Dagmar saiu à varanda com um casaco de pele. O velho Heine estava com ela. Desceram os degraus e atravessaram a neve mais funda até o Pasto de Reeves. Era uma coisa muito esquisita. Não havia qualquer trilha através do pasto. Eles enfiavam os pés na funda camada de neve. Depois que chegaram aos olmos não os podíamos avistar mais. Sabia que não nos viam. Foi por isso que não gritei "alô!". Não podia entender aquilo. Eu e meu irmão fomos para a cama. Eu não conseguia dormir pensando em Dagmar e no seu velho enfiando os pés na neve em direção dos olmos.

No dia seguinte contei a Dibber Lannon.

— Isso é curioso — disse ele.

— Claro que é — falei.

— Vamos até a casa dela — disse ele.

Fomos lá naquela noite antes de deslizar de trenó. A garagem dos Heine estava aberta. Vimos o trenó de Dagmar com os patins enferrujados pendurado na viga. Era uma coisa triste. Que trenó tinha sido aquele! O trenó mais rápido já visto nesta colina! E lá estava ele, enferrujado e envelhecido.

Então Dibber assobiou e Dagmar apareceu na varanda da frente. Fez a Dibber um monte de perguntas, a maioria sobre Pat e o que ele escrevia em suas cartas. Dibber começou a se gabar imediatamente. Disse que estavam treinando Pat no mosteiro para ser o próximo Papa, o que era uma mentira, porque não se faz treinamento para Papa, ele é simplesmente eleito. Aquele Dibber! Merece com certeza uma gargalhada. Dagmar só ficou ali ouvindo. Estava muito bonita, toda envolta num casaco de pele.

Então o sr. Heine enfiou a cabeça para fora da porta.

— Dagmar! — gritou. — Venha cá!

Subimos a colina com nossos trenós e começamos a deslizar. Brincamos de trenó até as onze. Estava muito frio. A turma começou a ir para casa. Eu e Dibber esperamos no alto da colina. Ninguém podia nos ver lá de baixo. Pouco depois, Dagmar saiu com o pai. Caminharam pelo pasto, avaçando na neve funda. Não foram a lugar algum — apenas fizeram um grande círculo ao redor dos olmos e voltaram para casa. Depois disso, fariam aquilo toda noite. Eu e Dibber ficávamos no alto da colina a observá-los. Deitávamos com a barriga no chão e eles não podiam nos ver. Nada mais faziam a não ser caminhar em círculo. Nunca andaram por uma trilha. Era sempre com a neve fresca à altura dos seus quadris.

Então Dagmar foi embora. Aconteceu antes do Natal. Ouvi minha mãe comentar. Ficou muito zangada. Chamava Dagmar de assassina o tempo todo. Depois do Ano-Novo chegou uma carta à nossa casa para minha irmã. Era de Dagmar. Minha mãe rasgou-a em pedacinhos.

— Aquela assassina! — disse minha mãe. — Aquela assassina!

— Quem foi que Dagmar matou? — perguntei.

— Cuide da sua vida — disse ela.

Se Dagmar matou alguém, a pessoa mereceu. Por mim, tudo bem. Além do mais, está certo Dagmar matar alguém porque ela é protestante, e os protestantes não têm pecados mortais em sua igreja. Além do mais, eu gosto de Dagmar. Além do mais, Dagmar tem belas pernas. Além do mais, ela não mataria um gatinho do jeito que Pat Lannon fez. Eu sei disso.

Aquele Pat Lannon! E Dibber se gabava. Pat Lannon era uma fraude. Vou contar-lhes por que ele era uma fraude. Depois da neve, veio a primavera e a temporada de beisebol. Uma noite depois do treino Dibber e eu voltávamos para casa. Dibber se gabava. Teve a ousadia de me dizer que Pat ia se tornar Papa no verão. Atravessamos a rua. Um carro passou raspando por nós. Era o Packard dos Lannon. Pat Lannon estava dentro dele. Dibber gritou. Ele não parou. Seguiu reto pela rua levantando poeira. Então Dibber disse que não podia ser Pat. Porque Pat estava no mosteiro estudando para ser padre. Mas era mesmo Pat.

Quando chegamos à farmácia em Pine, lá estava ele no Packard. A ruiva que mascava chiclete estava com ele. Não parecia um padre para mim. Seu colarinho não estava dobrado para baixo e não usava um terno preto. Parecia o mesmo de sempre. Dibber correu até ele.

Perguntou: — Ei, eu tenho que chamar você de padre agora?

Pat riu.

— Não — disse. — Me chame de Pat, como sempre.

— Mas você é padre agora? — Dibber perguntou.

A ruiva riu.

— Calada! — ordenou Pat. — Sua cadela!

Dibber ficou surpreso. Era o primeiro padre que *ele* ouvia dizer aquilo! Padres de verdade são muito respeitosos. Sabem um bocado de palavrões, mas não os usam na conversa normal.

Nunca vou ser padre — disse Pat. — Parece que me enganei quanto à minha vocação.

Dibber ficou chateado.

— Com os diabos! — disse. — E eu saí por aí contando ao pessoal que você ia ser o próximo Papa!

Pat riu. Tirou um dinheiro do bolso e deu para Dibber.

— Esqueça isso — falou. — Vá com Arturo tomar um milk-shake.

Subimos a rua. Dibber estava bastante deprimido. Não falei nada durante muito tempo. Mas quando chegamos ao banco eu tinha de dizer alguma coisa.

— Um Papa e tanto! — falei. — Quaquaraquaquá, Dibber!

— Cale essa boca maldita! — disse ele.

Mas eu não calei. Ao longo de todo o caminho de casa fui gargalhando para cima dele. Continuei a chamá-lo de Papa. Em toda a escola agora ele é chamado assim. Antes o chamavam de Dibber, agora basta você dizer Papa que Dibber ergue logo os olhos. Ele nem se importa mais. Acha que é melhor do que Dibber.

A MÃE DE JAKIE

Se eu tivesse uma mãe como a de Jakie Shaler eu faria alguma coisa. Eu faria alguma coisa muito estranha. Eu sairia de casa e procuraria uma outra mãe.

Jakie é um sujeito bacana para zanzar por aí, mas não fala muito. E seu pai é também um sujeito bacana, mas não zanzamos por aí com o pai de um camarada. O sr. Shaler não é mau como a sra. Shaler. Compra para Jakie bolas de futebol, de beisebol, de basquete, e tacos, e luvas de boxe, e trenós, e raquetes de tênis, e arcos e flechas e ferramentas. O sr. Shaler comprou uma arma para Jakie, também. Então Jakie tem todas as coisas que quer, mas não anda por aí com a gente porque sua mãe é dura de jogo. Seu pai é muito diferente. Seu pai é um sujeito bacana.

É sua mãe quem dá todas as surras naquela casa. Ela não deixava Jakie fazer quase nada. Não o deixava sair do quintal aos sábados e, nos dias de aula, ele tem que voltar da escola direto para casa. Antes de seu irmão menor Petey morrer, Jakie tinha de voltar para casa e brincar com ele o tempo todo. Jakie ficava chateado porque Petey era pequeno demais para ser companheiro de brincadeiras. Ele tentava escapar às escondidas. Mas, no momento que atravessava a cerca, Petey começava a gritar com toda a força de seus pulmões e a sra. Shaler saía correndo da cozinha atrás de Jakie. Ela o pegava e levava para o porão e castigava seu couro com uma coça infernal. Era possível ouvir os berros de Jakie por toda a cidade. Batia nele com uma vassoura especial. Surrava com toda a força de seus músculos. Nós víamos as marcas azuladas na sua bunda e em suas pernas. Ele as mostrava para nós.

Jakie se sentia infeliz por ter uma mãe tão malvada. Ela era pior do que malvada: era suja, mas Jakie não contava isso. E quando estava na escola ele detestava sentar-se depois de ter sido surrado por ela. Ele se sentava lenta e suavemente. Sentava-se sobre as mãos para que não doesse tanto. Isso mostra o tipo de mãe que tinha. Não podia correr depois de uma surra. Depois de uma surra ele atuava como árbitro dos jogos, porque a coisa é sempre mais fácil para os árbitros. Arbitrava durante uma semana seguida.

A sra. Shaler fez Jakie comer sabão duas vezes e uma vez queimou sua língua com um atiçador. Jakie teve de comer sabão porque falou palavrão e, se você acha que sabão é tão bacana, experimente. A razão por que teve sua língua queimada com um atiçador foi porque foi flagrado fumando. Estávamos todos fumando no celeiro, a um quarteirão da casa dos Shaler. A sra. Shaler não nos pegou fumando de verdade, mas viu a fumaça e ficou sabendo. E Jakie teve a sorte de a sra. Shaler não encontrar o troço que nós estávamos fumando. Rapaz! Eu digo isso porque era esterco de cavalo.

Foi assim que Petey, o irmãozinho de Jakie, morreu. Um dia ele estava brincando no quintal e um carro ia passando.

Petey correu para a rua. Correu direto contra o para-choque. Foi derrubado e atropelado e morreu na hora.

Fizeram o funeral na sexta-feira. Todo mundo na nossa sala foi ver o pequeno Petey na casa dos Shaler na quinta-feira. Todo mundo teve de trazer um níquel para as flores, porque Petey era irmão de Jakie e Jakie era da nossa classe na escola. Alguns sujeitos não trouxeram o níquel. Robert Teale não trouxe.

O pequeno Petey estava num caixão branco. Vestia uma roupinha nova. Exalava um cheiro doce e não parecia muito natural. Tinha o rosto tão branco que parecia usar uma peruca. As cortinas estavam fechadas e havia velas acesas na sala, o que tornava a atmosfera assustadora.

Ajoelhamos e rezamos o rosário. Algumas das meninas choravam. Era difícil não chorar. Depois de algum tempo, o único que não chorava era Robert Teale. Sim, Robert Teale é um durão. É o tipo de sujeito que não chora por nada.

A sra. Shaler entrou na sala. Usava um vestido preto e seus olhos estavam muito vermelhos. Gritou e correu até o caixão e o abraçou e encostou a cabeça no peito de Petey e amarfanhou os seus cabelos e gritou e berrou a Deus, Nosso Senhor, para que não arrancasse Petey dela.

— Leve a mim, Deus! Não leve o meu bebê. Oh oh oh oh oh oh oh oh oh — chorava sem parar.

E era triste. A coisa mais triste que vocês já viram. Sabem como ela se sentia, sendo a mãe de Petey. Eu desejava que Deus a levasse no lugar de Petey.

Algumas das garotas choraram tanto que começaram a debandar. Todo mundo chorou, menos Robert Teale. É preciso algo muito forte para fazer aquele sujeito chorar. Ele é durão. Mas as garotas deveriam ter permanecido na sala, porque perderam algo. Perderam a melhor parte.

Foi quando a sra. Shaler começou a falar com Petey como se não estivesse morto, mas apenas adormecido. Ajoelhou-se no chão e puxou Jakie para se ajoelhar ao seu lado. Colocou os braços ao redor do pescoço de Jakie e quase o sufocou até a morte. Você podia ver o rosto de Jakie ficar vermelho e depois arroxeado.

Ela gritou: — Ó meu pequeno Petey! Sua mãe não foi uma boa mãe para você. Volte, por favor, filhinho.

Todo mundo menos Robert Teale estava chorando. Até eu chorava. As moças continuavam a sair com os lenços sobre o nariz. Os cabelos de Petey estavam desgrenhados como se tivesse acabado de deixar a cama naquela manhã. Mas ele não acordou de verdade. Estava morto no caixão. Só parecia que tinha acordado.

A sra. Shaler começou a gritar. Toda vez que o fazia, me embrulhava o estômago. Eu estava mais assustado agora. Estava mais assustado agora do que triste.

— Ó Deus, traga-o de volta!

Jakie mal podia falar de tanto que tinha chorado.

Ele disse: — Não fale assim, mãe.

Acho que se sentia inferior diante de nós.

A sra. Shaler gritava: — Eu me arrependo! Eu me arrependo! Eu me arrependo!

Agarrou Jakie. Quase o derrubou.

Disse: — Eu me arrependo! Oh, Jakie, eu prometo a você aqui na frente de Petey, aqui na frente de todos os seus maravilhosos amiguinhos, que vou ser uma boa mãe a partir de agora. Eu lhe prometo, Jakie. Eu prometo.

Jakie disse: — A senhora já é uma boa mãe, mamãe. A senhora é uma ótima mãe, mamãe. Juro que é.

O sr. Shaler chegou. Pegou a sra. Shaler e levou-a ao quarto. Jakie foi até o quarto quando seu pai o chamou. Algum tempo depois, o sr. Shaler saiu do quarto e penteou os cabelos de Petey. Não falou nada. E então saiu de novo. Nós, garotos e garotas, ficamos sozinhos com o caixão. Era apavorante. Ficamos ajoelhados. Mal podíamos ver o rosto e as mãos de Petey. Algumas das garotas queriam ir para casa, mas não se levantaram. Os joelhos doíam de ficarmos ajoelhados sobre o assoalho por tanto tempo. Um dos sujeitos queria saber o que a gente faria a seguir.

Robert Teale levantou-se. Começou a sair. Tinha mesmo coragem. Foi até o caixão e debruçou-se bem perto do rosto de Petey e olhou bem de frente para ele.

E então falou: — Muito bem. Vocês podem fazer o que quiserem. Eu não vou ficar aqui. Vou para casa. Estou indo.

E saiu. Então todo mundo ficou realmente apavorado. Saímos correndo da casa. Como era bom sair para a rua. Todo mundo foi para casa.

Fiquei pensando sobre a sra. Shaler. Fiquei feliz que ela prometeu ser boa para Jakie a partir de agora. Isso significava que Jakie poderia zanzar por aí com a gente se quisesse e nós podíamos usar suas bolas de futebol, beisebol e basquete, seus tacos e suas luvas de boxe, seus trenós e suas raquetes de tênis, os arcos, as flechas e as ferramentas. Podíamos usar sua arma também.

Fizeram o enterro no dia seguinte. Pensamos que íamos poder sair da escola para acompanhá-lo, mas nada feito. Esta escola é uma porcaria. O único que conseguiu ir ao enterro foi Jakie. E o único motivo por que o deixaram sair foi que Petey era seu irmão. Esta é uma porcaria de escola. Minha mãe foi ao enterro. Ela disse que a igreja estava cheia de gente.

Ela disse: — Nunca vi flores tão lindas. O Clube dos Alces mandou uma coroa enorme.

Fiquei feliz que os Alces mandaram, porque meu pai é um Alce.

Minha mãe disse: — Oh, senti muita pena daquele menininho Jakie. Derrubou o castiçal sobre o caixão quando passou. Estava tão assustado. Sentiu-se tão culpado por aquilo.

Jakie compareceu à escola na segunda-feira. Ninguém perguntou sobre o castiçal derrubado. Todo mundo já sabia. A mãe da maioria da turma foi ao funeral e contou aos filhos. Tratamos Jakie com muito carinho, pois o enterro fora apenas dois dias antes.

Escolhemos os times para o jogo depois e o time adversário escolheu Jakie. Mas Jakie não quis jogar.

Ele disse: — Não posso jogar, vou ser o juiz para vocês.

Robert Teale disse: — Meu Deus do Céu! Que tipo de mãe você tem? Ela não prometeu que não ia mais surrar você? Isso que ela fez foi um tremendo golpe sujo.

Jakie não falou muito alto. Mal conseguíamos ouvi-lo.

Ele disse: — Pessoal, vocês não sabem o que eu fiz. Vocês não foram ao enterro, por isso não sabem o que aconteceu.

Robert Teale disse: — Claro que sabemos. Eu sei o que você fez. Não foi uma coisa tão terrível. Você não fez de propósito. Sabe, você tem um diabo de uma mãe.

Jakie começou a chorar. Não chorou alto. Não chorou porque tinha um diabo de mãe. Chorou porque seu irmãozinho Petey estava morto. Dava para ver.

AS SUAVES VOZES SILENTES

Seu irmão o sacudiu pelos cabelos até que você acordou. Por volta das duas da manhã.

Ele sussurrou: — Acorde. Mamãe e papai começaram de novo.

No quarto ao lado você ouvia as vozes dos dois. A porta estava aberta, mas não havia luz. A casa toda estava no escuro. O amargor nas vozes era o mesmo das outras noites. O fogo na voz do seu pai deixava você e o seu irmão arrepiados enquanto você ficava ali ouvindo as palavras inescrutáveis dos dois, às vezes palavras inglesas inaudíveis, mas principalmente italiano que você nunca ouvira.

Seu irmão Pete, que estava deitado ao seu lado, e tinha dez anos, disse: — Esta casa é um inferno.

No quarto ao lado seu pai dizia: — Para mim chega, acabou. Para mim chega.

Sua mãe disse: — E as crianças?

Seu pai disse: — Pegue as crianças e vá pro inferno.

Sua irmã no outro quarto começou a chorar. Gritou para você na escuridão da velha casa e você respondeu: — O quê?

E sua mãe e seu pai ficaram em silêncio para poder ouvir o que sua irmã queria, e ela gritou de novo, sua voz ondulava através das portas até onde você estava deitado: — Vá ver por que mamãe e papai estão brigando, Jimmie. Por favor, vá ver. Estou com medo.

E seu irmão caçula Tommy, que dormia na mesma cama de sua irmã, gritou para você, que tem doze anos e é o mais velho: — Eu não tenho medo, Jimmie. E ela tem oito anos e eu só tenho seis.

Seu pai urrou, sua voz fez a casa inteira vibrar: — Crianças, se não calarem a boca vou lhes dar algo para ficarem com medo de verdade.

O irmão que dormia ao seu lado disse: — Tommy é mesmo um sujeitinho corajoso.

Sua mãe disse ao seu pai: — Agora você acordou todo mundo.

Seu pai falou: — Que acordem. Estou me lixando.

Seu quarto ficava entre o de sua mãe e de seu pai e aquele da sua avó, e agora você ouviu a avó levantando-se. Ela viria ao seu quarto, como sempre fazia quando sua mãe e seu pai brigavam no meio da noite. A cada passo que dava exalava um estranho gemido "oh oh oh".

O irmão do seu lado disse: — Aí vem a vovó se intrometer.

A porta rangeu e sua avozinha estava ao lado da cama, sua mão muito seca tateando o travesseiro em busca da sua cabeça.

Ela sussurrou e sempre chorava em noites como esta. — Vá ver, Jimmie, vá ver. Tem de fazer com que parem com isso. Seu pai vai matar sua mãe.

Fanfarronada, você dizia alto o bastante para que seu pai ouvisse. — Deixa pra lá, papai não é de nada.

A casa estava em silêncio exceto pelo "oh oh oh" do peito velho da sua avó.

Você disse: — Viu? Não tem mais briga.

Seu pai ouviu. Houve o som conhecido das molas do estrado gemendo enquanto seu pai se sentava na cama e disparava rápidas palavras raivosas contra sua avó. Era naquele italiano do qual você não conhecia nada. Você não pegou uma só palavra reconhecível. Sua avó voltou devagar, na ponta dos pés, para o quarto dela, sua porta se fechou, e as molas de sua cama rangeram.

Sua mãe disse ao seu pai: — Muito bonito o que você disse para sua própria mãe.

Do quarto mais atrás, sua irmã disse: — Mamãe, mamãe, por favor não comece de novo.

Seu irmãozinho Tommy disse à irmã: — Sua assustadinha.

O irmão ao seu lado disse num sussurro: — O que foi que papai disse à vovó?

Você disse: — Não sei. Vá dormir.

As paredes dos quartos eram de ripas e gesso rachado e você podia ouvir sua avó na cama dela. Os estranhos "oh oh ohs" eram soluços redondos que sacudiam a cama agora.

O irmão ao seu lado disse: — Vovó está chorando.

Você disse: — Não sou surdo. Estou ouvindo.

Seu irmão de seis anos disse à irmã, que dormia ao seu lado: — Ei, Jô, vovó está chorando.

Sua irmã disse: — Você ia chorar também, aposto, se fosse ela.

Seu irmão disse: — E como eu posso ser ela?

O irmão do seu lado disse: — Escute o Tommy.

Seu pai perguntou no escuro: — Quem está chorando?

— A vovó está chorando.

Sua mãe disse: — Sua própria mãe.

Seu irmão Tommy disse: — Papai, por que a vovó está chorando?

Seu pai disse: — Vá dormir, Tommy. É muito tarde.

O irmão ao seu lado disse: — Tommy realmente gosta de fazer perguntas.

Sua mãe levantou da cama e colocou seu quimono. Você a ouvia arrastar pelo quarto seus chinelos vermelhos maltrapilhos com os dedões furados.

Seu pai disse: — Aonde vai agora?

Sua mãe disse: — Não fale comigo.

A lua brilhava através das janelas da sala de jantar e você viu sua mãe passar por elas. Ouviu o ranger da boa cadeira de balanço e sabia que sua mãe havia se sentado ao lado da estufa. As brasas da estufa estavam se apagando agora, mas ela não colocaria mais carvão porque aquilo faria um barulho profanador. A cadeira ronronava suavemente enquanto sua mãe a balançava para a frente e para trás, e em pouco tempo tudo ficou muito quieto e sua mãe estava adormecida na sala de jantar.

No pátio vizinho você ouviu caixotes tombando, atrás do armazém. Eram os gatos das redondezas procurando restos de carne.

Sua avó dormia agora. Não havia sons em seu quarto.

Seu pai suspirava. As molas de sua cama gemiam raivosamente. Seu pai lutava para dormir.

O irmão ao seu lado roncava em meio ao sono viçoso dos meninos.

O seu irmãozinho Tommy e sua irmã Josephine não faziam um som.

E, depois de algum tempo, você ouviu seu pai sussurrar a sua irmã.

Ele chamou bem baixinho: — Jô, Jô... Josephine.

Ela não respondeu e seu pai levantou-se e foi ao quarto onde ela dormia.

Seu pai sacudiu sua irmã até que ela acordou.

Sussurrou a ela: — Josephine, você pode ser uma boa menina para o papai e ir dormir com a vovó?

Ela disse: — Sim, eu gosto de dormir com a vovó.

— Está certo, então vá. Só diga à vovó que quer dormir com ela.

Seu irmãozinho Tommy estava acordado agora e disse: — Eu quero dormir com alguém. Tenho medo de dormir sozinho.

Sua irmã disse: — Seu assustadinho.

Seu pai disse: — Venha dormir com o papai, Tommy. Só você e papai juntinhos.

E, antes que eles fossem para suas diferentes camas, você também acabou dormindo.

BOTE NA CONTA

A conta do armazém — nunca poderei me esquecer dela. Como um fantasma incansável ela me persegue, embora a meninice tenha passado e aqueles dias não existam mais. Morávamos numa cidadezinha no norte do Colorado. Nossa casa de tijolos vermelhos foi o presente de casamento do meu pai para minha mãe. Tijolo por tijolo, ele a construiu sozinho, trabalhando à noite e aos domingos.

Levou um ano para construir aquela casa, e no primeiro aniversário do seu casamento meu pai e minha mãe tomaram posse. Fui o primeiro filho e o único que não nasceu na casa de tijolos vermelhos. No primeiro ano da casa nova, meu irmão nasceu. No ano seguinte, outro irmão nasceu. E depois outro. E outro. E outro. Minha mãe dava à luz com tanta rapidez que meu pai pedreiro ficou estonteado e caiu num estado de pasmo do qual nunca se recuperou inteiramente. Éramos nove.

Ao lado da casa de tijolos ficava o armazém do sr. Craik. Pouco depois de mudar para a nova casa, meu pai abriu uma conta de crédito com o sr. Craik. Nos primeiros anos ele conseguiu manter a conta em dia. Mas as crianças foram crescendo, ficando mais famintas, e novas crianças chegaram, e ainda mais, e a conta do armazém se elevou a cifras estratosféricas. Pior, toda vez que havia um nascimento em nossa casa aquilo parecia trazer azar ao meu pai. Suas preocupações e sua prole subiam um degrau, e sua renda descia. Ele estava seguro de que Deus nutria um poderoso ressentimento contra ele por excessos anteriores. Dinheiro! Quando eu tinha doze anos, meu pai acumulara tantas contas que até eu sabia que não tinha a intenção nem a oportunidade de pagá-las.

Mas a conta do armazém o atormentava. Quando devia ao sr. Craik cem dólares, ele pagava cinquenta. Devendo duzentos, pagava setenta e cinco. Devendo trezentos, dava um jeito de pagar cem. E assim era com todas as suas dívidas. Não havia mistério algum em torno delas. Não havia motivos ocultos para sua falta de pagamento. Nenhum orçamento poderia resolvê-las. Nenhuma economia planejada poderia alterá-las. Era muito simples — sua família comia mais do que ele ganhava. Sabia que sua única escapatória estava em um golpe de sorte. Sua pressuposição inabalável de que tal golpe de sorte estava a caminho havia protelado a sua deserção e o impedia de estourar os miolos. Constantemente ameaçava ambas as coisas, mas não concretizava nenhuma.

O sr. Craik queixava-se sem cessar. Na verdade, nunca confiou em meu pai. Se nossa família não morasse ao lado do seu armazém, onde ele podia ficar de olho em nós, e se não sentisse que acabaria recebendo pelo menos parte do dinheiro que lhe era devido, ele não teria concedido mais crédito. Simpatizava com minha mãe e sentia pena dela com aquela quase simpatia e compaixão fria que os homens de negócios demonstram para com os pobres enquanto classe, e com aquela apatia frígida em relação a seus membros individuais. Agora que a conta estava tão alta, ele maltratava minha mãe e até a insultava. Sabia que ela pessoalmente era honesta a ponto de uma inocência infantil, mas isso não parecia relevante quando ela vinha ao seu armazém para fazer novos acréscimos à conta. Era um homem que lidava com mercadorias, não com sentimentos. Deviam-lhe dinheiro e ele permitia a ela um crédito adicional. Suas cobranças de dinheiro eram em vão. Sob tais circunstâncias, sua atitude era a melhor que ele podia demonstrar.

Minha mãe precisava de coragem para encará-lo dia após dia. Ela precisava armar-se de uma audácia inspirada. Meu pai não dava muita atenção a suas mortificações nas mãos do sr. Craik. Além de expressar seu desânimo por ir confrontar de novo o comerciante, ela não contava a meu pai a crueldade do sr. Craik em detalhes. Era humilhante demais. E por isso meu pai não tinha plena consciência daquilo. Suspeitava, mas era o tipo de suspeita que uma pessoa detestava verificar. Ele naturalmente esperava algum tipo de problema na obtenção de crédito adicional. Como sua mulher, aquela era a obrigação dela. No seu modo de pensar, não era culpa dele ter tantos filhos. Encarava aquilo como uma conspiração deliberada entre ela e Deus. Ele era meramente um homem que trabalhava para viver. Amava seus filhos, é claro — mas, afinal! Por isso ela devia cumprir sua parte, que ele considerava imensamente fácil, uma vez que nada tinha a ver com o suor e a labuta do seu ofício.

A tarde inteira e até uma hora antes do jantar, minha mãe ficava à espera daquela inspiração valente e desesperada, tão necessária para uma ida ao armazém. Ficava sentada com as mãos nos bolsos do avental — esperando. Mas sua coragem dormia por excesso de uso e não se levantava.

Esta tarde de inverno foi típica. Eu lembro: era tarde. Da janela ela podia me ver do outro lado da rua com uma turma de garotos da vizinhança. Fazíamos guerra de bolas de neve. Ela abriu a porta.

— Arturo!

Eu a vi de pé na beira da varanda. Me chamou porque eu era o mais velho. Estava quase escuro. Sombras profundas se arrastavam pela neve leitosa. Os lampiões de rua ardiam friamente, um brilho frio numa névoa ainda mais fria. Um automóvel passou, as correntes dos seus pneus tilintavam assustadoramente.

— Arturo!

Eu sabia o que ela queria. Revoltado, estalei os dedos. Eu *sabia* muito bem que ela queria que eu fosse ao armazém. Sua voz tinha aquele tremor desesperado peculiar que cercava o momento de ir ao armazém. Tentei cair fora fingindo que não tinha ouvido, mas ela continuou chamando até quase me pôr a berrar, e o restante dos garotos parou de jogar bolas de neve.

Lancei mais uma, observei-a se desfazer em salpicos e depois me arrastei pela neve e através da calçada gelada. Agora eu a podia ver bem. Seus maxilares tremiam no frio crepuscular. Estava de pé com os braços cruzados, batendo os pés no chão para mantê-los aquecidos.

— Que-é-que-quer? — perguntei.

— Está frio — ela falou. — Entre e vou lhe dizer.

— O que *é*, mãe? Tô com pressa.

— Quero que vá até o armazém.

— O armazém? Não. Não vou. Sei por que quer que eu vá — porque está com medo por causa da conta. Pois bem, eu não vou.

— Por favor — disse ela. — Você é grande o bastante para entender. Sabe como é o sr. Craik.

Eu sabia. Eu o odiava. Andava sempre a me perguntar se meu pai estava bêbado ou sóbrio e que diabo meu pai fazia com o seu dinheiro e como vocês carcamanos vivem sem nenhum centavo e por que o seu velho nunca está em casa à noite? Eu conhecia o sr. Craik e o odiava.

— Por que August não pode ir? — perguntei. — Que diacho, eu sempre tenho de fazer tudo nesta casa.

— Mas August é muito criança. Ele não ia saber o que comprar.

— Pois bem — falei. — Eu não vou.

Virei as costas e voltei a passos largos para a turma. A guerra de bolas de neve recomeçou. Ela me chamou. Não respondi. Gritou de novo. Gritei mais alto para abafar sua voz. Agora já estava escuro e as janelas do sr. Craik floresciam na noite. Minha mãe estava parada lá olhando para a porta do armazém.

O dono do armazém golpeava um osso com um cutelo sobre o cepo quando ela entrou. Quando a porta guinchou, ele ergueu o olhar e a viu — uma figura pequena e insignificante num velho casaco preto com uma gola alta de pele, a maior parte da pele já caída, de modo que manchas brancas apareciam na massa escura. Uma de suas meias, sempre a esquerda, tinha descido até a canela, frouxa e franzida. Você sabia que um alfinete de gancho prendia uma liga de elástico gasto.

O brilho desbotado de suas meias tinha um tom amarelado, acentuando os ossos pequenos e a pele branca debaixo do rayon e fazendo seus sapatos velhos parecerem ainda mais úmidos e antigos. Ela caminhava como uma mulher numa catedral, temerosamente na ponta dos pés, àquele local familiar a partir do qual invariavelmente fazia suas compras, onde o balcão se encontrava com a parede. Ela sorriu, como para si mesma, por ser o que era: uma mãe, uma mãe prolífica e não uma senhora da sociedade.

Nos primeiros anos ela costumava cumprimentá-lo com um "como vai?". Mas agora sentia que talvez ele não gostasse de tal familiaridade, enquanto ela permanecia quieta no seu canto, esperando até que ele estivesse livre para atendê-la.

Vendo quem era, ele não prestou nenhuma atenção, e ela tentou ser uma espectadora interessada e sorridente enquanto ele golpeava com seu cutelo. Era um homem de altura média, parcialmente calvo, usando óculos de celuloide — um homem de quarenta e cinco anos. Um lápis grosso repousava atrás de uma orelha e um cigarro atrás da outra. Seu avental branco descia até as pontas dos sapatos, um cordão azul enrolado várias vezes em sua cintura. Talhava um osso dentro de um traseiro vermelho e suculento.

— Nossa! — disse ela. — Parece bom, não é?

Ele arremessou o bife para cima e depois o revirou, arrancou um retângulo de papel do rolo, espalhou-o sobre o prato da balança e jogou o bife em cima dele. Seus dedos rápidos e macios o embrulharam com eficiência. Estimou que custava em torno dos noventa centavos e ficou imaginando quem o teria comprado.

O sr. Craik colocou o resto do traseiro sobre seu ombro e desapareceu dentro do frigorífico, fechando a porta atrás de si.

Ela se perguntou por que os açougueiros sempre fechavam a porta do frigorífico atrás de si; e adivinhou que, se alguém se trancasse lá dentro e não pudesse sair, pelo menos não morreria de fome — você sempre podia comer as salsichas. Deu a impressão de que ele ficou muito tempo no frigorífico. Então ele emergiu, clareando a garganta, trancou a porta do frigorífico com um estalido, passou o cadeado para a noite, e desapareceu na sala dos fundos.

Ela supôs que ele fosse ao banheiro a fim de lavar as mãos, e aquilo a fez pensar se lhe estava faltando o detergente Gold Dust; e então, de repente, ela se deu conta de que lhe faltava *tudo*.

Ele apareceu com uma vassoura e começou a varrer a serragem em volta do cepo. Ela ergueu os olhos para o relógio. Dez para as seis. Coitado do sr. Craik! Parecia tão cansado. Era como todos os homens, provavelmente morria de fome por uma refeição quente e ela imaginou como seria bom ser a mulher de um dono de armazém; mas, ainda que *fosse* a mulher de um dono de armazém, ele não admitiria nada a não ser pão feito em casa à sua mesa. Aquilo a fazia pensar de novo em quanto dinheiro você podia ganhar se tivesse uma lojinha no centro da cidade e vendesse bom pão feito em casa, pães grandes como aqueles que ela mesma assava. Tinha a certeza de que podia controlar tal negócio e não podia deixar de pensar como seu marido ficaria furioso se ela saísse e ganhasse o seu sustento como muitas mulheres faziam hoje em dia. Podia ver a si mesma na pequena padaria, com bolos, biscoitos e pães na vitrina, ela atrás do balcão num avental branco, senhoras da sociedade de University Hill chegando e dizendo: "Oh, sra. Bandini, a senhora faz coisas tão maravilhosas!" E, é claro, haveria uma rota de entrega em domicílio também; Frederick,

August e Arturo seriam os meninos entregadores e depois seus irmãos seguiriam seus passos; ela se perguntava quanto pagaria para eles no início; e como Arturo era o mais velho e precisava de mais persuasão, ela lhe pagaria seis dólares por semana, três para August e um dólar para Frederick. Eles colocariam seu dinheiro num banco de poupança e, depois que aquela primeira loja fosse um sucesso, ela...

O sr. Craik acabou de varrer e fez uma pausa para acender um cigarro.

Ela disse: — Que tempo frio estamos enfrentando, não?

Mas ele tossiu e ela supôs que não tivesse ouvido, pois desapareceu na sala dos fundos e voltou com uma pá de lixo e uma caixa de papelão. Curvando-se, varreu a serragem para cima da pá de lixo e jogou-a na caixa.

— Não gosto nada do tempo frio — disse ela.

Ele tossiu de novo e, antes que ela notasse, ele saiu carregando a caixa para os fundos. Ela ouviu o som de água corrente. Ele voltou, secando as mãos no avental. Ela sorriu com simpatia, mas ele não olhava na sua direção. Na caixa registradora, com muito barulho, ele acionou FECHADO. Ela mudou de posição, passando o peso de um pé para o outro. O grande relógio seguia no seu tique-taque. Agora eram exatamente seis horas.

O sr. Craik, com a mão em concha, retirou as moedas da gaveta da caixa e as depositou no balcão. Arrancou um pedaço de papel do rolo e pegou o lápis. Então se debruçou e contou a receita do dia. Ela tossiu. Seria possível que ele não soubesse que ela estava no armazém? Umedeceu o lápis na ponta da língua rosada e começou a somar cifras. Apalpando os cabelos, ela ergueu as sobrancelhas e caminhou até a vitrina da frente para olhar as frutas e os legumes.

— Morangos! — disse ela. — E no inverno também! São morangos da Califórnia, sr. Craik?

Ele varreu as moedas para dentro de um saco de banco e foi até o cofre, onde se agachou e girou a combinação da fechadura. O tique-taque do grande relógio parecia a batida de um martelete. Eram seis e dez quando ele fechou o cofre.

Ela não estava mais o encarando. Seus pés haviam se cansado e, com as mãos apertadas sobre o colo, sentou-se numa caixa e ficou olhando para a vitrina da frente coberta pela geada. O sr. Craik tirou o avental e o jogou sobre o cepo. Jogou o cigarro ao chão, pisou nele e foi buscar o casaco na sala dos fundos. Ao ajustar o colarinho falou com ela pela primeira vez.

— Vamos lá, sra. Bandini. Decida-se logo. Não posso ficar aqui a noite inteira.

Ao som de sua voz, ela perdeu o equilíbrio e quase caiu da caixa. Sorriu para esconder o seu embaraço, mas seu rosto estava muito vermelho e seus olhos abaixados. Suas mãos adejavam sobre a garganta como folhas agitadas.

— Oh — disse ela. — E aqui estava eu à sua espera! Sinto muitíssimo. Nunca pensei...

— O que vai ser, sra. Bandini — bifes de acém?

Ficou parada diante do balcão, fazendo beicinho.

— Quanto *está* o bife de acém hoje?

— Mesmo preço. Mesmo preço.

— Que bom. Vou levar cinquenta centavos de bifes.

Ele balançou a cabeça rispidamente.

— Por que não me falou antes? — disse. — E eu já coloquei toda aquela carne no frigorífico.

— Oh, lamento muito. Deixe para lá, então.

— Não — disse ele. — Desta vez passa. Mas, depois disso, venha mais cedo, eu preciso ir para casa alguma hora esta noite.

Trouxe uma peça de acém e começou a afiar o facão.

— Me diga — falou. — O que é que Svevo anda fazendo ultimamente?

Em doze anos os dois homens raramente haviam falado um com o outro, mas o dono do armazém sempre se referia ao marido dela pelo primeiro nome. Ela sempre achava que o sr. Craik tinha medo dele. Era uma crença que secretamente a deixava muito orgulhosa. Agora falavam de Svevo e ela contou de novo a monótona história das vicissitudes de um pedreiro durante o inverno. Estava ansiosa para ir embora; era doloroso fazer ao sr. Craik o mesmo relato, dia após dia, ano após ano.

— Oh, sim — disse ela, juntando seus embrulhos. — Quase esqueci! Quero levar frutas, também — uma dúzia de maçãs.

Foi como uma bomba caindo. O sr. Craik praguejou baixinho ao abrir ruidosamente um saco e enfiar as maçãs nele.

— Por Deus do Céu! — disse ele. — Esse negócio de botar na conta tem de parar, sra. Bandini. Eu lhe digo que não dá mais para continuar assim.

— Vou dizer a ele — ela falou apressadamente. — Vou dizer a ele, sr. Craik.

— Ach. Como se fosse adiantar muito. Não estou dirigindo um centro de caridade.

Ela juntou seus pacotes e partiu correndo para a porta.

— Vou dizer a ele, sr. Craik Vou dizer a ele. Boa noite, sr. Craik. Boa noite, senhor!

Quanto alívio pisar na rua! Como estava cansada! Cada célula de seu corpo doía. Mas, uma vez mais, e por outro dia, o problema da comida estava resolvido. Ela sorriu ao respirar o ar frio da noite e abraçou seus pacotes com amor, como se fosse a própria vida.

O CRIMINOSO

Naquele verão nós morávamos em Madden Street, perto da escola secundária. Foi a melhor casa que tivemos, com banheira e bocais para um fogão a gás. Uma cozinha a gás era um dos grandes sonhos da vida de mamãe. Os bocais a trouxeram mais próximo da concretização. Agora tudo o que tinha a fazer era conseguir um fogão a gás.

O aluguel da casa de Madden era vinte e cinco por mês, cinco a mais do que pagávamos antes. Era uma casa de três quartos de tijolos vermelhos com um gramado de verdade na frente. Finalmente tínhamos espaço de sobra. Mamãe e papai dormiam no quarto principal. Vovó tinha um quarto ao lado da cozinha, meus dois irmãos e eu dormíamos no quarto do meio. Todo mundo tinha um quarto, o que era uma melhoria em nossa família.

Não havia muitos italianos em Madden Street. Além de nossa família, só tinha Fred Bestoli, que era mais contrabandista de bebidas do que italiano. Fred fora amigo da família, mas, agora que era contraventor, minha mãe não o queria por perto. Vovó também gostava de Fred Bestoli antes de ele passar a vender bebidas. Como ela, ele era da província dos Abruzos e tinham pessoas e lugares em comum. Mas agora ela o odiava porque ele era preso o tempo todo e não ligava para a reputação dos outros italianos.

Quando papai trazia Fred para nossa casa, ela o cumprimentava em italiano. Ela dizia: — Boa noite, cocô de cachorro.

Ou: — Vejam só o que saiu da barriga de uma mulher.

Fred Bestoli era um italiano melancólico e taciturno, mas minha avó sabia despertar o seu lado belicoso. Ele respondia: — Não enche, sua velha! — e papai o encorajava.

— É isso mesmo, Federico. Mande a cadela velha cuidar de sua própria vida.

Enraivecida, vovó virava-se para papai e dizia que teria sido melhor que o seu ventre tivesse produzido um porco do que alguém como ele. Papai respondia que, como ela era sua mãe, estava surpreso de não ter nascido um porco. Essa linguagem violenta e obscena nunca significava nada, de um lado ou do outro. Simplesmente falavam daquele jeito.

Todo outono meu pai fazia vinho e o armazenava no porão. Nunca tinha muita sorte com o vinho. Ou ficava doce demais ou azedo demais. Ele não tinha paciência, e se a colheita mostrava possibilidades, ele a processava antes que pudesse maturar. Assim, ele sempre descia a rua em direção à casa de Fred Bestoli, onde o contrabandista de bebidas vivia sozinho numa esqualidez caótica. Nessas incursões, papai carregava sua caixa de ferramentas de pedreiro e uma sacola de lona pesada. Mas não enganava ninguém. Os vizinhos que regavam seus gramados ao longo da rua olhavam para ele descaradamente, assegurando-o de que sabiam o que havia na sacola.

Nós, garotos, éramos fascinados por criminosos do cinema, mas Fred Bestoli não era do tipo fascinante. Não matava nem roubava. Não andava com armas de fogo nem era caçado pela polícia. Entrava e saía com tanta frequência da cadeia do condado de Boulder que nós também o desprezávamos.

Ele sempre vinha a nossa casa pelo caminho do beco. Detrás do galpão de carvão, ele assobiava para papai. Se estávamos ceando, papai ia lá fora e mandava Fred esperar. Isso criava um mal-estar, vovó resmungava e batia coisas, xingava a América, dizendo que devia ter afogado papai no dia em que ele nasceu. Mamãe parava de comer, seu corpo congelando de ressentimento, seus olhos fixos em papai, que começava a bater coisas também, dizendo que desejava nunca ter se casado, nunca ter vindo para a América, nunca ter nascido de uma chacal como sua mãe ou casado com uma pamonha como sua mulher. Se algum de nós, crianças, sequer respirasse fundo durante esse ataque de fúria, papai pegava uma faca e ameaçava cortar nossa garganta. Embora o pavoroso aviso fosse anunciado aos gritos três ou quatro vezes por semana ao longo de nossa meninice, o mais próximo que chegou de concretizar a ameaça foi na noite em que jogou uma almôndega em meu irmão Dino.

Jantar terminado, a cozinha era limpa e mamãe nos mandava para a sala de estar e trancava a porta, e vovó ia para o seu quarto. Mas vovó tinha sempre muita vontade de brigar. Fazia questão de se encontrar com Fred Bestoli, para ao menos cuspir em seus pés ou insultá-lo de algum modo. Ele devolvia cuspe por cuspe, insulto por insulto, até que meu pai clamava por paz. Então ela se retirava choramingando para seu quarto, implorando a Deus que queimasse a casa e todo mundo dentro dela.

Uma noite, enquanto ceávamos, bateram à porta da frente. Papai atendeu. Quem estava lá, os braços carregados de pacotes, senão Fred Bestoli?

— Olá — disse ele, assustado ao olhar para mamãe e vovó. Havia algo novo e luminoso nele, e não era o terno novo nem a gravata verde. Estava no seu rosto, uma ânsia de agradar, um ar amistoso. Chegou até a nos cumprimentar com a cabeça, as crianças. Vovó falou.

— O que você quer aqui, seu asno?

Ele tentou sorrir.

— Jogue ele de volta à sarjeta — continuou vovó.

Voltou seus olhos sinceros e comoventes para papai, que se aproximou a fim de ouvir alguma choraminga. Papai ficou só a acenar a cabeça e a sorrir. Finalmente deu-lhe um tapinha nas costas.

— Muito bem — disse ele. — Bom garoto, Fred.

Como faria com uma criança tímida, papai conduziu Fred até a sala de jantar. Parou diante de nós junto à mesa, os dentes cerrados, os braços ao redor dos embrulhos.

— Para a senhora — disse ele, estendendo uma caixa de presente comprida para vovó.

Ela recuou como se aquilo fosse uma cobra.

— Pegue! — ordenou papai.

Vovó fez uma carranca e pegou a caixa.

Fred revirou seus pacotes e achou um para mamãe. Ela hesitou, mas papai arrancou a caixa das mãos de Fred e a enfiou nos braços de mamãe. Havia três outros embrulhos. Eram idênticos e Fred entregou um a cada menino. As caixas finas e compridas pareciam suspeitosamente como, a de gravatas. Carlo rasgou o papel com as unhas, mas papai mandou que esperasse. Com olhos negros limpos e brilhantes Fred Bestoli olhou para meu pai, que clareou a garganta como se fosse fazer um discurso.

— Fred Bestoli é meu amigo há trinta e cinco anos — disse papai. — Nasceu a quinze quilômetros da minha cidade natal. Veio para a América quando eu vim também. Trabalhou duro neste país. Servente de pedreiro. Mineiro de carvão. Cavou valas. Trabalho duro. Nenhum dinheiro. Não tem um ofício. Então o que faz? Vende um pouquinho de uísque. Algumas garrafas de vinho. Isso é mau? Eu digo que não! Mas a lei diz que sim. Por isso ele vai para a cadeia, três, quatro vezes.

Fred tossiu. Uma lágrima gorda e prateada rolou do seu olho, escorreu pela bochecha e se espatifou no chão. Sua emoção comoveu vovó. Ela fez um chumaço com o canto do avental e enxugou o nariz nele. Papai ficou feliz com a sua eficácia. Elevou a voz, ergueu as mãos e os olhos para o teto.

— Lá em cima — disse ele, referindo-se ao céu — é onde julgam o certo e o errado, e lá em cima Fred Bestoli tem amigos, mesmo que não tenha nenhum amigo aqui embaixo.

Mamãe, Fred e vovó agora choravam e papai ficou tão comovido que soluçou. Meu irmão Victor deu um risinho nervoso. Isso provocou um rosnado silencioso tão violento nos lábios de papai que Victor baixou o rosto e ficou olhando para o chão.

— Mas Fred Bestoli é um homem diferente esta noite — gritou papai. — Ele se regenerou. Deu um basta ao contrabando de bebidas. Quer ter amigos, como antes.

Vovó deu um pulo e jogou seus braços curtos e gordos ao redor de Fred. — Graças a Deus! — disse ela. — Ah, graças ao nosso Pai do Céu.

Rindo através de suas lágrimas, Fred plantou um sonoro beijo nos cabelos grisalhos de vovó.

— Meu Federico — disse vovó. — Meu filho. Melhor, muito melhor, até, que minha própria carne e sangue.

— Podemos abrir os pacotes agora? — perguntou Victor.

Papai assentiu com a cabeça e nós arrancamos os papéis. Eram mesmo gravatas. Era extremamente difícil sentir gratidão, mas mamãe nos forçou a agradecer ao homem. O pacote da vovó continha um xale preto. Ela ficou deslumbrada ao colocá-lo sobre os ombros.

— Obrigada, *figlio mio* — disse, as lágrimas jorrando dos olhos. — Mil vezes obrigada.

Olhou então para papai. — Ah, quisera que Deus o fizesse meu filho, em vez dele. Quarenta e cinco anos e nunca me deu nem ao menos um penico.

O presente de Fred para mamãe foi um suéter cinzento. Nós a observamos enquanto o vestia. Ela o abotoou, satisfeita, e esfregou as mãos sobre ele.

— Que tal um jantar para nosso amigo? — perguntou papai.

A questão provocou um rompante de atividade enquanto vovó e mamãe providenciavam um lugar à mesa para Fred. Mamãe pegou um prato da melhor porcelana e vovó foi ao seu quarto e voltou com um guardanapo de linho. Papai desapareceu no porão em busca de um jarro de vinho novo.

Pela porta da frente, Carlo viu algo na rua.

— Vejam! — falou, ofegante.

Um sedã Packard novinho em folha estava estacionado diante de nossa casa. Era um modelo preto e grande, tão novo que se avolumava como um animal reluzente. Era o carro de Fred Bestoli. Ele o havia comprado naquele dia mesmo, poucas horas atrás. Corremos para fora e o examinamos de perto, abrindo portas, apertando botões, tocando a buzina. Nenhum de nós havia andado num carro tão novo.

— Vamos pedir a ele — disse Victor.

Em casa, Fred estava sentado diante de um pimentão recheado e um copo de vinho. Mamãe e vovó pairavam por cima dele e papai estava sentado do outro lado da mesa. Pedimos uma volta no carro novo.

— Não — disse papai.

— Não pedimos ao senhor — explicou Carlo.

— Mas eu estou *dizendo* a vocês.

Mas Fred estava expansivo. — Claro. Vou dar uma voltinha com vocês.

— Vão destruir o seu carro — explicou papai

Fred encolheu os ombros. — Como?

— Não sei. Eles vão achar um jeito.

Mas ele cedeu finalmente e disse que podíamos ir. Havia uma condição, porém. Tínhamos de "nos aprontar". Isso significava que tínhamos de mudar de roupa e envergar nossa fatiota domingueira, com gravata.

— Para quê? — perguntou Victor.

— Não se anda num carro novo vestido desse jeito — esclareceu papai.

Olhamos uns para os outros. Estávamos de calças de veludo cotelê, nossa roupa de escola. Era uma bobagem. Mas não havia como discutir com ele. Ou nos aprontávamos ou não haveria passeio de carro.

A longa e odiosa preparação começou. Tivemos de tomar banho, nós três na banheira, vovó supervisionando. Ela usava uma pequena toalha como um carpinteiro usava uma lixa, arrancando a pele de trás de nossas orelhas. Podia obter um efeito saca-rolha enrolando o canto da toalhinha, enfiando no ouvido e girando. Removia a sujeira do escalpo arrancando-a com suas unhas. Quando a provação terminou, fomos ao quarto de dormir, onde mamãe tinha arrumado nossas roupas — cuecas lavadas, camisas e meias limpas. Aquela noite, como uma homenagem a Fred Bestoli, nós nos engalanamos com as novas gravatas. Engomados e estrangulados, ficamos prontos em meia hora. Marchamos do quarto até a sala de jantar. Lá estavam sentados papai e Fred Bestoli. Àquela altura, já haviam esvaziado duas jarras de vinho. Seus rostos e vozes davam prova disso.

— Vão esperar no carro — disse papai.

Esperamos uma hora. Estávamos fartos de esperar, nossos corpos doíam. A noite havia chegado. A rua estava às escuras. Através da porta da frente olhávamos com ódio para papai e Fred debruçados pesadamente sobre a mesa da sala de jantar. O vinho novo os havia derrubado e eles tinham sucumbido estrondosamente. Embora a um metro de distância um do outro, gritavam e batiam na mesa com as mãos. Eram bestas, bestas feias.

— Olhem só para eles — falei. — Me dão nojo.

— Que pai — disse Carlo. — Quero que ele se lixe.

— Vou sair daqui um dia — disse Victor. — Já aturei o máximo que podia aturar. Esperem só eu fazer doze anos, vocês vão ver. Vou me mandar. Aí eles vão se arrepender.

Finalmente mamãe interveio. Não podíamos ouvir o que ela disse, mas seus gestos indicavam um apelo para nós.

— Que eles esperem — gritou papai.

Aquilo provocou um grito em Carlo, um uivo longo, selvagem e sinistro de exasperação reprimida que deixou seu rosto azul enquanto as cordas do pescoço se retesavam e a lamúria assustadora trespassava a noite. Foi tão aterrorizante que Fred e papai pararam de gritar e olharam atônitos um para o outro, ficando sóbrios por um momento. Papai ergueu-se sobre pernas de borracha e Fred saltou meio zonzo da sua cadeira. Atravessaram a casa e desceram os degraus da varanda como homens que estão morrendo de sede, tateando as sombras em busca de um apoio. Quase caíram de cara no chão quando chegaram à calçada, mas, ao se aproximarem do carro, um toque de dignidade os entesou e fingiram que estavam sóbrios. Papai enfiou a cabeça na porta de trás e sorriu repulsivamente para nós, seus globos oculares boiando.

— Tudo em ordem? — salivou.

Não respondemos. Fred Bestoli cambaleou em volta do carro até o lado do motorista, mas um estranho impulso o fez continuar em frente. Do outro lado da rua, ele caminhou a esmo, falando sozinho. De certo modo, papai foi em seu socorro. Podíamos ouvi-los berrando debaixo da macieira no quintal dos Whitley. Fred se esquecera de que tinha um carro. Enquanto gritavam, as luzes na varanda da frente dos Whitley se acenderam. Aquilo inibiu papai, trazendo à tona um último lampejo de decência humana, fazendo-o aquietar-se e laboriosamente ajudar Fred a voltar ao carro. Podíamos ouvir os dois homens arfando e oscilando, trançando os pés enquanto cambaleavam em nossa direção.

Não estávamos mais interessados em dar uma volta. Receando por nossas vidas, tentamos sair do carro. Mas papai não nos deixou. Queríamos dar uma volta, iríamos dar uma volta.

— Mas ele está bêbado demais para dirigir — falei.

— *Eu vou* dirigir — disse papai.

Suspiramos. Meu pai nunca tinha dirigido um carro na vida. Papai botou Fred no carro justamente quando mamãe e vovó desceram os degraus da varanda. Fred estava adormecido, papai tentando tirar as chaves do carro de seus bolsos. Abrimos a porta traseira e pulamos fora. Mamãe pediu a papai que não dirigisse. Ele a ignorou, procurando as chaves, empurrando Fred como um saco de cebolas. Estávamos longe do carro quando ele achou as chaves e tateou o painel em busca da ignição. Vovó avançou com uma vassoura. Enfiou pela porta e tirou as chaves da mão de papai. Caíram no chão. Enquanto ele as procurava, vovó o golpeou na cabeça com a vassoura. A surra incessante o enfureceu. Pegou a vassoura, arrancou-a de vovó, cambaleou para fora do carro e partiu contra ela. Vovó fez pé firme, os braços cruzados desafiadoramente, os lábios disparando xingamentos. Ficaram frente a frente, bombardeando-se com insultos. Mamãe pegou as chaves de dentro do carro e guardou no bolso do seu suéter.

A essa altura todas as luzes das varandas do quarteirão estavam acesas. Vizinhos perfilavam-se em suas portas e assistiam à cena. Papai e vovó subitamente pararam de se insultar. Com a ajuda de mamãe, puxaram Fred do banco da frente e o levaram para casa. Mamãe fechou as persianas e apagou as luzes na parte frontal da casa. Uma a uma, as luzes das varandas ao longo da rua se apagaram e as portas se fecharam e foram trancadas. A noite voltou à sua quietude.

Estenderam Fred Bestoli no sofá. Ele roncava de boca aberta. Papai foi para o quarto. Seus sapatos baquearam contra o chão quando os chutou fora. Logo dormia, seu ronco tão ruidoso quanto o de Fred.

Desconsolados, sentamos na cozinha, Carlo, Victor e eu. Vovó chegou. Sorriu ao abrir sua bolsinha de moedas. Deu uma moeda de dez centavos para cada um de nós.

— Vão ao cinema — disse.

O cinema! Caímos sobre ela, beijando e abraçando. Ela nos empurrou e arrancamos nossas gravatas e saímos correndo de casa. Foi a melhor casa que tivemos.

UMA MULHER DO MAL

Estávamos jantando quando tio Clito chegou em meio à nevasca. Tirou o sobretudo, soprou suas mãos frias e entrou na sala de jantar.

Papai ofereceu-lhe *pasta e fagioli*, mas ele não quis. Escanchado numa cadeira, o queixo pousado no topo do encosto, seus olhos castanhos alertas estudaram a mesa. Notou o vinho, a quantidade que papai havia bebido, a quantidade de manteiga espalhada em nosso pão, tudo. Mamãe se empertigou e ajeitou os cabelos. Você precisava ser muito cuidadoso com tio Clito. Tinha um talento para farejar encrenca. Nós, meninos, escondemos as mãos, para que não observasse nossas unhas desleixadas.

Tio Clito era barbeiro. Era o irmão mais velho de mamãe, o único irmão nascido na Itália. Falava um inglês estropiado. Sua loja era a melhor do bairro italiano de Denver. Embora fosse um homem rico, a desculpa de tio Clito para não se casar era que não podia arcar com uma mulher.

Todo mundo tinha medo dele. Era capaz de diagnosticar problemas a partir de sintomas mais corriqueiros.

Quando íamos à barbearia cortar o cabelo, mamãe nos obrigava a vestir as roupas domingueiras. Isso porque tio Clito certa vez viu meus sapatos gastos e deduziu que papai voltara a jogar. Estava certo. Os irmãos e irmãs de mamãe vieram em comitiva à nossa casa, exigindo saber se papai estaria negligenciando os cuidados com a família. Ao passar pela barbearia de tio Clito, em Osage Street, fazíamos questão de que nos visse acenar enquanto trabalhava na primeira cadeira ao lado da janela. Havia um motivo para isso, também. Certa vez, minha tia Teresa passou sem acenar. Ela atravessou a rua e passou pela barbearia com a cabeça virada para o outro lado. Imediatamente tio Clito telefonou para tio Julio, o marido de Teresa. Julio fechou seu açougue e se encontrou com Clito na frente da barbearia. Juntos, caminharam por toda Osage, espiando em cada bar e cada café. Não deu outra. No Zucca's encontraram Teresa numa mesa reservada com Tony Mongone, o editor. Tia Teresa estava apostando nos cavalos de novo. Julio arrastou a mulher para a rua, deu-lhe um tapa no rosto e a mandou para casa num táxi. Depois, tio Clito sorriu com astúcia e explicou por que suspeitara de que Teresa estava jogando de novo. Sua maneira de andar, comentou, seu nervosismo, e o fato de que não acenou para ele.

E aqui estava tio Clito em nossa casa de novo, atravessando uma tempestade de neve para nos contar alguma coisa.

— Como vão os negócios? — perguntou papai.

Tio Clito encolheu os ombros. Então acenou com a cabeça para nós, indicando que queria as crianças fora da sala. Saímos com um ar de desdém. O que nos importava? Tudo o que sempre ganhávamos daquele velho pão-duro no Natal eram ceroulas, meias e outras porcarias inúteis. Nos arrastamos até a cozinha e papai fechou a porta atrás de nós.

Imediatamente nos amontoamos sobre ela, as orelhas apertadas contra a fresta. Tio Clito falou.

— Alguém viu u Mingo nus último dia?

— Ele não tem aparecido — falou papai.

Mingo era nosso tio favorito, o irmão caçula de mamãe e a pessoa mais famosa da família, pois tocava piano na Orquestra Sinfônica de Denver. Seus presentes de Natal para nós incluíam espingardas de ar comprimido, trens elétricos, tacos de beisebol e trenós.

— Logu, logu, Mingo vai casá, vai tê uma mulié — disse Clito.

— Mingo? — duvidou papai.

— Esperem só. Voceis vão vê.

Através da fechadura, observei o sorriso malicioso de tio Clito. Seu rosto se retorcia de prazer.

— Com quem ele vai casar? — perguntou mamãe.

— Con una *puttana*, sem dúvida — disse ele em italiano. — Uma rameira qualquer.

— Como é que você sabe disso?

— Sei um montão di coisa — ele sorriu. — Um monti di coisa mesmu.

Mamãe e papai ficaram em silêncio, temerosos de sua sabedoria. Eu podia ouvir o vinho engasgando na garganta de papai enquanto ele bebia.

— Fico feliz que Mingo vai se casar — disse mamãe. — Ele é tão solitário morando sozinho naquele terrível Hotel Roma.

— Solitário? — tio Clito sorriu ironicamente. — Morano sozinhu? — e sacudiu a cabeça. — Mingo não está tão sozinhu quanto voceis pensam. O Hotel Roma fica a meia quadra da minha loja. Veju coisas. Não digo nada, mas veju u que acontece.

— O que você vê?

— Vejo alguém, ela tem cabelos ruivo.

Mamãe deu um tapa na mesa.

— Clito, você me deixa tão cansada! Você é um mexeriqueiro.

Clito apertou seu coração com as duas mãos. — É por mexericu que eu quero que meu irmão case com una *puttana*? É mexerico que ela é a mesma mulié que dirige o Flamingo Rooms. Ah, não! É por amor ao meu irmãozinho Mingo. Sou barbeiro. Elas vêm cortar o cabelo: quatro garota, uma mulié. Não digo nada. Corto os cabelo, elas dão o dinheiro. Mas quando essa mulié qué se casá com meu pequeno irmão Mingo, eu num mexericu não, eu falu. Eu protejo Mingo.

— Mingo não se casaria com uma mulher dessas — diz meu pai. — Ele tem a cabeça no lugar.

— Mingo é malucu. Ele é um grande artista.

— Não tão maluco assim — papai respondeu. — Mingo ainda é jovem. Ele leva as coisas na brincadeira. E isso é da sua própria conta.

A ironia voltou ao sorriso de Clito. — Ninguém compra anel de diamante pra brincá com uma ruiva.

— O quê? — disse mamãe.

Clito cruzou os braços e sorriu como um gato.

— Talvez o anel seja de outra pessoa — arriscou papai. Seu ceticismo deixou Clito injuriado.

— Falei com u Frank Palladino — disse ele. — Frank mi conta tudo. O anel é mesmo da ruiva.

Não podiam contestar aquilo. Palladino era dono da joalheria que ficava a poucas portas da barbearia.

— Ele não pode casar com aquele tipo de mulher — disse mamãe. — Eu não vou deixar!

— Tardi dimais — Clito sorriu. — Farinha du mesmu sacu...

Clito deixou nossa casa e fez seu relatório ao restante do nosso clã. No dia seguinte mamãe sentou-se ao telefone, dando e recebendo telefonemas. No jantar, ela deu a papai os detalhes. Tia Rosa, a mulher de Attilio, estava prostrada de dor. Tia Philomena estava revoltada demais para sequer falar a respeito — um dado irônico, pois ela e mamãe costumavam falar quase uma hora ao telefone. Tia Teresa queria saber por que Mingo não se casava com uma moça italiana boa e direita como seus outros irmãos. Tia Louisa ameaçou arrancar os olhos da mulher de Mingo no momento que a visse.

Nos três dias que se seguiram, o nosso povo entrou num estado de histeria em massa. Tia Teresa veio à nossa casa e chorou no ombro de mamãe. Mamãe e tia Louisa visitaram a igreja e fizeram preces pela orientação de Mingo. Tia Philomena veio à nossa casa, desabou no sofá e se lamuriou. Mamãe pegou sua mão, ambas aos prantos. Papai sugeriu uma ida ao Flamingo Rooms para uma conversa com a mulher que havia causado todo esse caos, mas mamãe o agarrou pelos suspensórios e gritou: "Nem ouse isso!" e "Só por cima do meu cadáver!".

Três noites depois que a notícia circulou, Clito estava de volta à nossa casa. Tinha ido à polícia e verificado a ficha da ruiva. E aqui estavam os horrorosos fatos: o nome da mulher era Joan Cavanough; tinha trinta e dois anos. Era uma mulher de má fama havia muitos anos e tinha sido presa duas vezes. Mas seu nome verdadeiro não era Joan Cavanough; era Mercedes Lopez.

— Mexicana, hein? — comentou papai.

— Não — disse Clito. — Purtuguesa.

— Portuguesa — papai falou. — Hmm. Isso é ruim.

— A Igreja não vai permitir — disse mamãe. — Ele vai ter de se casar com um padre protestante.

— Se ela é portuguesa, provavelmente é católica também — disse papai.

— Aquela mulher, católica? — exclamou mamãe. — Nunca!

Subitamente papai ficou furioso. Talvez porque sempre desgostasse dos seus cunhados; talvez porque detestasse tio Clito; talvez porque gostasse tanto de tio Mingo, que ia pescar com ele; fosse o que fosse, papai plantou o pé e berrou desafiadoramente, socando a mesa até os pratos dançarem.

— Não faz diferença! Mexicana, americana, portuguesa, católica, protestante — não faz diferença. Um homem tem que ter o direito de escolher sua própria vida. Deixem o homem em paz. Talvez ele ame essa mulher. Talvez ele não ligue para quem ela é. Talvez ele possa tirá-la do Flamingo Rooms e lhe dar um lar. Vocês já chegaram a pensar nisso?

Clito olhou para mamãe com um sorriso triste. Finalmente papai caíra na armadilha, pelo menos tinha revelado o sórdido liberalismo do seu credo. Exausto, papai sentou-se e tomou um trago de vinho. Clito olhou pensativo para mamãe, piedade em seu rosto. Ao sair, ninguém falou ou se mexeu.

Papai permaneceu à mesa. Mamãe recolheu os pratos, batendo com eles para indicar que estava envergonhada de seu marido. Por três horas papai ficou sentado, bebendo. Ficou muito quieto, rodando o copo na mão. Desceu duas vezes à adega para encher a jarra de vinho. Cambaleou quando se levantou para ir para a cama. Mas só suas pernas estavam bêbadas. O resto dele estava cansado, com uma melancolia profunda.

Clito chegou apressado na noite seguinte. Segurando o chapéu, ficou de pé na sala de jantar e fez o seguinte relatório. Naquela tarde, tio Mingo foi à barbearia. Tinha barba de três dias no queixo. Estava pálido e dissipado. Perguntado sobre por onde andara, ele disse: "Aqui e ali." Perguntado sobre o que andava fazendo, ele respondeu: "Isso e aquilo." E quando tio Clito perguntou se Mingo pretendia se casar, ele respondeu: "Às vezes sim, às vezes não."

Enquanto tio Mingo cochilava sob as toalhas quentes, tio Clito foi ao quarto dos fundos na ponta dos pés e telefonou para tio Julio, o açougueiro. Em dois minutos tio Julio estava na barbearia. Mingo ainda se achava na cadeira.

— Não o temos visto muito ultimamente — disse tio Julio.

— Aqui estou — Mingo sorriu.

— Amanhã é meu aniversário de casamento — disse tio Julio. — Um almoço com ravióli. Você irá?

— Estarei lá.

Depois de congratular Julio por seu aniversário, ele saiu apressadamente. E esse foi o fim do relatório de tio Clito.

— Amanhã não é aniversário de Julio — disse mamãe. — Ele se casou em novembro, dois dias depois que Attilio arrancou os dentes.

— Amanhã às treze horas — disse Clito. — Na casa do Julio. Todu mundu veim — sorriu misteriosamente e partiu.

Papai não queria ir à casa de tio Julio. Ao meio-dia do dia seguinte mamãe corria de quarto em quarto, seu rosto borrado de pó de arroz, a boca cheia de grampos, a respiração ofegante devido à pressão do seu espartilho. Papai ficou sentado na cozinha, vestindo sua calça nova, tomando clarete e dizendo que aquilo era uma arapuca, que ele não ia. Mas por que tinha feito a barba? E por que usava a calça nova? Embora seus protestos se elevassem, ele já estava vestido e pronto antes de mamãe.

Em fila indiana, marchamos pela trilha aberta na neve funda do quintal até o galpão onde papai guardava seu furgão. Mamãe sentou-se com ele na frente e nós três nos ajeitamos na caçamba do furgão.

A casa achatada de um andar de tio Julio ficava a um quilômetro e meio de nós. Quando chegamos, todo mundo estava lá, exceto tio Mingo. Mamãe arfava ao subir as escadas da varanda. Subitamente ela caiu no choro. Tio Julio abriu a porta e a abraçou.

— Vamos, vamos, Coletta — disse ele. — Não se preocupe com nada.

Nós os seguimos até uma sala de estar tomada por fumaça de charuto, pela pungência de vinho forte e de homens — homens acalorados e suarentos. Em silêncio respeitoso observaram mamãe correr soluçando para a cozinha, e a gente podia ver os olhos de tio Tony marejarem abruptamente enquanto mordia o lábio para se controlar. Na cozinha, mamãe caiu nos braços de minhas quatro tias. Simultaneamente se puseram a chorar e a gemer, quando Louisa contava entre abafos pequenas reminiscências da vida de Mingo — sua doce figura de coroinha, que criança bonita era, com que elegância tocava o piano, e como a *mama* e o *papa* (meus avós) rolariam no túmulo se Mingo se casasse com essa ruiva. Então se ouviu o som cortante de água fervente transbordando e chiando sobre o fogão. As mulheres pararam de chorar na hora e entraram em ação. Assim que o chiado morreu e o cozimento estava em ordem, elas recomeçaram, desta vez com uma raiva apaixonada.

— Deviam enforcar uma mulher como essa — disse Philomena. — Enforcar e deixar pendurada até apodrecer.

— A forca é boa demais para ela — disse Teresa. — Marquem seu peito a ferro em brasa, como naquele filme, e a arrastem pelas ruas. E cuspam nela — e ela cuspiu.

— Eu a cortaria em pedaços — disse tia Louisa, esquentando aos poucos. — Quando encontrar aquela mulher, vou enfiar estas unhas nos seus olhos e arrancá-los pelas raízes. Vou dar um jeito para que nenhum homem bote mais os olhos nela.

Na sala de estar, papai se acomodou no sofá, depois de retirar com desprezo viril um número de almofadas rosas e verdes sobre as quais estavam estampadas imagens do Capitólio em Washington, de Pikes Peak e das ruínas de Pompeia. Outras almofadas tinham poesia em suas faces brilhantes. Em uma delas era um poema chamado "Mãe"; na outra, o "Lar Doce Lar". As paredes e o piano estavam carregados de quadros de parentes, vivos e mortos. E havia a foto inesquecível e assustadora do primeiro bebê de tia Teresa, que morreu aos seis meses. A foto foi tirada depois que o bebê havia morrido.

Ficaram sentados ali, os homens de nossa família. Tio Julio, o açougueiro; esta era a sua casa. Tio Clito, o barbeiro. Tio Pasquale, o marmoreiro. Tio Tony, o motorista de caminhão. Tio Attilio, o operário. Meu pai, o pedreiro. Espremidos naquela sala de estar, eles tomavam vinho e fumavam charutos, e debaixo de suas roupas domingueiras apertadas em seus corpos pequenos e troncudos acaloravam-se e suavam.

Não falavam sobre o motivo daquela reunião. Cautelosamente, resmungavam contra o tempo e a vida dura. Suas rixas eram frequentes e sempre prestes a eclodir de novo. Meu pai, o pedreiro, só tinha desprezo pelo trabalho de Pasquale, o marmoreiro. Tio Tony, o caminhoneiro, tinha por regra nunca fazer carreto para os parentes. Por isso era profundamente detestado. Todos eles consideravam Julio, o açougueiro, um brigão e um hipócrita. Tio Attilio, o operário, ressentia-se do grande cuidado que os outros sempre demonstravam de queixar-se de dívidas, cortando assim qualquer esperança que Attilio tivesse de tomar dinheiro emprestado. Duas coisas esses homens tinham em comum. Adoravam tio Mingo porque era um artista, um pássaro em voo, um solteiro livre e desimpedido; odiavam tio Clito por causa de sua língua ferina. Não havia como saber o que tio Clito sentia, porque ele vivia nas vidas dos outros.

Tio Tony forçou uma quebra na conversação.

— Rapaz! — disse. — Aquele ravióli está cheirando bem!

— Que está dizendo, ravióli? — disse tio Julio. — Acha que sou feito de ouro? É espaguete.

— Mas eu pensei...

— Não importa o que pensou. Você sabe por que nós estamos aqui. O que vamos fazer com aquela mulher?

— Vou falar com Mingo eu mesmo — disse Pasquale. — Sei como lidar com ele.

— Você! — Julio zombou, o açougueiro encarando o marmoreiro. — Não me faça rir.

— Não quero ter nada a ver com isso — disse tio Tony, que nunca fazia fretes para seus parentes.

— Talvez ele tenha razão — disse papai. — Talvez a gente não deva interferir.

— É um jeito bonito de falar — disse Pasquale. — Acho que você ia gostar de ter aquele tipo de cunhada.

A voz de papai ferveu. — Eu seria capaz de gostar mais dela do que de algumas cunhadas que tenho.

Pasquale saltou de pé. Papai também. Correram um para o outro, seus corpos pesados colidindo inofensivamente. Os outros os apartaram enquanto gritavam um com o outro.

Papai: — Ele não é um marmoreiro, aquele vagabundo!

Pasquale: — E imagino que *você é* um pedreiro!

As mulheres correram da cozinha até seus homens, implorando que não brigassem, voejando como colibris obesos. A briga terminou sem golpes. Os homens expulsaram as mulheres da sala de estar.

Sua resistência unida contra as mulheres forjou um melhor entendimento entre os homens. Sentaram-se de novo e a tensão havia passado. Papai afrouxou a gravata, Pasquale tirou o paletó, Tony colocou os pés na mesa de chá e tio Attilio tirou os sapatos. Um poderoso cheiro de chulé encheu a sala. Os copos de vinho foram cheios de novo. A discussão recomeçou.

A prima Della, filhinha de tio Tony, cambaleou para dentro da sala com passos inseguros e colocou a cabeça no colo de Julio.

— A mulher má, muito má, vai vir? — perguntou ela.

— Não — disse Julio.

— Por que não?

Tia Louisa entrou rapidamente, empurrou Della até uma cadeira, deitou a criança sobre seus joelhos e a espancou com força. Os gritos de Della encheram a casa. — Vou ensinar você a falar de mulheres más — disse Louisa, ofegante. — Vou ensinar a você!

— Você é má também! — Della berrou. — Você é horrorosa.

Peguei Della pela mão e a levei escada abaixo para o porão comprido onde meus irmãos e primos estavam reunidos. Era território hostil, meninas contra meninos. As meninas eram altivas e orgulhosas demais para lutar e os meninos faziam comentários desagradáveis.

No andar de cima, na cozinha, as mulheres estavam impacientes. O espaguete estava pronto, servido em duas grandes travessas, temperado com molho e salpicado de queijo. As mesas estavam postas na sala de jantar para os adultos e na cozinha para as crianças. Era uma e meia.

— Ele teve vergonha de vir — disse Louisa.

— Não admira — Rosa respondeu.

Os homens, suas barrigas cheias de vinho, estavam mal-humorados. Apenas tio Clito mantinha sua aparência cautelosa. Sentou-se junto à janela, sem beber, delicadamente lambendo a ponta do dedo ao folhear uma revista feminina. Meu pai adormecera no sofá, a boca escancarada.

Às duas da tarde, tio Julio disse: — Vamos comer.

Os homens se levantaram, suas juntas estalando como vara quebrada. Inquietos e esfomeados, desabaram nas cadeiras em torno de uma parte da mesa da sala de jantar, agrupados juntos num semicírculo apertado. As mulheres reclamaram. Achavam que cada homem devia se sentar ao lado da parceira. Os homens fizeram carranca e recusaram a proposta. As crianças na cozinha sentavam-se ao redor da mesa e de mesas de bridge colocadas no meio do aposento. O espaguete estava quente, mas pastoso; o molho de tomate tinha secado, não havia queijo suficiente. Quando soubemos que só haveria maçãs como sobremesa, o sabor da comida piorou. Brigas irromperam nas mesas de bridge. Canelas foram chutadas.

Na sala de jantar, tio Julio queixou-se amargamente. Foi a pior refeição que comera na vida. Pediu aos homens a sua opinião. Com a boca cheia de comida, deixaram claro que ele tinha razão. Tia Teresa caiu em prantos e as mulheres a consolaram. A culpa era da ruiva: foi ela a causa daquilo tudo. Então todo mundo se aquietou e tudo o que se ouvia era a sucção, a mastigação, o engole-engole e os arrotos enquanto comíamos nosso espaguete.

A porta da frente se abriu. Lá estavam tio Mingo e uma mulher. Mingo era alto, com os olhos dourados de um galo. Tinha cabelos sedosos cor de milho e suas longas mãos eram massas pendentes de ossos e veias azuis. Parecia-se com meu bisavô, cuja mãe era russa. Mingo era o único dos nossos que não tinha a pele morena, os olhos negros e o porte robusto. Era uma cenoura entre batatas.

A mulher ao seu lado era pequena, seu rosto coberto de *rouge* com cor de rosa amassada. Mingo puxou-a para perto de si de maneira tranquilizadora. Tinha cerca de trinta e dois anos, com maçãs salientes e olhos mestiços escuros e oblíquos num rosto bonitinho que já fora muito bonito.

— Não tenha medo — Mingo sorriu.

As mulheres ao redor da mesa trocaram olhares de repulsa, mas logo era possível ver uma espécie de terror nos rostos dos homens. Tio Mingo tirou uma capa de raposa vermelha dos ombros da mulher. Por baixo dela havia uma blusa verde frouxa enfiada numa saia laranja. Ela era esbelta, com quadris arredondados e pernas finas. Esfregou as mãos, que estavam roxas de frio. Tio Mingo pegou as mãos dela e as massageou brevemente.

Isso foi demais para as mulheres. Levantaram-se, de queixo erguido, e caminharam em fila indiana até o quarto, batendo a porta atrás de si. Tio Mingo riu.

— O que foi que eu lhe disse? — comentou.

A mulher virou-se para ele com olhos assustados.

Logo a porta do quarto se abriu. Tia Rosa botou o rosto para fora. — Attilio — disse —, venha cá um minuto. Não quero você aí, Attilio. Está me ouvindo?

Attilio meio que se levantou da cadeira, mas tio Mingo o encarou e ele voltou a sentar. A mulher sorriu, seus dentes brancos como os de um cão. Tia Rosa bateu a porta com força. Tio Mingo colocou os braços em volta da mulher e a trouxe mais para perto da mesa. Apresentou-lhe cada homem. Evitaram seu olhar, acenando com a cabeça friamente. A cada um ela sorria e dizia: — Prazer em conhecê-lo.

Para tio Clito ela exclamou: — Ora, eu o conheço! Meu barbeiro!

Tio Clito piscou os olhos e nada falou.

Tio Mingo virou-se para nós, amontoados à porta da cozinha. — Crianças, esta é a srta. Cavanough.

Com isso, a porta do quarto se escancarou e as mulheres saíram em massa e vieram buscar seus rebentos, juntando-os como gatinhos fujões, alguns pelo pescoço e pelos cabelos, arrastando-os para o quarto de dormir. Eu escapei com meu primo Alberto. Mamãe pediu socorro a meu pai e tia Philomena ordenou a Pasquale que recolhesse Albert. Os homens deram de ombros, receosos de ofender tio Mingo.

Do quarto vieram os ruídos de chutes e gritaria, de tapas sendo ministrados, as mulheres guinchando sua raiva, seus epítetos penetrando as paredes como um vento frio: aquela meretriz, aquela destruidora de lares, aquela mulher das ruas.

Os homens contorceram-se e tossiram, mas Mingo e a srta. Cavanough pareciam alheios. Mesmo quando tia Teresa gritou "Vou quebrar cada prato em que ela tocar", eles se sentaram à mesa.

— Vou arrancar-lhe os olhos! — gritou Louisa.

Então houve batidas de pés e a fúria da violência física, pontuada por gritos. Uma vez mais a porta se escancarou e Louisa, os cabelos desgrenhados e a blusa quase arrancada do corpo, livrou-se das outras mulheres e investiu na direção da srta. Cavanough com uma escova de cabelos na mão.

— Vou matar você se não sair daqui agora! — gritou. — Vou estourar os seus miolos.

A mulher ficou atrás de tio Mingo, aterrorizada, enquanto papai e tio Julio carregavam Louisa de volta para o quarto, e a escova descia clac! clac! sobre o crânio de Julio. Fecharam a porta e voltaram. Tio Julio esfregava o escalpo dolorosamente. Os maxilares de tio Mingo retesaram-se, seus olhos cheios de indignação, mas, apesar disso, mantinha um sorriso.

— Não se preocupe, querida — disse à mulher.

— Vamos embora — ela disse. — Elas me odeiam.

— Você é bem-vinda aqui — disse Mingo. — Todo mundo é bem-vindo à casa do meu irmão. Não é isso, Julio?

— Sim — disse Julio. — Acho que sim, Mingo.

— Você não é bem-vinda! — gritou Philomena do quarto.

Os lábios da srta. Cavanough tremeram, seus dedos pousaram sobre a garganta. Parecia prestes a chorar. Viu um copo de vinho à sua frente e o esvaziou num só gole. Então se sentou, colocou os cotovelos sobre a mesa, agitou as mãos, olhando para os homens, para as paredes, para seu colo. Subitamente ficou de pé.

— Não posso! — soluçou. — Oh, Mingo, não posso! Não posso!

Correu até a sala de estar, pegou seu casaco e partiu para a porta da frente. Mingo foi atrás dela, gritando que voltasse. Alcançou-a quando ela se ajeitava ao volante do seu carro, metade do corpo dele dentro do carro, as mãos acenando, implorando a ela. Mas ela deu a partida e o carro se afastou e desceu a rua numa explosão súbita de velocidade.

Ele voltou para casa com as mãos nos bolsos. Na varanda, acendeu um cigarro. Durante dois ou três minutos apoiou-se contra a balaustrada da varanda, fumaça rolando da sua boca. Depois jogou fora o cigarro com um peteleco e entrou.

Os homens ao redor da mesa fitaram seus pratos. Fez-se silêncio no quarto. Mingo sentou-se e encheu um copo de vinho. Tio Julio tocou no seu ombro.

— Lamento que isso tenha acontecido, Mingo.

— Cale a boca — disse Mingo.

Ele encarou cada rosto, amargura e sofrimento jorrando de seus olhos duros. Eles o deixaram bebendo sozinho à grande mesa e recuaram até a sala de estar, onde falavam aos sussurros. Mingo ficou bebendo, pensativo. Em pouco tempo a porta do quarto se abriu e as mulheres silenciosas emergiram. Ficaram de pé ao redor da mesa por alguns momentos, sua raiva dissipada, derramando ondas de ternura e piedade sobre tio Mingo. Tia Teresa foi à adega e voltou com uma garrafa de *brandy*.

— Experimente isso, Mingo. Eu estava guardando.

Ele se serviu e bebeu. Tia Louisa enfrentou o desespero dele e parou ao seu lado, afagando com os dedos seus cabelos radiantes. — É difícil, Mingo — disse ela. — É muito difícil... eu sei.

Ele continuou a beber, sem falar, e as mulheres encenaram o seu velório por um amor morto. Logo, o *brandy* estava quase acabado e sua cabeça caiu sobre a mesa. Levantaram Mingo, seus pés arrastando, e o carregaram até o quarto. Tiraram seus sapatos e sua roupa e o colocaram na cama. Ele dormiu pesadamente, gemendo em meio a sonhos perturbadores. Tia Louisa acariciou sua testa.

— Ele é jovem — disse. — Vai superar isso.

De repente ele se alçou. Sentado na cama, os olhos avermelhados e possessos, num último acesso de tormento, os punhos cerrados. Estávamos todos presentes, as mulheres ao redor da cama, os homens e as crianças espiando através da porta.

— Clito — berrou, ofegante. — Ah, Clito! Pela Mãe de Deus, por que você fez isso comigo?

E então afundou de novo na cama e caiu num sono profundo. As mulheres fecharam as cortinas, escurecendo o quarto. Saíram na ponta dos pés e a porta foi fechada. O som sofrido da voz de Mingo ainda estava conosco. Todo mundo olhou para tio Clito, que estava parado de pé, pálido e sozinho. Tia Rosa, mãos nos quadris, postou-se diante dele, fuzilando-o com os olhos. Subitamente cuspiu no seu rosto. Em uníssono as mulheres atacaram, encurralando-o num canto.

— Hipócrita! — disse mamãe.

— Mexeriqueiro! — disse Philomena.

— Vou arrancar seus olhos! — disse Louisa.

Os homens vieram em seu socorro, arrastando-o para longe das garras das mulheres e puxando-o para a porta da frente. — Vai em frente — papai ordenou. — Vai embora, Clito, antes que se machuque.

Empurrou tio Clito porta afora com tanta força que o barbeiro perdeu o equilíbrio, caiu da varanda e ficou deitado por um momento na neve. Então se levantou e desceu a rua.

Depois daquilo, não tivemos mais medo de tio Clito — nenhum de nós. Quando chegou a hora de cortar os cabelos, mamãe nos mandou ir ao Joe's Place, do outro lado da rua, bem defronte à barbearia de Clito.

UM SUJEITO MONSTRUOSAMENTE ESPERTO

"E pensar nisso", refletiu Jurgen, "que o mundo que eu habito é ordenado por seres que não são um décimo tão espertos quanto eu. Muitas vezes suspeitei disso e é decididamente injusto. Agora vamos ver se eu consigo tirar alguma vantagem por ser um sujeito tão monstruosamente esperto."

— James Branch Cabell
Jurgen: Uma comédia de justiça (1919)

Sábado à noite, Eddie Aiken e eu estávamos sentados na praia fumando cigarros. As luzes de Wilmington atrás de nós eram descuidadamente brilhantes e multicoloridas, refletindo debaixo delas os ânimos de pessoas que seguiam apressadas para nenhum lugar em particular. Uns trinta metros praia acima, num pavilhão aberto, uma orquestra de jazz tocava ferozmente "Tiger Rag". A canção me lembrava de uma história de Ben Hetch sobre um antropólogo que buscava remotamente modos e costumes primitivos; mas, vejam só, depois de uma vida de cabelos grisalhos, e em sua própria cidade natal, o grande professor encontrou música e dança tão exóticas quanto os requebros cerimoniais de qualquer clã antediluviano de selvagens de Fiji. Então e ali as pesquisas do sábio terminaram num fulgor de felicidade, e a seguir ele escreveu o livro que vinha imaginando há oito anos.

Contei a história a Eddie. Ele riu com curiosidade contida, dizendo: — Muito bom, muito bom. Mas não vejo sentido. Vamos ao Majestic encarar algumas danças.

Eu não era um bom dançarino. Estava sempre muito preocupado com a minha parceira e era sensível demais a minhas contorções diante de olhares estranhos.

— Não posso — falei. — Tenho de estar nas docas cedo amanhã.

— Só uma dança ou duas — disse Eddie. — São só nove horas da noite.

Nos levantamos e limpamos a areia branca de nossas calças.

Eddie beliscou seu suéter. — Céus, nossas roupas são um horror.

Ele vestia uma camisa branca com uma gravata preta, um suéter branco e calças pretas, muito melhor do que eu. Eu vestia uma camisa branca, uma gravata vermelha-escura, minha jaqueta de couro marrom e calças marrons.

— E daí — falei —, por acaso somos manequins?

— Que são manequins?

— Pessoas que se apresentam em desfiles de moda.

Caminhamos até o Majestic. Do outro lado do porto cintilavam as luzes de San Pedro. Entre as luzes e nós, os porta-aviões *Lexington* e *Saratoga* dormitavam ancorados. Pareciam monstruosos, negros e frios. Imaginei uma história.

A pista de dança estava apinhada. Luzes coloridas relampejavam contra espelhos de parede. Tiras de papel crepom pendiam e ondulavam em laços retorcidos de viga em viga. Era o tipo comum de salão em que o ingresso era grátis e você pagava dez centavos por dança e a pista se esvaziava depois de cada número. Uma cerca de vime com sessenta centímetros de altura circundava o piso de mármore. Marinheiros, estivadores e suas mulheres, operários e suas esposas, e turistas ricos, todos se esforçavam na pista. Cumprimentamos alguns amigos e abrimos caminho até a cerca, onde assistíamos à passagem ruidosa dos dançarinos, especialmente as mulheres. A orquestra ainda atacava "Tiger Rag". Espasmodicamente, um sujeito gritava "Yippiiiii! Uahuuu!".

Eddie me cutucou: — Um californiano nativo que veio do Texas.

Eu me sentia tenso e com a boca seca; salões de dança eram lugares onde as mulheres conseguiam ser mais suaves. Tentei pensar num adjetivo descritivo adequado. Em vez disso, meu pensamento me forneceu uma sensação de inutilidade para adjetivos descritivos e comecei a desejar ter ficado em casa e escrito minhas mil palavras. Uma garota de cetim preto, ostentando quadris lustrosos, corria pelo salão puxando seu parceiro suarento atrás de si. Eu a seguia com o olhar e me perguntava como ela ganhava a vida e se lia Nietzsche. Com tais quadris, especulei, certamente não tinha tido filhos; mas eu apostava que não era virgem.

— Vamos — disse Eddie. — Vamos andando.

Os machos desacompanhados eram numerosos. Abrimos caminho no meio deles até um pequeno corredor que circundava a pista e, caminhando por essa passagem, observamos os espectadores sentados à nossa direita em busca de mulheres desacompanhadas.

— Rapaz — disse Eddie.

À nossa frente havia duas garotas, solitárias, e uma era atraente, com cabelos ruivo-acastanhados; a outra era feia. Sorriram convidativamente quando nos aproximamos. Eddie me passou à frente e ficou com a mais bonita.

— Te vejo depois — disse. Eddie era rápido e um excelente dançarino.

Segui em frente. A garota feia me observou passar. Três metros adiante eu me virei. Nossos olhares se chocaram.

Oh, Deus.

Segui em frente, mais rápido. Tentei tecer palavras explicando por que eu havia olhado para trás: "Havia um fascínio em sua feiura que, talvez, revertesse meus olhos em sua direção." E achei a frase bem-feita, até, para o breve tempo em que foi composta.

Caminhei pelo corredor do outro lado, onde vi duas garotas sentadas, uma loura, outra morena. Inclinavam-se para a frente de modo que a cabeça de uma estava quase no colo da outra e ambas falavam sem respirar. Tinham cerca de vinte e cinco anos, provavelmente casadas, imaginei.

Ajeitei a gravata e caminhei até elas. Sentia muito bem minha baixa altura e minha pequenez, para ser sutil, e eu sabia disso, uma mera desvantagem fisiológica impossível de ignorar. As garotas me olharam por baixo das sobrancelhas, mal erguendo a cabeça. Seus maxilares, mascando chiclete, pipocavam como pistões.

Decidi convidar a loura, me chamei de babaca, e falei.

— Posso ter esta dança?

A música era um foxtrote lento.

Elas pararam de mascar simultaneamente e se entreolharam. A loura examinou suas unhas. Eram muito compridas.

— Nunca danço com estranhos — disse.

Falava com a amiga enquanto lixava as unhas sobre a coxa.

— Vá lá, dance com ele, Elsie. Parece um bom sujeito.

Elsie apertou os lábios até fazer beicinho e sacudiu a cabeça lentamente.

— Ahan — disse. Me deixou com raiva.

— Quer dizer "Não, senhor", não é?

Ergueu o olhar para mim.

— Sim, é o que eu quero dizer. "Não, senhor."

Fui embora.

— Ei, você aí! — A loura gritou quando eu estava a três metros de distância.

Voltei até onde ela estava sentada ainda lixando as unhas.

— Mudei de ideia. Suponho que você pode dançar esta comigo.

Por qual tipo de babaca ela me tomava?

— É muito gentil da sua parte — falei —, e, como isso é um jogo de suposições, suponho que você pode ir para o inferno.

Ela mordeu os lábios, me olhou de soslaio, e ficou com um belo rubor. Tentei sorrir, mas foi difícil. Ao me afastar, ouvi a loura dizer à amiga: — Nunca fui tão insultada em toda minha vida.

Congratulei-me com minha réplica. Lembrei que Voltaire, Huneker e George Jean Nathan eram mestres do ofício e fiquei a imaginar como teriam lidado com ela. Talvez não tão estupidamente, mas por certo com palavras do mesmo efeito. Então me chamei de burro porque pouco tempo atrás eu andava por aí citando de cor trechos do *American Credo*, de Mencken.

A orquestra começou a tocar uma canção alemã muito bonita "Dois Corações em Compasso 3/4". Fui até a pista observar os dançarinos valsarem com a música selecionada. Seria esplêndido, pensei, se eu pudesse cantar as palavras do tema, mas, já que desejava isso, seria melhor ir mais fundo e desejar conhecer a língua toda. Raciocinei assim. Disse a mim mesmo que eu admirava tudo teutônico, pela simples razão de que os homens que eu mais apreciava eram alemães. Imaginei o que a loura estaria dizendo. Pensei em Nietzsche, lembrando a mim mesmo que sequer sabia se pronunciava seu nome corretamente, embora o respeitasse tanto quanto meu próprio nome. Evoquei Zaratustra: "Amarga é a mais doce das mulheres", e "Vais ao encontro de uma mulher? Não te esqueças do chicote." Fiquei a pensar se Nietzsche escrevera palavras tão ácidas como chavões. Tinha de esquecer Nietzsche se queria ter uma noite decente. Disse a mim mesmo com vigor que aos trinta e três anos Nietzsche ainda me influenciaria. "Mas", pensei, "suponha que Nietzsche saísse da pista e me dissesse: 'Ei, você aí, rapaz, vá lá fora e estoure os miolos'." Fiquei pensando como aquilo me magoaria. A garota de cetim preto deslizou por mim e me esqueci dele, e minha mente embarcou num solilóquio de amor a ela. Sherwood Anderson, lembrei, tinha escrito que muitas vezes ver uma mulher caminhar através de um assoalho era um espetáculo de pura beleza. Ele devia ter pensado numa mulher de cetim preto; devia ter significado algo um pouco além da marca da beleza, a mera qualidade estética.

A garota e seu parceiro circularam pela pista três vezes. Nem por um instante apartei meus olhos de sua cintura. A valsa terminou, ela desapareceu numa multidão na entrada e eu mal pude olhar para seu rosto. Se a visse de novo, vestindo um casaco, não a reconheceria. E, pensei, segundo a religião do meu batismo, que havia cometido um pecado mortal, e agora estava destinado ao inferno mais do que nunca. Amaldiçoei todos os padres.

Enquanto a pista se esvaziava, ricas faixas de azul e dourado se projetavam através do salão. A orquestra atacou uma valsa sentimental, uma velha favorita, "Beautiful Ohio".

Procurei um assento vazio onde pudesse ouvir a música completamente relaxado, apreciando cada nota. Não muito longe, via um assento vazio, coberto pelo casaco de uma mulher.

— Este casaco é seu? — perguntei à senhora na cadeira ao lado.

— Sim.

— Poderia tirar daí, por favor? Quero sentar.

— Ora, acho que sim.

Era uma gorda. Meu pedido a vexou e desfrutei sua irritação. Sentei-me com grande pachorra, esperando que a mulher ficasse ainda mais irritada, mas ela alçou suas costas largas diante dos meus olhos e tudo o que vi foi a nuca do seu pescoço grosso. Pousei a cabeça no encosto do banco, olhando para o teto à medida que as ondas de canções vinham através do salão.

Pensei: a Irmã Mary Ethelbert adorava esta canção. Ela a tocava no órgão quando eu estava no quarto ano. E está em um convento no Wyoming. Reza por mim toda noite. Esta canção sempre me lembra dela. Neste exato momento provavelmente está rezando por mim. E, Deus, que paradoxo, toda vez que penso nela, penso em ir para a cama com ela. O que Jurgen dizia? Agora a história se desenrola — não. Não é isso. Sim. "Não há lembrança menos satisfatória do que a lembrança de alguma tentação à qual resistimos." Mas isso é um pouco maldoso para com a Irmã Ethelbert. E ela reza por mim. E minha mãe está em casa agora rezando por mim. E também padre Benson em St. Louis e Paul Reinert e Dan Campbell. Por que deviam ser padres? Se vissem os livros de E. Boyd Barrett, eles os queimariam, mas não os leriam. Eu devia estar em casa lendo e escrevendo. Vou ter de ficar acordado até tarde esta noite se desejo escrever setecentas palavras. Tenho de escrever, escrever, escrever. Eu deveria ir para a cama cedo. Os barcos de aço amanhã. Odeio o maldito do aço. Corta minhas mãos em tiras. Que diabo. Eu devia me sentir com sorte por ter um emprego. Sorte? Que diacho! Conceitos de bem e mal são apenas meios para se atingir um fim. São expedientes para se adquirir poder. É preciso ter coragem para fazer o que Nietzsche diz, mas, por Deus, ele está certo, e eu vou fazê-lo. A Irmã Mary Ethelbert era bonitinha. Achava que eu ia ser padre. Minha mãe também. Somente nuas eu gostaria de vê-las, pois apenas a beleza ensinaria a penitência. Mas o que ele quer dizer com isso? Não sei. Como aquele garoto em Sherwood Anderson que dizia: "Eu não sei por que, mas quero saber por que." Anderson escreve como um velho fazendeiro de músculos enrijecidos. Cabell escreve as belas frases, Oh, Cabell, Oh, Jurgen, Jurgen. Um sujeito monstruosamente esperto. Certo. Pois é o que a história conta. Hah, Jurgen. Só sou jovem uma vez. Agora, por que diabos Nietzsche perseguiu aquela Salomé por toda a Europa? Por que não? Ele só foi jovem uma vez. Eu ainda podia ser padre. Me pergunto se vou clamar por um padre no meu leito de morte? Eu. Um covarde? Não. Sou um sujeito monstruosamente esperto que devia estar em casa agora, em vez de sentado aqui ouvindo esta canção. Preciso escrever, escrever, escrever. A canção é bonita. Irmã Ethelbert gostava dela.

A canção terminou e sentei ereto na cadeira. Havia uma garota à minha direita que eu não tinha notado até agora. Suas pernas estavam embrulhadas numa meia colante cor de pólvora, tinham curvas sedutoras, mas os joelhos eram ossudos e cadavéricos. Seu vestido era de um tecido de feltro escuro e ela vestia um corpete branco com uma jaqueta esporte escura. Seus dentes eram grandes, cintilavam com vigor, mas não eram pequenos o suficiente para serem escondidos naturalmente pelos lábios. Seus cabelos tinham a cor de fios de cobre despidos de sua cobertura isolante. Contas de imitação de topázio pendiam do seu pescoço, combinando belamente com seus cabelos e olhos castanhos.

Levantando, inclinei-me levemente na direção dela. Tentei parecer amigável.

— Poderia dançar esta comigo?

— Por que não? — ela disse. — É uma música bacana.

A canção era um foxtrote lento.

— Só um minuto — falei.

Ela estava de pé quando voltei da bilheteria.

Seus olhos estavam no nível da minha testa. Passamos pelo portão, entreguei ao fiscal um tíquete e deslizamos pela pista. Suas pernas eram rijas e vigorosas e acompanhavam meticulosamente meus passos vacilantes. Meus dedos, na parte baixa de suas costas, moviam-se como teclas de piano automáticas enquanto seus músculos subiam e desciam. Seu pó de arroz e seu *rouge* exalavam um odor adocicado. Eu o cheirei ansiosamente.

— Já não o vi antes? Em Stanford?

Era uma universitária. Eu não ia contar a ela que era estivador. Esperava que não sentisse os calos em minhas mãos e relaxei os dedos da mão esquerda.

— Sem dúvida — menti —, sou inundado por erudição naquele glorioso instituto.

Ela riu.

— Você dança exatamente como um homem de Stanford.

— Isso é um cumprimento?

— Com certeza!

Sua maldita mentirosa, pensei.

— É, sim — disse. — Nós, filhos de Leland, somos ruins das duas pernas.

— Você fala exatamente como um professor.

— Sim, e essa é minha posição em Stanford — falei, num tom obviamente jocoso.

— Poxa, mas você é muito jovem.

Meu Deus, ela acredita em mim. De fato, sou um sujeito monstruosamente esperto, ou melhor, ela é uma garota monstruosamente burra.

— Eu me formei no ano passado. É meu primeiro ano como professor.

— O que ensina?

— Comunismo.

Estava seguro de que sabia mais sobre comunismo do que ela.

— Ora, seu bandido. Comunismo é contra a lei.

— Que lei? — perguntei, surpreso. — Não ouviu falar na Declaração de Direitos?

— Bem, você sabe — disse ela timidamente. — Sempre pensei que fosse contra a lei.

— Que absurdo! Incrível!

— Deve achar que sou terrivelmente burra.

Ela estava na defensiva. Eu podia ver Jurgen sorrindo.

— Oh, não. Não é um erro muito sério — e então falei com suavidade. — Mas você sabe, querida, Jeová não cometeu erros quando Ele criou você, não é verdade?

Dançamos cinco números sucessivos e, quando deixamos a pista, ela me chamava de professor. Meu nome, eu disse, era professor Cabell.

Tomamos leites maltados e sentamos no canto escuro do salão, quase atrás do estrado da orquestra. Seu nome era Nina Gregg e cursava uma pré-faculdade local. Mas logo me cansei de sua burrice, porque não havia ninguém para quem eu a pudesse demonstrar.

Beijei-a muitas, muitas vezes. Era um belo esporte beijá-la. Tinha lábios que eram massas vermelhas macias e eram doces e grudentos, agarrando-se aos meus como devia acontecer nos beijos. Ela jogou seu corpo com descuido e vontade e gostei muito daquilo, porque nunca tinha beijado uma universitária antes, e, tendo zombado do lendário ardor das estudantes em livros, achei essa realidade extremamente deleitável e surpreendente. Quando nossos lábios se fundiram, ela botou os braços em volta do meu pescoço e seus dedos afundaram na pele frouxa de minhas costas.

Depois de meia hora disso, pedi a ela que caminhasse comigo ao longo da praia, mas ela positivamente se recusou com um sucinto "Nunca!".

Fiquei zangado e quase esqueci que era um professor.

A seguir, implorei a ela.

— Não. Não vou sair deste salão.

— Por que não?

Discutir com ela não daria certo. Havia me excitado de tal maneira que minhas têmporas latejavam. Encostei-me para trás, fechei os olhos e tentei pensar em melhores persuasões. Ela também relaxou, jogando a cabeça por sobre o encosto do banco.

Olhei para suas coxas. Uma liga vermelha despontou debaixo da barra do seu vestido.

Sem que ela notasse, estendi a mão, puxei o elástico com os dedos, estiquei-o e o soltei.

A liga estalou de volta, pinicando-a. Atônita, agarrou minha mão exclamando: — Ora, professor!

— Dez milhões de desculpas.

— Devia se envergonhar — disse ela.

— Você não devia exibir suas coxas. Eu só a estava acautelando.

Continuou segurando minha mão e sua palma estava dentro da minha. As pontas de seus dedos moviam-se suavemente sobre os calos e sua mão enrijeceu, como que se afastando de algo repulsivo. Aquela manhã, antes do trabalho, eu tinha furado as bolhas e aplicado tintura de iodo para impedir que a pele interna empolasse. Não podia trabalhar com luvas. O rompimento das bolhas deixara arestas e crostas, como a pata de um animal, de modo que esfregar minha palma no antebraço deixava marcas de arranhão.

A garota abriu minha mão e a pousou sobre o seu joelho.

— Céus — disse. — Que mãos horrorosas. O que foi que você fez com elas?

As manchas de iodo pareciam sangue coagulado. Não pude pensar numa evasão.

— Ora, não é nada — disse.

— Claro que é alguma coisa.

Ela se pôs de pé e bateu com as mãos dos lados do corpo.

— Vamos, você está mentindo para mim.

Ficou muito furiosa. Os tendões no seu pescoço incharam.

— Mentindo? — Eu continuava sentado.

— Você não é professor nenhum. Você não passa de um cavador de valas, motorista de caminhão ou coisa parecida.

— E daí?

— E daí? Olhe para suas mãos. Olhe para sua velha jaqueta de lenhador. Você não é professor. Você é um mentiroso. É o que você é. Um mentiroso safado.

Ela estava quase berrando. Seus olhos começaram a lacrimejar. Fiquei calado, mas se estivéssemos sozinhos eu a teria surrado. Olhei como um tolo para as palmas de minhas mãos maceradas e tentei sorrir. Muitas pessoas nos observavam. Vi uma velha de óculos que sorriu. Do que está rindo, pensei, seu arcaico saco de ossos. Então tentei encontrar palavras para modelar minha situação em literatura, mas tudo o que pensei foi profanação, e meu punho contra a boca da garota. Pensei numa ideia para uma história, em que o homem mata a mulher, e me perguntei se meu caderno de anotações estaria por perto para que pudesse botar no papel a ideia. Pensei que se eu quisesse um dia me lembrar do incidente com complacência eu deveria ficar de pé e dar um tapa na cara da garota, pelo menos. Em vez disso, eu falei: — Me desculpe. Sinceramente, me desculpe.

— Oh, pede desculpas, não é? Seu mentiroso safado.

Deus, pensei, é a única acusação que ela conhece?

Sua mão direita afastou-se do quadril e as costas da mão espancaram meu rosto. O golpe causou coceira e dor.

Pulei de pé. Queria derrubá-la. Mas, anotei mentalmente: "A mão dela disparou e ele sentiu uma dor aguda debaixo dos olhos e pulou de pé."

Resmungando xingamentos, sentei-me de novo, lançando olhares de soslaio hostis à audiência estupefata. A garota tinha desaparecido na multidão.

Subitamente pensei em Nietzsche e Cabell e Nathan e Lewis e Anderson e muitos mais. Que se dane Nietzsche. Que se dane o grande Mencken. Dane-se Cabell. Dane-se o danado bando. Eu devia ter feito a megera em pedaços. Qual é o problema de minhas mãos? Dane-se meu pai. Dane-se minha mãe. Que eu mesmo me dane. Por que não bati nela? Por que não lhe dei um trambolhão? Seja duro — Ah, Nietzsche, vá embora, sim? Pelo amor de Deus, me deixe em paz por um minuto. Conceitos do bem e do mal são apenas meios para atingir um fim. Tudo o que é bom emana da força, do poder, da saúde, da felicidade e da venerabilidade. O que quer dizer com venerabilidade? Não temor. Não, ele quer dizer cheio de respeito. Eu devia tê-la matado. Jurgen é de fato um sujeito monstruosamente esperto. Pelo menos ela pensou que eu era um professor. Eu devia tê-la chamado de pusilânime ou ignorante, pelo menos. A definição de um homem educado por Everett Dean Martin é bem correta. A igualdade sexual deveria continuar — mas que diabo eu poderia fazer? Nietzsche diz que no fundo os sexos são antagônicos. Gostaria de botar minhas mãos sobre ela durante dois minutos. Devia estar em casa. Preciso escrever setecentas palavras e ler cinquenta páginas.

Fui até a cafeteria na entrada do salão e pedi uma xícara de café, depois outra. A garçonete ficou perto de mim enquanto eu colocava as costumeiras três colheres de açúcar na minha xícara.

— Da próxima vez — disse ela —, vou servir o seu café no pote de açúcar. Vai poupar energia.

— Seu conhecimento de física é abominável — falei. — Não sabe que a energia nunca se perde?

— Um sujeito inteligente, não é?

— Sou um sujeito monstruosamente esperto.

Beije um homem, beije um homem e depois, porque ele tem calos nas mãos, se sinta insultada. Porque ele trabalha duro, você acha que ele é um salafrário. Essa é boa para o *American Credo*. Ela é uma pusilânime, uma cristã. Seu lugar é num convento de freiras. Irmã Ethelbert está num convento no Wyoming rezando por mim. Paul Reinert e Dan Campbell estão num noviciado em St. Louis. Jesuitismo. Que se danem todas as religiões. Preciso fortalecer minha irreligião. Deveriam legislar contra a religião. William J. Bryan era um salafrário. E que livros terríveis ele escreveu. Preciso ir para casa e escrever. Eu a devia ter matado. O que foi que Jurgen disse? Ele não tinha um caso paralelo? Nunca vou conseguir escrever como Cabell. Escritor nostálgico, tímido, suave. Minha mãe está acordada, à minha espera. Que diabo, não posso cuidar de mim sozinho? Um dia vou explodir esse mito em relação às mulheres. Talvez, como um cavalheiro, eu devia tê-la levado a caminhar comigo. Talvez, como cavalheiro, eu a tivesse possuído na areia fresca. Hah! Lá vou eu, discutindo como Jurgen. Maravilhoso. Preciso ir para casa escrever.

Virei-me e vi Eddie. Sua sobrancelha estava orvalhada. O brilho do seu olho era o de quem estava tendo uma grande noitada.

— Pelo amor de Deus! — disse Eddie. — Por onde andou? Procurei você por todo lugar.

— Oh, aqui e ali.

— Andei por toda parte.

— Pronto para ir para casa?

— Casa? Por Deus, não. Eu tenho algo. Algo maravilhoso!

— Chega de raposas para mim.

— Raposas?

— Mulheres.

— Oh. Mas o livro pode falar, por favor?

— Cheguei muito perto de uma noite bem-sucedida — falei.

— Foi?

Contei-lhe sobre meu interlúdio professoral.

— Você é um frouxo. Eu teria triturado uma dona como essa.

Ele estava impaciente. — Vamos! Vamos andando.

Paguei meu café.

— Para onde?

— Por aí, rapaz. Por aí.

— Não, preciso ir para casa. Tenho um dia duro amanhã.

— Tudo o que você quer é enfiar o nariz nos livros. Não adianta para nada.

— É o que você diz.

— São garotas bacanas — ele sorriu, desenhando com as mãos o contorno de uma mulher.

Interroguei com uma piscadela.

— Está no papo — falou com a voz arrastada, estalando os dedos. — Estão lá no carro agora. Pensei que você me esperava no salão. Procurei por toda parte.

— Vamos embora.

Decidi escrever só trezentas palavras. Minha leitura poderia ser dispensada nessa noite.

Deixamos o salão de dança.

— Uma loura e uma morena — disse Eddie. — Você fica com a morena.

— Ela tem uma boa cara?

— Espere!

O carro de Eddie estava a um quarteirão de distância. Era uma baratinha Ford com rodas amarelas. As cabeças das garotas eram visíveis através da pequena janela traseira. Eddie colocou um pé no estribo.

— Ora, Elsie — disse —, aqui está o seu namorado.

A loura pôs a cabeça para fora e me examinou.

Grande foi nosso espanto mútuo, pois era a mesma garota que, mais cedo na noite, tinha suposto que eu podia dançar com ela. Sua companheira era Elsie, a mesma garota que estava com ela na ocasião.

— Oh — disse ela —, então é você?

— Correto — eu ri.

— Oh — Elsie disse.

— Você as conhece então? — perguntou Eddie.

— Intimamente. De verdade, mas eu a despachei para a perdição flamejante uma hora atrás.

— Ora, você fala como um livro.

— Possa você, também, sofrer as dores eternas do inferno — falei.

A morena, Elsie, deliberadamente desviou o olhar.

— O que foi que ele fez? — Eddie perguntou.

— Ele me insultou — a loura explicou.

— A mim também — disse Elsie.

— Jesus — disse Eddie. — Você é um sujeito e tanto. Acha que sabe demais. Estragou uma bela festa.

— Não vou no carro com ele — disse Elsie.

— Nem eu — disse a loura. Seu nome era Sarah.

Ninguém falou por dois minutos. Fiquei olhando para meus sapatos. Sarah olhava de soslaio pelo para-brisa, seu queixo projetado com algum esforço. Elsie ainda olhava para o outro lado. Eddie desenhava figuras com o dedo na lateral do carro.

— Ora, diabos — falou. — Vamos esquecer isso.

— Não.

— Por mim, não.

— Se ele pedir desculpas — Eddie exclamou, como se estivesse sugerindo algo brilhante —, fica tudo bem?

Desculpas eram realmente desnecessárias. As garotas cederiam, pois estavam ansiosas para se divertir.

Elas se entreolharam e sorriram.

— Ele vai ter de pedir desculpas de verdade, mesmo.

— Peça desculpas — disse Eddie.

— Elsie — falei —, estou tão prostrado de arrependimento que beijaria vossos pés, se vós encontrásseis minha pena sincera.

Ela bateu as mãos. — Não foi doce isso, Sarah?

— Bacana.

— Rapaz, é assim que se faz.

— Gostaria que soubessem que sou um sujeito monstruosamente esperto.

Eddie cuspiu.

— E gostaria que soubessem que vocês com certeza amam a si mesmos — ele disse.

— Você está perdoado — afirmou Elsie. — Pode vir comigo no carro agora.

— Claro — acrescentou Sarah. — Você está perdoado.

Elsie saltou do banco da frente e subiu atrás. Ao executar esse movimento ela me deu a entender que suas pernas estavam sem meias e que ela usava calcinha azul-celeste.

Parti para cima dela.

— Espere um minuto — disse a loura. Não esqueceu nada?

— Minha percepção está fremente para os detalhes mais minuciosos — falei, olhando para as pernas de Elsie.

— Ora, o livro falando. — disse Eddie.

— O que foi que ele esqueceu? — perguntou Elsie.

— Ele disse que ia beijar seus pés — falou Sarah, com um risinho.

— Com os diabos que vou beijar.

— Você disse que ia — falou Elsie.

— Vamos lá — disse Eddie —, faça isso. Vamos começar a função antes que o sol se levante.

Denunciei a ideia com prazer, ainda que um prazer imensamente pretensioso; e então beijei seus pés.

Subi na traseira ao lado dela, o motor pipocou e nós partimos.

Era uma noite maravilhosa, com uma lua amarela.

O hálito de Elsie estava pútrido, cheirando a vinho e alho.

Enfiei a mão no bolso e peguei uma goma de mascar.

— Quer mascar?

— Não, eu nunca uso goma de mascar.

Antes, naquela noite, quando a vi pela primeira vez, sua boca estava cheia de goma.

— Devia. Exercita as gengivas nesses dias de prosperidade de Hoover e comidas macias.

— Muito bem, vou mastigar uma, se quiser.

Depois de um tempo, mostrei a ela os calos nas minhas mãos. Ela apertou um beijo em cada palma e eu amaldiçoei a garota da faculdade. Mas eu a teria preferido em vez de Elsie comigo no assento de trás.

— Meu irmão tem piores do que esses — disse ela.

— Estes calos são indiscutivelmente os piores no mundo. Eu desafio qualquer comparação, até mesmo com os do seu irmão.

— Céus! Você é mesmo um camarada monstruosamente esperto.

— Você quer dizer um sujeito monstruosamente esperto — falei.

Elsie e Sarah nunca bebiam, juravam, e não ficamos surpresos com seus juramentos, por isso Eddie conduziu o carro até uma parte escura do porto, onde juntamos nossos dinheiros e compramos um engradado de cerveja. O contrabandista nos deu quatro garrafas adicionais, grátis.

Decidimos não beber a cerveja antes da meia-noite. Mas quando Sarah e Elsie insistiram que não estavam com fome, cada um de nós consumiu uma garrafa e então fomos a um restaurante e comemos uma ceia deliciosa. Eu nunca vira glutonas como Sarah e Elsie.

Quando deixamos o restaurante, era quase meia-noite. Elsie e Sarah sugeriram que nós as levássemos para casa. Não gostavam de ficar até tarde na rua por causa daquela série de assassinatos de San Diego, você nunca sabia quem podia lhe aparecer pela frente.

Eddie e eu estrilamos.

Eddie dirigiu até um hotel, onde alugamos uma suíte. O gerente noturno nos deixou transportar a cerveja pelo saguão, então lhe demos uma gorjeta de um dólar e duas garrafas de cerveja.

Às cinco da manhã o carro triscava o meio-fio diante da minha casa e eu descia. A loura estava dirigindo. Eddie dormia do lado dela. Elsie também dormia no banco traseiro. Durante uma hora havíamos rodado pelo território da praia infrutiferamente em busca da garota que me estapeara no salão de dança, mas àquela hora não vimos ninguém, muito menos uma garota específica. Muito zangada, Elsie havia sugerido a busca depois que eu relatei o incidente, embora finalmente, em lágrimas, tivesse adormecido.

Rodar de carro no ar da madrugada, agora branca de nevoeiro, me deixou sóbrio. Era tarde demais para ir para a cama e cedo demais para trabalhar e, no entanto, eu não estava cansado. Decidi escrever até o amanhecer. Sabia que minha mãe estava à minha espera em casa, sua raiva pronta para entrar em ebulição.

Abri a porta sem ruído, mas minha mãe, sentada sob a lâmpada, acordou como que por instinto. No mesmo quarto, meu irmão dormia num sofá-cama; compartilhávamos aquela cama.

— Ora, ora, lá vem você, seu velho vagabundo — disse minha mãe.

Fechei a porta.

— Andou bebendo. Posso sentir daqui o bafo horroroso.

Sentei-me na cama.

— Gastei trezentos dólares para lhe dar uma boa educação católica. E agora olhe só para você. Vergonha. Vergonha.

Comecei a desamarrar um sapato.

— Erga seu coração para Deus e veja o que está fazendo.

Meu sapato caiu com um baque surdo.

— Pecado mortal após pecado mortal. Imagino que saiu com uma garota indecente, para pegar doença. Oh, Deus, o perdoe. Perdoe meu filho.

Minhas meias estavam ensopadas de suor. Por que Nietzsche detestava tanto a cerveja? O homem tinha uma vontade de ferro. Ascetismo não fazia nenhum bem a um homem, mas se conceitos do bem e do mal eram produtos puramente humanos, suponho que aquilo era privilégio dele.

— E o meu caro Deus sabe por que trabalhei como uma escrava para manter esse meu menino no caminho do bem.

Gostaria de conhecer alguém capaz de interpretar Nietzsche para mim em termos práticos.

— Por que não pode ser um bom menino como Paul Reinert? Ele estuda para ser padre e Deus mora em seu coração. Nunca faz as coisas que você faz. Não bebe nem lê livros contra Deus.

Mas supondo que todo homem aceitasse as palavras de Nietzsche e as seguisse. Suponho então que homens como eu logo descairiam em algum extremo, como Emerson. Emerson bem que gosta de exibir seu vocabulário. Deixa você tonto consultando dicionários. Vamos ver, sua definição da alma é o Espírito Permeante do Universo. Isso dá um montão de informação. Lorotas carolas.

— Tal pai, tal filho. Você é pior do que seu pai. Céus, por que me casei com ele? Por que Deus não me fulminou no altar?

Se pelo menos eu pudesse ler todo Emerson. Sem dúvida, é um excelente treino de vocabulário.

— Você não passa de um animal sujo sem um pensamento divino ou humano. Ai, estou cansada desta vida!

Eu podia comprar a obra completa de Emerson nos livros de um dólar. Se tivesse economizado esta noite, podia ter comprado sete livros. Mas, graças a Deus, sou um operário pobre e idiota, ou jamais poria a mão em um livro.

— Deus Todo-poderoso, Abençoada Virgem Maria, São José, tirai-me deste mundo de sofrimento.

Meu irmão virou-se e rosnou: — Pelo amor de Deus, venha para a cama. Não posso dormir com todo esse barulho.

— A não ser que esteja redondamente enganado, não falei uma palavra sequer — esclareci.

— A senhora tem tempo de sobra para passar um sermão nele amanhã, mãe — disse ele.

— E cá estou eu trabalhando como escrava e tudo o que você faz é ler livros contra Deus. Nenhum desses livros imorais fala alguma coisa de obediência?

Ai de mim, estou sofrendo os mesmos tormentos que Jurgen depois que Koschei trouxe a mulher de Jurgen.

— Esses livros pérfidos mandam você ir à igreja? Ou amar sua mãe? Oh, seu maldito, você não ama sua mãe, você preferia vê-la morta.

— Mas eu amo a senhora, mamãe — falei.

— Ama? Ama? Isso é amor? Sair com mulheres sujas, impuras. Sei que você andou com elas. Posso ver. Você não me engana.

— Preciso ter algum prazer — falei.

— Prazer? Prazer? Chama o pecado mortal de prazer? Oh, meu filho, meu pobre filho. É isso o que os livros dizem a você? Você nunca viu Paul Reinert sair com mulheres sujas, viu?

Que se dane Paul Reinert e todos os malditos padres do mundo.

— Você se arruinou. Sua alma está negra. Negra como carvão!

Decidi não usar pijama. Começava a me cansar. Decidi não escrever. Olhei para minhas mãos e lamentei por não ter derrubado aquela garota com um soco. Desejei que pudesse ir à escola com a oportunidade dela. Podia ver a garota de cetim preto correndo pela pista de dança. Eu leria uma passagem de *Zaratustra* e a discutiria na cama antes de ir dormir.

— Amanhã vou rasgar todos os seus diários sujos — minha mãe gritou. — Vou queimar um por um.

— Faça isso e por Deus que eu saio de casa.

— Vá para a cama! — gritou meu irmão.

— Sim, faça esse favor — disse minha irmã do outro quarto.

Fui até minha escrivaninha e encontrei o *Zaratustra*.

Abri-o a esmo, lendo: "Chamaram de Deus aquilo que os opunha e os afligia e, realmente, havia muito espírito heroico em sua adoração."

Beijando minha mãe, rolei para a cama.

Ela foi para o seu quarto. Ouvi seus joelhos estalarem quando se ajoelhou; e então o chacoalhar das contas do rosário.

...E A CHUVA LEVOU

Hazel Clifton é a irmã de George Clifton e George Clifton é meu chefe no cais, na Fábrica de Conservas de Peixe da Califórnia. Foi George quem primeiro me falou de Hazel. Apaixonei-me por ela muito tempo antes de conhecê-la. Eu sou assim. Apaixono-me por mulheres que não sabem disso. Como Norma Shearer. Apaixonei-me por Norma Shearer em meus dois últimos anos no secundário de Santa Barbara. Eu sei que era amor. Mas ela estava longe demais. Nunca tive a oportunidade ou o dinheiro para chegar perto dela. Então ela se casou com aquele sujeito e, de repente, eu não estava mais apaixonado por ela. Mas enquanto durou foi amor.

Estou sempre me apaixonando por mulheres a um milhão de quilômetros de distância. É uma maldição. É muito estranho. É porque fico sempre muito medroso quando chego perto demais das mulheres. Não posso falar ou sequer respirar com facilidade. Gaguejo e ajo como um tolo. Minha língua é uma bola de cola. É um pedaço de grude. É um pedaço de chumbo. Adormece no fundo da minha boca. Depois que a mulher vai embora, a língua acorda e diz as coisas que devia ter dito antes que ela fosse embora.

George Clifton, vou falar com você agora. Vou lhe perguntar algo. Lembra-se daquela tarde no cais quando estávamos sentados ali e as duas mexicanas estavam na lancha abaixo de nós? Riam de nós e faziam piadas. Queriam que pulássemos para dentro da lancha e déssemos uma volta. Eu queria ir. Eu disse que não queria, mas, com os diabos! Eu queria. Mas não pude dizer. Minha língua adormeceu. Apenas isso. As duas mulheres ficaram desapontadas e foram embora. E lá ficamos nós sentados.

Por que você não foi com elas? Se tivesse pulado na lancha, eu também teria ido. Mas não, você não pulou. Então me deu o sermão. Quero dizer, sobre as mulheres. Eu tinha de dizer alguma coisa. Tinha que me defender. Quero dizer, em relação às mulheres. Se eu lhe contasse a verdade, não podia contar nada. porque nunca tive nada a ver com mulheres de verdade.

Então contei um monte de mentiras. Não eram tão ruins assim. Podia ter contado piores. Acho que cada sujeito mente um pouco em relação às mulheres. Mesmo assim, as mentiras que lhe contei não eram realmente mentiras, de modo algum. Aquelas coisas nunca aconteceram comigo, mas contei que tinham acontecido, e se eu achava que eram verdade, elas *eram* a verdade.

Vou lhe mostrar o que quero dizer. Fui um astro de futebol da escola secundária de Santa Barbara no ano passado. Isso foi uma mentira terrível. Fiz parte do time de Santa Barbara por quatro anos, mas nunca cheguei ao time principal. Nunca cheguei sequer ao time reserva. Na verdade, fui apenas zagueiro do terceiro time. Quando lhe contei que Pop Warner chegou e me pediu para ir para Stanford, foi outra mentira.

Mas, George, você não me conhece, eu sou assim. Coisas desse tipo *aconteceram* comigo. Eu *cheguei* ao time principal. Eu *fui* um zagueiro astro. Pop Warner *veio* de Palo Alto e me pediu para ir para Stanford. Vinha todo sábado durante as quatro temporadas de futebol. Eu ficava sentado no banco e ele sussurrava para mim. Costumava dizer:

"Venha para Stanford, Jordan. Precisamos de você lá. Você vai entrar no primeiro time, Jordan. Eu lhe prometo."

— E, escute aqui, George Clifton. Eu lhe disse que tinha um monte de namoradas na escola secundária de Santa Barbara. Tinha mesmo. Juro por Deus que sim. Mas não eram o filé-mignon. Meu pai só ganhava dezoito dólares por semana na farmácia antes de morrer e você não pode ter o filé-mignon com essa quantia de dinheiro. Eu costumava falsificar minhas namoradas. Não era tão ruim assim. Estava a um passo da verdade. Quando lhe disse que levei uma garota chamada Helen Purcell para o Hotel Biltmore de Santa Barbara, era verdade, mas não existe nenhuma Helen Purcell que eu conheça. Ouça. Levei centenas de garotas para o Biltmore de Santa Barbara. Isso pode parecer bobagem, mas levei Norma Shearer ao Santa Barbara Biltmore. Quase toda noite da semana. Dancei uma centena de danças com Norma Shearer uma centena de vezes naquele salão do Biltmore. Oh, é besteira. É fraude. Mas é fraude porque eu queria mostrar a você que sou bom o bastante para Hazel.

Aquilo começou no dia em que vi o retrato de Hazel Clifton. Naquele dia fui ao escritório de George e lhe pedi carona para casa. No minuto em que pisei lá, vi aquele retrato. Era a sala inteira. Era pequeno, estava de pé como um suporte de livro, mas enchia a sala inteira. Era Hazel Clifton. Na foto estava de pé debaixo de uma palmeira segurando um buquê de gladíolos. Fiu! Era uma beleza. Era perfeita. Caí totalmente por ela. Não sabia quem era e estava me lixando. Mas fiquei apaixonado por ela. Como meu rompante por Norma Shearer. Só via Norma Shearer em filmes, mas estava apaixonado por ela. Isso soa como bobagem, mas é verdade. Quando vi Hazel Clifton naquela foto segurando o buquê de gladíolos, caí por ela como uma tonelada de tijolos.

Peguei o retrato e olhei para ele. George entrou e me viu. Eu disse:

— Ei, George! Você realmente sabe escolher!

Ele riu.

— Frank — disse. — Não é minha namorada. É minha irmã.

Eu falei: — Sua irmã! Rapaz! Ela é uma beleza!

Mal podia acreditar. Os dois não se pareciam muito. George Clifton tem cerca de trinta e oito anos. A garota na foto tinha cerca de dezenove. Era esguia e não muito alta. George é um sujeito grandalhão. Pesa noventa quilos e mede um metro e oitenta e dois centímetros. A única semelhança eram os cabelos. A foto era colorida e os cabelos de Hazel eram louros, como os de George.

Eu queria perguntar a ele se a garota do retrato era casada, mas não precisei. George deve ter lido meu pensamento, porque quando ele falou eu fiquei vermelho como uma beterraba. Isto é, quando ele disse:

— Não, Frank. Ela não é casada.

Um sujeito sempre faz um monte de perguntas sobre uma garota bonita. Pois bem, eu queria. Mas não podia. Ele era o irmão dela e eu não queria ser xereta. Repus a foto no lugar como se o assunto estivesse encerrado, mas dei outra olhada por cima do ombro quando saímos porta afora. Estava apaixonado por aquela garota. Eu sei que era amor. Eu tinha milhões de perguntas buzinando na minha cabeça e, quando isso acontece, você está apaixonado. Como daquela vez com Norma Shearer. Eu tinha um milhão de perguntas também. Comprei todas as revistas de cinema que tinha dinheiro para comprar e até escrevi e fiz perguntas sobre ela.

Mas não tive de fazer muitas perguntas dessa vez. George abriu-se sobre sua irmã Hazel enquanto dirigia para casa. Ela estava em Los Angeles estudando na Universidade do Sul da Califórnia. Estudava música. Tinha vinte anos. Estava no segundo ano da faculdade. Sua mãe e seu pai estavam mortos, por isso George pagava sua universidade.

Oh, descobri tudo. Devia ter sido um gênio na escola secundária. Fez o secundário aqui no porto. Em seu último ano, era presidente do grêmio estudantil. Era uma excelente jogadora de tênis, capitã do time feminino. Mas o grande trunfo era sua música. Era tão boa que no verão dava aulas e George disse que, no último, tinha ganhado duzentos e cinquenta dólares.

Ela era popular na faculdade, também. Em seu ano de caloura, foi disputada por sete fraternidades. Acabou escolhendo a Zeta Alpha Nu. E naquele novembro em que vi pela primeira vez seu retrato, era vice-presidente de sua fraternidade e presidente da classe do segundo ano.

Eu não me fartava de informações sobre Hazel Clifton. Ficava excitado ao saber que ela ia tão bem. George disse que um dia ela seria uma grande musicista. Eu sabia que ele estava certo. Sentia isso. Certa vez eu tivera o mesmo sentimento em relação a Norma Shearer. Norma Shearer não era uma estrela, mas eu sabia que ela seria um dia. Eu estava certo.

Então George disse que Hazel estava quase noiva de Phil Mannix. Aquilo praticamente estragou tudo para mim. Porque Phil Mannix era o zagueiro astro do Trojan, e astros do futebol sempre foram minha maldição. Isso pode não fazer sentido, mas, se não fossem os astros de futebol na escola secundária de Santa Barbara, as coisas não teriam sido tão duras para mim. Odeio os figurões — os astros. Durante quatro anos me fizeram sentar no banco. Esse Phil Mannix é mais do que um astro. É um time de futebol inteiro. Fez uma corrida de noventa e cinco jardas contra Notre Dame no ano passado e foi escolhido para a seleção All-American por causa disso. Quando George me contou sobre Mannix, aquilo doeu. Era uma velha ferida e doía no mesmo lugar, com aquela mesma dor esquisita que senti no dia em que li que Norma Shearer se casou com aquele sujeito. Doeu bem no meio de minha garganta, como se alguém me golpeasse no pomo de Adão.

George encostou o carro diante de minha casa e falamos sobre o grande jogo dali a duas semanas. Southern California jogava contra Stanford. Era a última partida da temporada. Não tinha pensado muito naquilo, mas agora queria que Stanford ganhasse.

George me perguntou o que eu achava do resultado.

Eu disse: — Espero que Stanford ganhe por mil *touchdowns*.

George riu. Parei no meio-fio e observei seu carro dobrar a esquina. Estava a um quarteirão de distância. Eu ainda podia ouvi-lo rindo. Aquilo me deixou tão zangado que não pude comer nada naquela noite, e minha mãe pensou que eu estava doente.

Hazel Clifton, você nunca vai saber o quanto eu te amo! Não há como contar. Eu não posso lhe contar. Mas, se fôssemos casados, eu poderia.

Talvez você dissesse que eu fui um tolo na noite em que coloquei chapéu e casaco e subi a rua até a escola secundária. Nunca havia estado lá antes, mas, como você a frequentou, eu queria ver como era. Eu estava apaixonado mesmo. Podia sentir no ar. Era uma bela noite e as lâmpadas da rua brilhavam. Pensava em você o tempo todo. O cheiro do capim no gramado da escola me fez pensar em você. Subi os degraus até a entrada principal e pensei como você entrava e saía por aquelas grandes portas. Fingi que eu era um grande astro de futebol deixando o estádio. Assim que você me viu, você gritou e veio correndo.

— Oh, Frank! — você falou. — Eu te amo!

Eu disse: — Hazel, eu te amo.

Eu a agarrei e deixei que sentisse minhas ombreiras.

Você disse: — Oh, Frank! Eu te amo!

Eu disse: — Me beije, Hazel. Eu te amo.

Justo naquele momento o técnico saiu do estádio. Eu era um grande astro e ele me tinha em alta conta.

— Ei! Ei! — disse ele, piscando para você. — O que pretende roubando o coração do maior jovem zagueiro da Califórnia?

Fiquei corado e disse: — Ora, professor. Vai se roçar nas ostras, sim?

— Frank — ele falou. — Se pego você desobedecendo às regras de treinamento, vou deixá-lo aquecendo o banco no jogo de sábado.

Eu disse: — Chongas! Me ponha no banco que você vai perder o jogo.

Ele disse: — Pare de brincadeira, Frank. Você não sabe como isso é verdadeiro.

Então você falou de novo: — Oh, Frank, eu te amo tanto.

E eu disse: — Vou te amar sempre.

Essas foram as coisas que eu disse a Hazel Clifton na noite em que me sentei nos degraus da escola secundária. Devo ter ficado lá duas horas. Finalmente o bedel apareceu numa de suas rondas. Ele me viu e me chutou para fora do local.

As coisas ficaram diferentes na fábrica entre mim e George. Ele começou a se comportar de maneira estranha. Estava disposto a falar sobre o jogo de futebol, mas não queria falar sobre Hazel. Sabia que eu estava apaixonado por Hazel. Eu me entreguei pela maneira como o encarava quando ele falava. Não falava sobre ela. Só falava sobre Phil Mannix.

Eu odiava aquele Mannix. George sabia por quê. Insistia em falar sobre ele. Dizia sem parar que Phil Mannix era capaz de derrotar todo o time de Stanford sozinho. Eu achava que Stanford ia perder, e não falei. Mas me entreguei, de qualquer maneira. Deixei George descobrir que eu odiava Mannix por causa de Hazel.

Eu disse: — Se alguém chutar Phil Mannix abaixo da cintura, isso vai me alegrar.

Em outra ocasião, comentei: — Acho que Phil Mannix é um medroso. A única razão que o faz partir para corridas longas é a interferência sobre ele.

Mas um dia George desafiou o meu blefe. Eu passei pelo escritório carregando alguns engradados. Ele estava lá. Me chamou. Desci do caminhão e entrei.

— Escute aqui — disse. — Se está seguro de que Stanford vai ganhar o jogo de sábado, por que não aposta um dinheiro neles?

Eu não podia apostar muito. Só ganhava quinze por semana. George ganhava sessenta. Me pegou na bucha. Mas eu não ia recuar, não. Tinha de pagar o aluguel e as contas do armazém, mas não ia fugir da raia.

— Ok — disse ele. — Quanto *você* quer apostar?

Eu disse: — Que tal dois centavos?

Ele explodiu numa risada.

— Dois centavos! — falou. — Meu Deus, eu achava que você queria apostar dinheiro *de verdade*!

— Bem — falei. — O que você chama dinheiro de verdade?

Ele disse: — Que tal cinquenta pratas?

Ele não pestanejou. Me pegou na bucha dessa vez.

Falei: — Como posso apostar cinquenta? Só ganho quinze por semana.

— Bem — disse ele. — Se você perder, você pode me pagar cada semana. É um acerto justo, não acha?

Disse a ele que ia pensar a respeito. Voltei para o trabalho, carregando as caixas no caminhão. A aposta me preocupou a tarde toda. Quase fiquei louco. Finalmente, não consegui aguentar mais. Às duas horas voltei ao seu escritório. Ele estava escrevendo à máquina. Não me ouviu entrar. O retrato de Hazel estava sobre a mesa. Não me viu olhar para a foto, mas deve ter sentido que eu olhava, porque se virou. Aquilo deve tê-lo irritado, o fato de eu olhar para a foto.

— O que quer? — perguntou.

— Vou topar aquela aposta — falei.

— Você vai o quê? — perguntou. — Vai fazer o quê?

Falei de novo — Vou topar aquela aposta.

Rapaz! Eu o peguei na bucha dessa vez. Sua boca abriu e ele fingiu que não se lembrava.

— Oh! — falou. — Você quer dizer o jogo de Stanford.

Rapaz!

Eu disse: — Sim, George, é isso o que quero dizer.

— Ok — ele concordou. — Está apostado.

Fechamos com um aperto de mão.

Posso ser um maluco e um tolo; posso me apaixonar por mulheres que nem saibam disso; posso fazer muitas loucuras, mas eu tenho consciência. Eu tinha minha mãe para sustentar, o aluguel para pagar e os mantimentos para comprar e lá estava eu plantado com o salário de um mês inteiro apostado num jogo de futebol.

Isso foi na quarta-feira. Não dormi na noite de quarta. Na noite de quinta também não dormi. Levantei-me às duas horas e dei uma caminhada até a escola secundária. Havia um nevoeiro branco naquela noite e o nevoeiro me caía bem. Acobertava-me. Fui atrás da escola e sentei-me num banco ao lado da quadra de tênis. Aquilo me fez sentir melhor. Eu fazia a aposta por Hazel Clifton. Ela era como o nevoeiro. Ela me caía bem. Assim que sentei ali, fiquei feliz por ter feito a aposta. Mas assim que deixei o nevoeiro e voltei ao meu quarto, para debaixo das cobertas, fiquei nervoso de novo. Ouvi minha mãe roncando no quarto ao lado. Aquilo quase me deixou maluco.

Stanford ganhou o jogo. Eles cravaram o maior placar em anos. Deram uma surra infernal naqueles Trojans. Ouvi o jogo pelo rádio na barbearia. Quase desmaiei de excitação. Oh, vocês de Stanford! Vocês, Cardinals alvi-rubros! Foi uma avalanche. Os Trojans eram os favoritos três contra um, mas foram esmagados. A linha de Stanford anulou totalmente Phil Mannix, e a defesa de Stanford irrompeu numa série de jogadas espertas, carreiras pontuadas e passes de ataque, e no apito final não sobrou nada. Os Trojans foram engolidos. O placar final foi Califórnia do Sul 3, Stanford 21.

Depois do jogo parei diante da Alfaiataria Harbor e examinei os ternos masculinos nas vitrines. Eu estava rico agora. Estava com cinquenta dólares no lucro. Queria comprar algumas roupas. Mas vi um cartaz que me deu uma ideia.

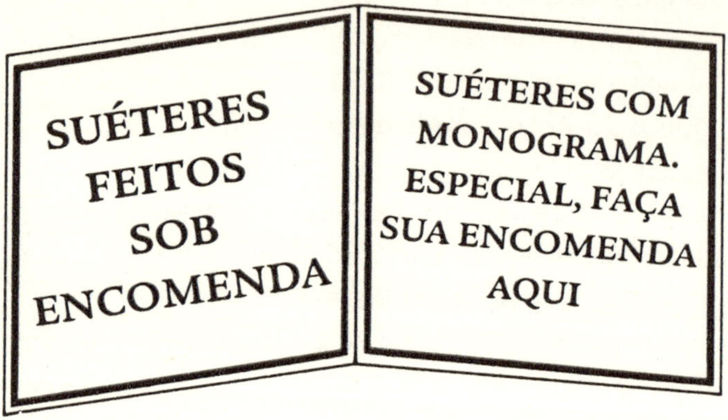

Entrei e conversei sobre preços com o balconista. Os preços eram altos, mas encomendei o que eu sempre quis ter, desde que era criança: um suéter com monograma da Universidade de Stanford. Eu sabia que nunca poderia ir ao colégio e ganhar um porque meu pai tinha morrido e eu precisava sustentar minha mãe. Os dias escolares tinham acabado. Encomendei um suéter branco de lã com gola em V e o grande S de Stanford bem no meio do peito. O balconista disse que só ficaria pronto em duas semanas. Estava tudo bem por mim. Qualquer prazo me convinha.

Na noite em que recebi o meu suéter algo aconteceu. Hazel Clifton veio passar as férias de Natal em casa. Phil Mannix veio com ela. Li a respeito no jornal do porto. Não podia perder, porque estava em destaque na primeira página.

TROJAN DA SELEÇÃO AMERICANA EM WILMINGTON

Phil Mannix, o cavalo de batalha do Trojan e duas vezes zagueiro da seleção americana, está em Wilmington. O famoso astro do futebol chegou de automóvel esta manhã com Hazel Clifton, popular ex-aluna da escola secundária de Wilmington que agora cursa a Universidade da Califórnia do Sul. Mannix será o hóspede desse fim de semana dos Cliftons em sua casa, na rua Tower, 234.

Fiquei tão furioso que não podia enxergar direito, porque a semana toda eu vinha perguntando a George Clifton quando Hazel estaria em casa e ele sempre me dizia que não sabia. Mas lá estava, estampado na primeira página. Nunca me senti tão deprimido em toda minha vida.

Coloquei meu suéter novo e me olhei no espelho. E lá estava eu... Não era grande coisa. Eu não passava de um peão da fábrica de enlatados, a quinze dólares por semana, tentando esconder isso. Não admira que George Clifton não quisesse que eu conhecesse sua irmã.

Eu não podia suportar aquilo. Fiquei por um tempo em casa, mas tudo me dava nos nervos. Finalmente peguei meu boné e saí. Estava chovendo, a primeira água da primeira chuva daquele inverno. Rapaz! Como caía! Eu estava estragando aquele suéter branco e me lixava para isso. E não me importava se as pessoas me vissem também. Um monte de gente me conhecia no porto e eles sabiam que eu não era de Stanford, mas eu não ligava para isso. Não dava a mínima. A chuva podia me afogar, eu estava me lixando. A chuva vinha do norte e eu me arrastava bem contra ela, o rosto aberto. Estava ensopado antes de percorrer dois quarteirões.

No cruzamento com a avenida tinha um grande lago negro de chuva na sarjeta. Eu ia vadear por ali, de sapato e tudo, mas o sinal estava fechado para mim, por isso tive de esperar. Água escoava dos meus sapatos.

Enquanto esperava o sinal abrir, uma baratinha esporte amarela passou bem perto do meio-fio. Veio para quebrar. Atravessou aquele lago cheio de água. Fiquei todo encharcado.

Gritei: — Ei! Que merda é essa!

Mas as janelas laterais da baratinha estavam fechadas e o motorista não me ouviu. A água espirrou em meu rosto e quase levou o meu boné. Era preta e graxenta e tinha o gosto de asfalto e óleo. Toda a frente do meu suéter foi coberta por uma mancha negra. Fiquei zangado. Desci do meio-fio e caminhei com os pés na água até a lateral do carro e enfiei meu rosto contra a janela do motorista.

Não podia ver muito. Mas vi o bastante. O motorista era Phil Mannix. Eu o conhecia das fotos nos jornais. A garota era Hazel Clifton. Eu a conhecia do retrato no escritório de George. Partiram antes que eu tivesse a chance de dizer qualquer coisa. Fiquei parado ali na rua, levantei o punho e lancei um monte de palavrões. Mas eles não me ouviram.

Eu não me importava mais. Não dava a mínima para nada. Quando pensei em como Hazel estava sentada tão perto de Phil Mannix, com os braços enlaçando o braço direito dele e sua cabeça no ombro dele, não me importei com mais nada.

Eu estava acabado. Totalmente lavado pela chuva. E não me importava mais com a mancha negra no meu suéter. Não ligava para mais nada. Caminhando para casa em meio à chuva, puxei meu canivete e cortei e retalhei aquele suéter, arrancando-o do meu corpo. Eu o estraçalhei em pedaços e tiras e joguei todas na sarjeta.

SOU UM ESCRITOR DA VERDADE

A verdade é geralmente desagradável, mas precisa ser dita. Nesse caso, a verdade é que Jenny não é uma moça bonita. Faz uma heroína lamentável para esta história. É baixa e gorda, com ondas de banha que caem por seu corpo. Sua burrice vai além. Na verdade, ela me dá nojo. Não: isso não é verdade, pois ela não me dá nojo. Mas ela provoca algo em mim que não é bom. Ela me entristece. Quando penso nela, um sentimento de desesperança toma conta de mim, um sentimento de que nada posso fazer em relação à desigualdade entre homens e mulheres. Não odeio Jenny, mas certamente desprezo as coisas que ela representa. Porém sou incapaz de dizer que coisas são essas.

Certo anoitecer, ofegante, ela entrou correndo em meu quarto com os braços estendidos. Urrava com deleite, seus olhos cinzentos rindo e rindo em triunfo. Afastei-me da máquina de escrever e pedi uma explicação.

— Veja! — disse ela. — No meu pulso! Olhe só! Meu namorado me deu!

Era um relógio de pulso.

— Jenny — falei. — Pelo amor de Deus, pare de dizer "namorado". Eu abomino essa palavra. Eu a detesto!

O namorado de Jenny é um sujeito chamado Mike Schwartz. É judeu — e um tremendo de um homem, oitenta quilos, forte e quieto, que vem aqui quase toda noite visitar Jenny em seu quarto. Seu jeito forte e quieto não me engana. Pessoalmente, não sou nem uma coisa nem outra, mas sei que o jeito quieto nos grandalhões é inestimável. Quando ele sobe as escadas com seu jeito quieto posso facilmente entender o que ele quer de Jenny. Claro que posso entender! Sei que o jeito quieto tem sua utilidade.

Quanto ao relógio de pulso. Jenny é estenógrafa num escritório do centro de Los Angeles. Naquela tarde mesmo, disse ela, Mike Schwartz apareceu por lá. Chegou quieto, um homenzarrão carregando o relógio de pulso numa caixinha minúscula. Ficou parado lá, forte e quieto. Eu podia visualizar claramente toda a cena. Achei aquilo monstruoso; a verdade é que tenho de rir quando penso a respeito. Mike Schwartz perguntou a ela o que achava do relógio.

— É uma gracinha — disse Jenny.

Uma gracinha! Deus do Céu! Que descrição grotesca. Uma gracinha! Que palavra desprezível! Um relógio de pulso pode ser interessante ou encantador ou até mesmo bonito. Mas nunca uma gracinha. Nunca! Só uma pessoa de inteligência limitada, como Jenny, poderia chamar um relógio de pulso de uma gracinha.

Mike disse: — É para uma amiga minha, uma garota que vai se casar. É um presente de casamento.

Isso desapontou Jenny, que achava que o relógio era para ela. Sem outra palavra, ela devolveu o relógio para ele. Era uma gracinha e aquilo bastava. Posso ver toda a cena. Com o nariz empinado, ela devolveu o relógio.

Mike Schwartz começou a deixar o escritório. Deu as costas e caminhou para a porta. Estou contando exatamente o que Jenny me contou. Sou um escritor: vejo tudo muito claramente. Na porta, ele se virou e havia lágrimas em seus olhos. Lágrimas em seus olhos! Imaginem isso! Um homem forte e quieto, um gigante de um homem, com lágrimas nos olhos. Quero ser verdadeiro e, para mim, um homem de quarenta anos com lágrimas nos olhos é um asno. Ele se virou e havia lágrimas em seus olhos e, sem dúvida, lágrimas em sua camisa e em sua gravata, e ele voltou, caiu de joelhos diante de Jenny, que é gorda e tem vinte anos, e a triturou em seus braços.

— Fique com ele, Jenny! — falou, arfando. — Fique com ele. Eu estava mentindo. Não é um presente de casamento. É para você. Fique com ele — para sempre!

Para sempre! Lágrimas nos olhos! Que espetáculo! Posso visualizá-lo e tive de rir e rir muito. Lá estava ele, um homem de quarenta, forte e quieto, soluçando, de joelhos, diante de uma garota vinte anos mais moça! Por Deus, é engraçado. Eu rio e rio. O imbecil! Tais lágrimas não teriam me comprado. Eu teria rido em sua cara.

Nem compraram Jenny. Mas Jenny é esperta, rápida, astuta. Agora o relógio se tornou mais do que uma gracinha. Era um relógio maravilhoso e ela chorava também. E lá estavam, duas pessoas chorando em cima de um mero relógio de pulso. E naquela noite Jenny trouxe o relógio para o meu quarto e me contou toda a estória, me aborreceu com aquela bobagem toda, contando-me que Mike Schwartz tocava sua alma e que ela chorava por toda a delicadeza dele.

— Não pude aguentar, sr. Bandini — ela falou para mim, um escritor, um intérprete da psicologia humana.

Recusei-me a acreditar em Jenny. Além do mais, recuso-me a acreditar que ela chorou por aquele motivo. Ela é arguta demais, esperta demais, gorda demais para arrependimento ou ternura. Minha teoria é que, se ela chegou a chorar, suas lágrimas foram de alegria, de posse, porque agora ela era dona do relógio, ele lhe pertencia agora, e ela chorava de triunfo.

— Deixe-me ver esse relógio — falei.

Examinei-o com indiferença. Era um Bulova Bagette ou alguma trivialidade dessas. Um minúsculo relógio de prata, com uma pulseira de prata agarrada a ele — um relógio realmente absurdo, um mero brinquedo, pois mal dava para ver o mostrador, menos ainda os ponteiros: uma piada de relógio, absurdo, e inadequado para ver as horas do dia. Virei-o na palma da minha mão. Havia arranhões na caixa, feridas feitas por um canivete, como se alguém tivesse arrancado um monograma. Um relógio de segunda mão. Indiscutivelmente, um relógio de segunda mão.

— Rá! — exclamei. — Mercadoria usada! Um relógio de segunda mão! Precisamente o que suspeitei. O homem é uma fraude. Um malfeitor. Um charlatão barato.

Jenny sabia que era de segunda mão porque ela era realmente astuta. Sabia mais do que aquilo. Fora ao joalheiro e apreçara o relógio. Só Jenny para fazer isso mesmo!

— Bem — eu disse. — O que foi que o joalheiro falou?

Recusou-se a me responder.

— Bastante caro — afirmou ela.

— Seja sincera, por favor — falei. — Sou um escritor, um homem da verdade. A hipocrisia é estranha à minha natureza. Quanto foi que o joalheiro disse que ele valia?

— Um bocado — ela sorriu.

— Pois bem — falei. — Longe de mim meter o bedelho nas suas atividades prosaicas. Mas se você quer saber a verdade, eu lhe digo aqui e agora que você pode conseguir um relógio muito melhor que esse por três dólares e cinquenta centavos. Um relógio bem melhor.

Devolvi o relógio a ela.

— Existe pouco propósito em defender o homem diante de mim — expliquei. — Sem dúvida, ele é uma fraude. Um faquir perfeito. Ele é uma bugiganga. Me diverte ao enésimo grau. Quando você deixar esta sala, vou começar a rir dele.

Ela prendeu o relógio no seu pulso sem uma palavra e então saiu. Estava magoada. Não usa o relógio agora. Não o usou mais desde então. Ele jaz na gaveta de sua cômoda, numa caixinha que descobri uma noite em que vasculhei suas coisas em busca de cigarros.

O relógio de pulso não tem nenhum significado. Verdade que era um relógio barato e Mike Schwartz poderia ter comprado algo melhor. Mas Jenny vir ao meu quarto e perguntar o que eu achava dele — ah! Agora temos aí algo muito significativo! Revela suas próprias suspeitas. O escritor comum teria elogiado o relógio elaboradamente, distorcendo a verdade. Mas não eu. Minhas palavras apunhalavam como uma faca quente. Pois em seu coração ela sabe o que Mike Swartz realmente quer, e eu sei também. O relógio era um lamentável subterfúgio, um insulto. Mas, apesar de tudo, não é da minha conta, nem estou muito interessado.

Não existe nada entre Jenny e eu. Moro de um lado do corredor, ela mora do outro, no andar superior de uma casa de dois andares. O outro aposento aqui em cima é o banheiro.

Quando cheguei aqui pensei que podia haver algo. Ouvi o ruído de saltos altos no corredor e no quarto ao lado, e, no banheiro, vi umas coisas azul-pálidas penduradas para secar. Eu as toquei, pois me cativavam, e sua maciez e fragrância trouxeram ideias agradáveis à minha imaginação. Mas nada aconteceu.

Quando ouvia o toc-toc dos saltos altos, eu estava sentado no meu quarto, sempre à noite, e batia violentamente à máquina de escrever, martelava com toda força, escrevendo qualquer coisa que me viesse à cabeça, qualquer coisa. O Discurso de Gettysburg, ou um soneto de Shakespeare, ou qualquer outra coisa, simplesmente batendo nas teclas com muita força para que o som viajasse, pois existem aqueles que vão saber que um escritor está no quarto pelo ruído de sua máquina de escrever e vão gostar do som e virão à sua porta e perguntarão a ele se escreve, e o que escreve — quero dizer, mulheres —, pois isso me aconteceu muitas vezes, já que morei aqui e ali nesta grande cidade, em casas, apartamentos e hotéis, e sei que o negócio de martelar uma máquina de escrever é invariavelmente bem-sucedido, invariavelmente trazendo alguém, um homem ou uma mulher, geralmente uma mulher solitária e curiosa; e, às vezes, muitas vezes, um homem, um homem raivoso que manda você parar com aquilo para que ele possa conseguir algum sono.

Eu morava nesta casa há três dias, até que vi Jenny. O ruído da minha grande máquina nunca a atraiu, nem uma vez sequer a fez parar à minha porta e se perguntar, talvez investigar. Isso me surpreendeu e pensei em outros métodos. Mas, de um modo ou de outro, todas as coisas saem da minha máquina e eu nada mais podia fazer; então, bati as teclas ainda com mais força. Isso foi de noite, depois que a ouvi ir para a cama. Mas o barulho nunca a perturbou. Aparentemente ela dormia sem interrupção. Por fim, foi ela que me atraiu.

Era o telefone. Toda noite ele tocava sem parar ao pé das escadas e era sempre para ela. Com o tempo, fraquejei, afastei meus dedos doloridos do teclado, fiquei parado à porta e ouvi sua conversa telefônica. Dessa vez falava com uma pessoa chamada Jimmie.

— Olá, Jimmie, queridão!

— Olá, Jimmie, seu menino safado!

— Pô, Jimmie, menino safado!

— Jimmie! Seu safadão!

Ouvi aquele tipo de coisa por muito tempo, chocado com a estupidez de um diálogo tão banal. Assim que ela desligou, corri de volta para a máquina de escrever e comecei a martelar de novo. Mas não adiantou nada. Seus pés subiram as escadas e atravessaram o corredor sem nenhuma pausa, e então a porta se fechou.

Depois conheci esse Jimmie. Era um tipo boçal, um dândi que usava casacos xadrez e gravatas com estampas selvagens, um salafrário que não se impressionou com a ousada simplicidade de meus pés descalços em chinelos caseiros, embora meus pés estivessem sobre a mesa de Jenny e eu fumasse um cachimbo maior e mais comprido do que qualquer outro cachimbo na cidade de Los Angeles. Jimmie era um agente de assinaturas de revistas.

— Eu vendo para todas as figuraças — disse ele. — Anne Harding é uma de minhas clientes.

É claro que ele esperava que eu caísse da cadeira com isso. Fumei em silêncio, enquanto ele e Jenny esperavam meu comentário.

— Quem? — falei. — Não me diga que é a atriz de cinema? Muito trágico. Muito trágico mesmo.

Depois Jenny me contou ainda mais dessa chiquérrima da Anne Harding. — Ela compra todas as suas revistas de Jimmie. Dúzias de revistas.

— Isso — comentei — curiosamente não impressiona nem um pouco. Mesmo o fato de que, sem dúvida, muitas histórias que eu escrevi foram publicadas nestas revistas, não consegue despertar meu entusiasmo.

Aqui, de novo, a sagaz urbanidade de minha observação foi lançada em solo caipira. Mas não importava, porque eu não estava muito interessado e sua amizade por Jimmie não era da minha alçada.

Vou contar a verdade sobre minha primeira conversação com Jenny. Foi na noite em que a senhoria nos apresentou. Convidei Jenny para tomar uma taça de vinho em meu quarto. Na verdade, tentei chocá-la. Ela fumava um cigarro apoiada sobre a cômoda, enquanto eu servia o vinho. Olhei de frente para ela.

— Incomoda-se se eu a chamar de Jenny? — perguntei. — O nome tem um sabor divertido e bucólico.

— De modo algum! — sorriu, porque não sabia o significado de bucólico. Passei a ela a taça de vinho.

— Hummm! — ela disse. — Obrigada!

Eu estudava seu rosto de perto, examinando-o como um estudante da humanidade, um escritor, o examinaria. Isso a deixou meio constrangida. Ergueu a taça.

— A você! — brindou. — Sei que deve ser um grande escritor.

Toquei sua taça e ri. No momento tomei consciência de que, afinal, a garota não era completamente sem esperança.

— A questão repousa na História — expliquei. — Eu vivo apenas no passado e no futuro.

Esvaziamos nossas taças. Servi mais duas vezes.

— Jenny — falei. — Eu sou um homem da Verdade. Permita-me fazer uma observação sobre você.

Ela ergueu a taça.

— Pode atirar, sr. Charles Dickens! Me acerte com o cano duplo!

— Jenny — continuei. — Sou como meu grande predecessor, Huneker. Nada na face da Terra me incomoda mais do que uma *demi-vierge* provocadora.

— *Demi-vierge*? — perguntou. —O que é uma *demi-vierge*?

— Uma amásia — e sorri.

— Amásia? — disse ela. — Eu passo, professor. O que é isso?

Sacudi a cabeça com tristeza.

— Uma amásia — falei — é uma megera.

— E o que é uma megera?

— Uma megera — falei — é uma hetaira.

— Me pegou de novo, professor. O que é uma hetaira?

— Uma hetaira é uma meretriz.

— Uma rameira? — franziu a testa e então sorriu. — Tem um som bonito, mas ainda estou boiando.

— Uma Dalila — falei. — Uma Taís. Uma Messalina. Uma Jezebel.

— Vamos lá de novo — disse ela. — Tente mais uma vez.

— O dicionário está bem ali. Consulte.

Ela colocou a taça na mesa e correu para o dicionário.

— Claro! — falou. — Que palavra?

— É melhor tentar meretriz — falei.

Ela consultou. E então fechou o dicionário.

— Mas o que isso tem a ver comigo?

Não estou seguro de que o que respondi era verdade. Mas ninguém pode negar que tinha o som e a força de uma análise surpreendente, uma bomba e, verdade ou mentira, digna de uma explosão, simplesmente pelo efeito.

— Jenny — falei. — Toda a raça feminina é uma meretriz embrionária. A tendência é poderosa e, a partir da puberdade, as mulheres devem combater isso como combateriam o tifo.

Ela depôs a taça de vinho, apagou o cigarro e saiu do quarto.

— Você é horrível — disse. — Simplesmente medonho.

Mas, à medida que o tempo passava, nada do que eu lhe dizia a chocava. Conversávamos toda noite, eu falando a maior parte do tempo e ela não prestando atenção alguma ao que eu dizia. Se você perguntasse, não há nenhuma palavra ou frase minha que Jenny pudesse lembrar. Isso é uma tragédia. Eu disse algumas belas coisas, às vezes até surpreendendo a mim mesmo. Sou incapaz de evocá-las agora, mas lembro que na época elas eram espetaculares, refinadamente expostas e dignas de serem lembradas.

Eu disse que eu desejo contar a verdade. Preciso fazer uma pausa agora e admitir que fracassei. Eu disse que Jenny era gorda e não era bonita. Isso é muito inexato, pois Jenny não é nada disso. Não. Jenny é uma beleza. Ela é esbelta e flexível. Sua postura é tão arrogante como a de uma rosa. É uma alegria viver ao seu lado. Seus cabelos são maravilhosos. Nem ruivos nem dourados, mas ambos, e ela os penteia com misteriosa elaboração, enrolando-os em um nó na nuca à maneira das mulheres eslavas. Foi casada, mas agora é divorciada. Seu marido era um avicultor. Achei isso engraçado.

— Jenny — perguntei. — Qual é a cara de um avicultor?

Não havia motivo para isso. Na verdade, eu sei perfeitamente bem como é a cara de um avicultor. Meu tio em Colorado Springs está no ramo avícola e eu trabalhei um verão no seu rancho.

Mike Schwartz é viúvo. Eu o classificaria como bonito. Tem um filho, um bom menino, de seis anos. Às vezes Mike traz o menino aqui para ver Jenny. O menino a chama de Tia Jenny. Ele tem um corpo pequeno maravilhosamente forte, com pernas como marfim polido, e cabelos encaracolados. Um belo menino — um filho que eu teria orgulho de proclamar como meu. Ele é muito barulhento. Às vezes entra no meu quarto e eu o faço sentar à máquina e deixo que martele as teclas como um macaco. Ele gosta disso. Um belo menino. Uma tragédia que seu pai seja um sujeito tão burro. O menino tem um talento literário pronunciado. Se fosse meu, faria dele um gênio literário. Aos doze, eu o faria escrever e publicar uma autobiografia. Seria uma mera obra-prima. Eu providenciaria isso. Do jeito que as coisas vão, o garoto sem dúvida vai crescer e se tornar um bobalhão como o pai, um homem sem poesia que cai de joelhos e uiva como um bezerro ao dar um pedaço de metal de presente a uma garota.

Jenny fica excitada quando Schwartz traz o menino. Começa a parecer que Schwartz vai casar com ela. Ela botou a foto do menino na sua cômoda e ela o adora. Eu já comecei a me cansar da foto daquele menino. Toda vez que entro no seu quarto para pegar um cigarro emprestado tenho de tolerar aquela foto esfregada na minha cara, com uma coletânea de frases inteligentes do rapazinho. São ótimas, sem dúvida, mas não estou interessado. Gosto do menino, é um ótimo rapaz, mas seus epigramas pueris me aborrecem. Não estou realmente interessado.

Mike Schwartz visita Jenny regularmente. Toda noite antes que ele chegue, Jenny corre para o meu quarto e pergunta se está vestida corretamente, se seus cabelos estão bonitos, se eu gosto deste ou daquele par de sapatos. Mike Schwartz tem dinheiro, pilhas de dinheiro no banco. É dono de uma olaria. E isso não é tudo. Tem uma casa em Los Angeles, uma mansão em Bel Air, para não mencionar dois Packards e um Pontiac.

— Jenny — eu disse —, ele pode ser dono de uma olaria e ter um castelo em Bel Air, mas ele tem uma alma? Tem alguma profundidade? Eu o observei de perto pessoalmente e não consigo descobrir nada de belo em sua natureza. É um conformista frio, sem sangue, voltado só para o dinheiro.

— Ele é muito amável — disse Jenny.

— Um julgamento perfeitamente sem sentido. Tem ele alguma percepção das coisas mais delicadas da vida? As coisas profundas, duradouras?

— Ele é simplesmente amável. E, apesar de grandalhão, é gentil como um cordeiro.

Ergui os olhos para o teto.

Ah, Jenny. Sua ingenuidade me entristece. Me dá vontade de sair cegamente na noite para chorar no alto de um morro solitário pelos sofrimentos das mulheres. O simples fato de que Schwartz é amável não prova nada. Uma vaca é amável também. O que eu quero saber é se ele possui alguma poesia em seu sangue?

— Ele nunca me escreveu nenhuma poesia.

— O homem é uma fraude. Ele me diverte. Não tem mais poesia em si do que uma bomba estomacal.

— Eu acho Mike incrivelmente amável.

— Isso porque ele tem dois Packards, um Pontiac e uma casa em Bel Air.

Ela apenas sorriu, pois sequer estava ouvindo minha análise de toda a situação.

Para dizer a verdade, não sou materialista. Mas eu gostaria de dizer algumas coisas a Jenny. Gostaria de dizer a ela que nos meus bons tempos eu era dono de um automóvel. Tinha um carro maravilhoso, com o chassi todo de aço, uma bomba de óleo de alta compressão, vidro blindado, para-lamas, faróis e imensos pneus à prova de estouro.

Não me interpretem mal. Eu falo do Plymouth porque gostaria que vocês soubessem que eu vivi, mais ou menos, a vida do tapado do Mike Schwartz. Não durou muito, porque a financeira logo acabou com aquilo. Mas não me importei, porque já estava cansado daquilo e havia uma porção de novas histórias que eu queria escrever. Mas, eu desejava ter um carro agora. Por uma razão. Jenny relata sempre a mim longas histórias da riqueza de Mike Schwartz. Não estou realmente interessado. Fico simplesmente filosófico, um pouco divertido e um pouco triste.

E, no entanto, apesar de tudo, eu gostaria de ter meu Plymouth. Por apenas uma hora eu gostaria de tê-lo para mim. Eu sei como se faz. Levaria Jenny para dar uma volta no carro uma noite. Tão sobranceiro quanto possível, sentaria ao lado dela, minhas mãos ao volante, falando nada, sequer uma palavra. Deixaria toda a conversa com o Plymouth. Nós iríamos até Santa Monica e estacionaríamos o carro numa colina onde o mar se encontra com as estrelas. Com um toque indiferente dos meus dedos eu ligaria o controle do painel e, do ventre da máquina, o rádio responderia, emitindo o coaxar de rã de Bing Crosby. Eu permaneceria forte e quieto, sem fazer nada. Nenhuma necessidade de dizer a Jenny que seus cabelos me atordoavam, que a expressão de seus olhos cinzentos bastava para me fazer esquecer, por algum tempo, prosa, enredos e toda aquela coisa cansativa. Tudo seria feito por máquina; mas, por pouco tempo, apenas uma hora seria o suficiente. O Plymouth e Bing Crosby levariam Jenny às profundezas de sua alma e por algum tempo tudo estaria bem. Logo eu ficaria cansado daquilo, dentro de uma hora, talvez, e nós voltaríamos para a cidade. Depois Jenny contaria para outras pessoas que conhecia um escritor com um Plymouth. Não um mero escritor, mas um escritor com um Plymouth. Mas isso não importaria também.

PRÓLOGO PARA *PERGUNTE AO PÓ*

Pergunte ao pó na estrada! Pergunte às arvores de Josué, solitárias, onde o Mojave começa. Pergunte a elas sobre Camilla Lopez e lhe sussurrarão o nome dela. Sim, o último a ver minha namorada Camilla Lopez foi um tuberculoso que morava na beira do Mojave, e ela caminhava para o leste com um cachorro que eu lhe dera, um cachorro chamado Pancho, e ninguém mais viu Pancho de novo também. Vocês não vão acreditar nisso. Vocês não vão acreditar que uma garota começaria a atravessar o deserto do Mojave em outubro sem nenhuma outra companhia além de um jovem cachorro policial chamado Pancho, mas aconteceu. Vi as pegadas do cão na areia e vi as pegadas de Camilla ao lado das do cão, e ela nunca voltou para Los Angeles, sua mãe nunca voltou a vê-la, e, a não ser que um milagre tenha acontecido, ela está morta lá no Mojave esta noite e Pancho também. Não tenho de tecer um enredo para este meu segundo livro. Aconteceu comigo. A garota se foi; eu estava apaixonado por ela, e ela me odiava, e esta é a minha história.

Pergunte ao pó na estrada. Pergunte ao velho Junipero Serra no Plaza, sua estátua está lá, e lá estão também os riscos nela onde acendi meus fósforos, fumei cigarros e observei a humanidade passar, eu, John Fante e Arturo Bandini, dois em um, amigo do homem e da besta também. Aqueles eram os bons dias! Eu andava por aquelas ruas e as sugava, e sugava as pessoas nelas, como um homem feito de fibra de mata-borrão. Arturo Bandini, com um conto vendido, grande escritor, sonhando grandes planos. Ainda posso ver aquele sujeito, aquele Bandini, com uma revista de capa verde debaixo do braço, perpetuamente debaixo do seu braço, caminhando por esta cidade com uma tolerância gentil pelo homem e pela besta também; ele era um filósofo, jovem, a simples história de um escritor que se apaixonou por uma garçonete de bar e foi mandado passear.

Mas vejam, deixem-me tentar contar a minha história. Apaixonei-me por uma garota chamada Camilla Lopez. Entrei num café uma noite e lá estava ela e, muito, muito depois, mesmo agora, esta noite, quando escrevo a respeito, eu engasgo ao pensar na beleza daquela garota. Ela estava lá, ao meu lado, era uma garçonete de cervejaria, trouxe-me café e achei que era um café horroroso e conversamos. Então eu voltei, repetidas vezes, e logo estava tão loucamente apaixonado que me comportava como um tolo, e o tempo todo ela amava outro, ela amava um garçom do Liberty Buffet, onde ela trabalhava, e o garçom não a suportava. Então ela saiu comigo, para se esquecer dele, ia a toda parte comigo, e eu estava maluco por ela, e a coisa piorou, e ela piorou em relação ao garçom. Começou a fumar maconha. Ela me ensinou a fumar. Ela endoidou. Foi colocada num asilo de loucos. Ficou lá um mês. Saiu e eu a vi de novo. Ainda estava apaixonada por Sammy, o garçom. Ele não a suportava. Não a suportava porque ela era simplesmente uma mexicana e ele era um americano e ela estava abaixo dele, e esta é a história — este é o tema de Ramona, só que desta vez é um ítalo-americano que conta a história, e ele, Bandini, tem simpatia pela garota porque entende como funciona essa coisa de preconceito social, e ele a ama loucamente e ela não consegue entendê-lo. Ele é um escritor. Está sozinho em Los Angeles. Escreve sonetos para esta garota. Ela lê os sonetos e os joga na rua. Pergunte ao pó na rua, pergunte ao pó no Liberty Buffet, pergunte à desgraçada serragem suja daquele local e ela dirá que recebeu pedacinhos de papel picados e eles eram meus sonetos, porque ela não ligava para mim, eu só a divertia, ela estava louca pelo americano Sammy.

Não acha que tenho um romance? Ouça, com os diabos, conheci Camilla e, na primeira noite, fomos à praia e nadamos nus, e ela nadou bem longe, bem além do quebra-mar da baía de Santa Monica. Dirigimos até lá no carro dela e ela nadou para longe, a distância sob o luar, bela garota, bela Camilla, oh, que inferno, como eu amava aquela garota e que inferno, que desfeita ela me plantou, achava que eu era um lunático, que dizia coisas engraçadas. Ela nadou bem longe, longe demais para uma garota normal, e às duas da manhã naquele oceano frio, e, ao quando a vi ao luar desconfiei de que era o tipo de garota que entra em colapso sob pressão social, havia algo sensível e belo nela mesmo então e sempre, uma garota exuberante, cabelos negros, pele cremosa, nadando ao luar, me ousando a ir tão longe quanto ela havia nadado, e eu não fui, nadei até certa distância e cansei, e então ela voltou e nos enrolamos num cobertor na praia e fomos dormir — um casal de crianças nuas, mas eu sentia aquilo deitado ao lado dela então —, aquela sensação de que jamais possuiria essa garota, sentia que de certa forma ela era veneno e que aquilo nunca aconteceria, sentia paixão sem desejo, sentia a estranheza dela, sentia dentro de mim com a certeza do seio de minha mãe, essa coisa devorando uma bela garota mexicana que *pertencia* àquela terra, debaixo daquele céu, e não era bem-vinda. E eu, o solidário, o amigo de homem e besta também, pergunte à areia ao longo da baía de Santa Monica se o grande Arturo Bandini foi tão grande amante naquela noite, não não não, porque eu tinha pena dela como um homem tem pena de sua filha, e não era paixão, eu só sentia desejo e nunca passou disso. E, então, às cinco da manhã, com o sol se erguendo lá no leste, descemos até Wilshire de carro e ela ficou tão contente que eu não a havia tocado, ela dirigia, e disse uma coisa estranha e significativa, lembro as palavras exatamente, ela disse: "Foi uma noite tão bonita. Nunca mais acontecerá de novo." Mas havia sempre comigo a suspeita de que eu havia agido como um tolo, não só naquela noite, mas em todas noites que passei com ela, enquanto visitávamos muitos lugares estranhos e fascinantes nesta grande cidade. Falo de Hollywood, com seu falso brilho de lantejoulas? Dos filmes? Falo de Bel Air e Lakeside? Falo de Pasadena e dos locais quentes nas redondezas? — não e não mil vezes. Eu lhes digo que este é um livro sobre uma moça e um rapaz numa civilização diferente: trata-se de Main Street e Spring Street e Bunker Hill, sobre esta cidade não mais adiante de Figueroa, e não há ninguém famoso neste livro e nada notório e famoso será mencionado porque nada disso pertence a este livro, ou estará aqui por mais tempo. É Ramona ao reverso. É bom. Sou eu mesmo.

Então eu chamo meu livro de *Pergunte ao pó*, porque o pó do Leste e do Meio-Oeste está nestas ruas e é um pó em que nada cresce, uma cultura sem raízes, uma ânsia frenética por trincheiras, a fúria vazia de pessoas perdidas e desesperançadas, frenéticas para alcançar uma terra que jamais lhes pode pertencer. E uma garota desorientada que achava que as pessoas frenéticas eram as pessoas felizes e tentava ser uma delas.

Arturo Bandini, eu mesmo, grande escritor, com um conto vendido para *The American Mercury*, o conto sempre no meu bolso para provar meu sucesso enquanto rondava a Ópera e observava os ricaços entrarem, às vezes me misturando à multidão para tocar acidentalmente uma capa de arminho, apenas um passante, me desculpe, madame, e pelas longas horas da noite eu pensava nela, imaginando quem seria — talvez até a heroína de meu grande romance, conversando com ela enquanto as luzes do St. Paul Hotel piscavam vermelhas e verdes e lançavam cores sobre minha cama.

Aqueles sim que eram bons dias. Pergunte ao pó na estrada, pergunte às teias de aranha em meu quarto no St. Paul, vá até os camundongos que saem da quina do quarto, ah, camundonguinhos tão amigos, eu os tinha como meus bichinhos de estimação, até conversava com eles. "Olá, camundongo, como vai você esta noite, onde estão seus amiguinhos?" Claro, amigo de homem e besta também, alimentando os camundongos para torná-los meus amigos, um grande homem, uma alma generosa, leitor de Thoreau e Emerson, grande escritor em ascensão que precisava ser tolerante, espalhando migalhas para os camundongos comerem à noite, com as luzes do St. Paul piscando, e eu os observava correndo para lá e para cá, até que tinha de terminar com aquilo, eles ficavam afetuosos demais, subiam na minha cama e sentavam-se ao pé dela, éramos grandes amigos, mas, que diabo, eles se multiplicavam como chineses e o quarto era pequeno demais.

Falo como um lunático? Então me deem a insânia, me deem aqueles dias de volta. Deem-me o caprichoso romance de alguém que se compadecia da humanidade, aquela grande pessoa Bandini, autor de saídas magníficas, a piedade de tudo aquilo, a cidade absurda ao meu redor, bem-afortunada mãe adotiva de meu gênio. E subindo Angel's Flight, duzentos degraus até Bunker Hill no meio da cidade, degraus consagrados, Senhor, Bandini pisava neles a caminho da imortalidade! Um dia, meu povo, vocês que só dizem sim, estes degraus ressoarão a minha memória e ali adiante naquele muro alto haverá uma placa de ouro, e sobre ela um baixo-relevo — a imagem do meu rosto. Estou sozinho agora? Bah! Minha solidão dá frutos e haverá uma Los Angeles do amanhã para lembrar que uma Voz subiu estas escadas e que Benny, o Agiota lá da esquina de Third e Hill vai chorar de alegria ao contar a seus netos que certa vez ele falou com um homem da eternidade. E daí até o meu quarto, para ter uma conversa comigo mesmo ao espelho. Ou talvez praticar um pouco para os dias da minha fama, colocar o espelho segundo um ângulo, ver como eu fico sentado à máquina de escrever, o grande homem trabalhando, respondendo às perguntas da imprensa, piscando pacientemente enquanto os flashes explodem. "Senhores, senhores! Por favor! Meus olhos, senhores — afinal de contas, eu também tenho o meu trabalho, os senhores sabem." Risadas dos cavalheiros da imprensa. "Jesus, aquele sujeito, Bandini, um sujeito muito bacana, a fama não o estragou. Como um de nós, jornalistas comuns — um sujeito realmente bacana."

Perguntem às recepções empoeiradas, perguntem ao saguão empoeirado, perguntem às pessoas empoeiradas no empoeirado saguão do St. Paul, às pessoas cansadas e empoeiradas, velhas, em vias de virar pó, vão morrer aqui, aos velhos e velhas, a poeira de Indiana e Ohio, de Illinois e Iowa, no seu sangue, destinados à poeira e à morte numa terra poeirenta sem raízes. Seis anos atrás e tantos já viraram pó, mas ainda existem alguns que se lembram do grande escritor, nenhuma poeira em sua boca, grande escritor mentiroso falando sobre grandes contos em *The Saturday Evening Post* e provando aquilo com uma história numa revista verde. Grande escritor, frequentador de livrarias poeirentas, pegando revistas empoeiradas e soprando o pó da sua querida história, comprando-as, com sua história, para que não se transformassem em pó. Sim, pergunte ao pó na estrada.

Vejam só, o grande escritor escrevendo cartas para casa, para a mamãe, grande escritor achando a vida dura, mas, veja, mamãe, tenho uma história saindo em *The Atlantic*, no Pacífico, por isso me mande cinco dólares, mamãe, me mande cinco dólares. E assim com cinco dólares, com dez dólares, o grande escritor com a revista verde numa boate cara falando com uma loura empoada e contando à grande loura sobre um dia mais glorioso. Tinha ela lido "Carissima Mia", escrito por Arturo Bandini? Não, então que pena. E lera "Mea Culpa", de Arturo Bandini? Sim, havia lido. Estranho, porque nunca fora escrita. Mas cinco dólares e dez dólares, saídos da poeira do Colorado, para ajudar o filhinho da mamãe, mea culpa, mea culpa, mea maxima culpa.

Um livro repleto de pessoas, pessoas selvagens e poeirentas. A Los Angeles real, Bunker Hill, aquela parte da cidade abaixo de Figueroa, e Arturo Bandini sonhando com grandes dias. As pessoas que cruzaram seu caminho: Marcus, o vendedor de vinho, que me deu um emprego de ajudante de garçom porque achava que eu escrevia seriados para o

SatEvePost. A sra. Adolphe Lang, com seus seios gordos e rosados, que oferecia a mim porque ela era a mãe de Deus e eu deveria compartilhar do leite da vida. David Myers, o comunista na esquina de Third e Hill, com sua perna aleijada, na qual guardava os cigarros de maconha que vendia. As velhas senhoras que eram as Eleitas de Deus e tinham de fazer sacrifícios com o Sangue do Cordeiro, mas não tinham nenhum cordeiro, por isso mataram um belo gato siamês. O negro gordo que levou Camilla e eu por um beco longo e sinistro até a Central Avenue e, subindo umas escadas caindo aos pedaços até um quarto num hotel deserto onde homens e mulheres jaziam como mortos, e o negro gordo os jogou para fora da cama, cortando o colchão e nos vendendo maconha tirada da fenda. Depois, em meu quarto, nós fumamos a maconha. Um cigarro, nenhum efeito. Dois. O quarto escurece. O corpo de Arturo levita. Ele se alça do chão, dois centímetros, cinco. Subindo, subindo e, oh, mundo absurdo, absurda Camilla, e Arturo ria e ria, mas não Camilla, sua boca amaciando, saliva branca como fios de seda agarrada a sua boca atrevida, abrindo-se ternamente para dizer seu nome, Arturo, Arturo. Sim e amém. Grandiosidade. Jesus, que romance! As duas lésbicas tocando piano no Embassy, tocando valsas de Strauss para Camilla enquanto Arturo fica furioso e cospe cerveja sobre o piano e nos cabelos da violinista. Os pintores bêbados no estúdio do andar acima, os tristes pintores, os pintores sem esperança, escola de S. McDonald Wright, último vestígio de um movimento de pintura a unir Leste e Oeste. As centenas de clubes noturnos sórdidos de Lower Fifth Street, apinhados de belas mulheres, garotas escrevendo para suas casas em Iowa e Indiana que estavam brilhando na grande cidade, céus, elas não estavam brilhando, elas estavam fodendo qualquer um e qualquer coisa, filipinos, japoneses e negros num lugar saturado de beldades. Ah, aqueles clubes noturnos, onde aprendi a divagar e a vagabundear, às vezes com dinheiro de outro conto vendido, às vezes quebrado, frequentemente pedindo dinheiro emprestado a garotas.

A caixa de esmolas na igreja do velho Plaza, da qual roubei sessenta centavos, porque estava pobre, não estava? O salão de danças filipino onde a polícia deu uma batida em busca de drogas, os tiras entrando, as luzes apagando, e os tiras gritando e lutando loucamente na escuridão e os calmos filipinos esgrimindo navalhas afiadas com a velocidade de metralhadoras e cortando em iscas os rostos dos policiais.

O esquisito, o estranho, o belo; uma noite, uma mulher bonita demais para este mundo surgiu nas asas de um perfume e não pude suportar aquilo, não pude resistir e a segui, quem era, eu nunca soube, uma mulher com uma estola de raposa vermelha e um chapeuzinho atrevido, rastejando atrás dela si porque era melhor do que um sonho, observando-a entrar no Bernstein's Fish Grotto, observando-a num transe através de uma janela nadando com rãs e trutas enquanto comia e, quando terminou, o garoto entra no Grotto, se senta no mesmo assento que ela usou, apalpa o mesmo guardanapo que ela usou, porque ela era tão bonita e — apenas uma caneca de sopa, garçom, não estou com fome, só uma caneca de sopa por quinze centavos. O amor sujeito a orçamento, uma heroína livre e a preço de nada, para ser lembrada através de uma janela nadando com trutas e rãs.

Fome, de Hamsun, mas esta é uma fome por viver numa terra de poeira, fome de ver e fazer. Sim, *Fome* de Hamsun. Clarence Melville, o bêbado veterano da guerra hispanoamericana, morava do outro lado do corredor. Tinha um quarto com direito a uma faxina ligeira. Estava cansado de laranjas, também. Tinha um carro. Entramos nele uma noite. Ele sabia onde encontrar carne. Rodamos até San Fernando. Estacionamos o carro. Rastejamos por baixo de cercas de arame farpado na pastagem. Caminhamos na ponta dos pés até o celeiro. Lá estava o bezerro. Clarence o golpeou na cabeça com uma marreta. Arrastamos a carcaça ensanguentada até o carro e voltamos a Los Angeles. Puxamos o bicho pelos fundos até o quarto dele. Deus, que noite foi aquela! O bezerro não queria morrer, por mais forte que o golpeássemos. Então o sangue se espalhou pelo chão, pelo tapete, nas paredes, na banheira. Fiquei enjoado. Não podia comer nada daquilo. Sangue no corredor e a polícia veio. Encontraram Clarence no banheiro esquartejando o bezerro. Pegou sessenta dias e o tempo todo que passou em julgamento e na cadeia eu fiquei no meu quarto, passei uma grande parte do tempo rezando, não para Hamsun ou para Heine, mas para Nosso Abençoado Senhor e Salvador, Jesus Cristo. Salve-me, Senhor. Sou inocente.

Pergunte à Camilla Lopez. Pergunte a ela. Conte a ele, Camilla. Conte a este editor cabeça-dura sobre nós. “Pois é, o senhor sabe: meu nome é Camilla e Arturo me amava, e eu achei que ele era tão bobo, escrevia sonetos para mim, e não faziam sentido. Eu os repassava a advogados bêbados no Liberty Buffet e eles riam, portanto o senhor vê, ele era bobo, porque os advogados riam. Uma vez eu falei a ele, eu disse, Arturo, eu quero ser esperta como você. Então ele me comprou uma cartilha, isso foi logo depois que a gente se conheceu, e ele comprou uma cartilha para mim e me mandou aprender cinco palavras por dia, e eu aprendi — no primeiro dia —, mas ele não era como Sammy, o barman. Ah, aquele Sammy! Ele tinha uns olhos, que olhos, e Sammy era um homem, não um escritor bobo, não um maricas, e eu amava aquele Sammy, e ele me odiava, meu Deus, como ele me odiava. Porque eu era mexicana, ele me chamava de *cucaracha*, me chamava de *chicana*, ele me machucava tanto. Mas que sujeito! Esse Arturo, ele me mandou sentir orgulho de ser mexicana, disse até que os humildes herdarão a Terra, Jesus, eu não queria a Terra, eu só queria Sammy, e joguei a cartilha na sua cara, porque gosto que um homem seja homem, não gosto de um homem que seja só palavras, palavras, ele era apenas isso, Arturo, pergunte à cama em que dormimos, cinco vezes eu dei a ele sua chance, cinco vezes ele falou comigo como uma boneca, mas nunca me tocou, e eu joguei os cabelos, ri e falei a ele, Arturo, você não é um homem, tem alguma coisa errada com você, porque você não é um homem. Eu não gostava dele, estava me lixando, eu queria esquecer Sammy, e lá estava Arturo na cama e ele chorava, dizendo que não sabia por que não conseguia, ele me amava tanto, me amava tanto. Eu costumava ir a seu quarto no St. Paul Hotel, jogava pedrinhas na sua janela, ele me içava para dentro e eu ficava, porque sabia que não ia tocar em mim, e então eu o odiava porque ele insistia em dizer que eu devia me orgulhar de ser mexicana, e então eu o desafiava a tocar em mim, erguia meu vestido e esfregava tudo na sua cara e ele que sabia tanta coisa e era tão esperto com as palavras, ele ficava corado e dizia por favor não faça coisas desse tipo, Camilla. E quando fomos a Main Street, na galeria de tiro ao alvo, e atiramos em pombos de barro, quantos eu acertei? Todos! Cada um deles. E Arturo? Errou todos! Não acertou nenhum — mas

Sammy não era assim, Sammy derrubava todos, também. E saíamos de bicicleta à noite, Arturo e eu. Pedalando até Terminal Island, até San Pedro, e eu gostava de fazer coisas loucas, como galgar um caminhão-tanque, mas e Arturo, topava aquilo? Não, de jeito nenhum, dizia que era absurdo, era assim que chamava aquilo, mas o motorista do caminhão não pensava do mesmo jeito e ria, e eu deixava Arturo lá e voltava com o chofer do caminhão. E então ele aparecia no Liberty Buffet depois, choramingando para me ver e me entregando um poema, mas ele me irritava tanto porque não era como Sammy, ainda que Sammy batesse em mim, ainda que Sammy me chamasse de *cucaracha*. Mas às vezes ele era simpático, às vezes me dava flores, comprava uma flor de cada vez para mim, ele a chamava de camélia, como meu nome, aprendi alguma coisa com ele, afinal, porque eu não sabia que aquelas flores brancas e rosadas tinham o mesmo nome que eu. Mas não ligava muito para elas, não tinham nem a metade do cheiro das gardênias."

E eu, Bandini, fiquei agoniado e rastejando no pó, eu mesmo tão perto de morrer. Portanto, escreva um bilhete de suicídio, Bandini, escreva um dos bons, e comprido, para Camilla. E foi feito, um longo bilhete de suicídio escrito com um coração partido, as lágrimas caindo sobre as teclas através da longa noite enquanto ele escrevia, depois adormecia sentado em sua cadeira, e depois se arrastava até a cama, cansado demais para cometer suicídio. E de manhã, tomando café, leu sua carta de suicídio e, rapaz, que beleza! Rapaz, tudo o que precisava era um título, e ele deu o título e botou no correio e em poucos dias chegava um cheque e uma nota do editor da revista de capa verde: "Caro Bandini, esta é uma das estórias mais intrigantes que já lemos. Nós a aceitamos contentes e esperamos que nos mande outras iguais a ela. Nosso cheque vai anexado."

Bandini, grande humorista, descendo às pressas os degraus de Angel's Flight para levar sua história a Camilla: veja, é maravilhosa, muito engraçada. Um novo lado do meu talento: sou um humorista. E ela leu e riu e então ele morreu a morte que se esquecera de morrer naquela noite, pois esperava que ela visse a tragédia, mas não, até ela achou que era engraçada.

Pó em minha boca, pó em minha alma, para longe dos empoeirados até o mar verde, saindo com uma garota vestida de verde em Long Beach até um quartinho em Long Beach com vista para o mar, e a noite toda com a moça do vestido verde, chamando-a de Camilla por engano, até que ela gritou: "Pare de me chamar de Camilla! Meu nome é Doris — não Camilla." Dormindo com a moça do vestido verde, fingindo que era Camilla, toda aquela noite e o dia seguinte à beira do mar verde — duzentos por outra história e eu vou ter a minha Camilla à minha própria maneira, pois já tive você, Camilla, à minha maneira. Todo aquele dia e à noitinha, uma paralisia de morte sobre a Terra, um silêncio sussurrado de poeira raivosa e subitamente o quarto começa a sacudir, a casa está se desfazendo, as paredes gemem e a poeira se levanta, as mulheres por toda parte gritam e, quando chegamos à rua, não havia nenhum pássaro a voar, o crepúsculo enche aquele anoitecer de março, apenas o pó do terremoto, e no pó e nas ruínas os mortos por toda parte e eu tomado de pânico, a Terra se convulsionando de raiva por meus pecados, porque a Terra me odiava e a todos nós, os mortos debaixo de lençóis ensanguentados nos gramados, os pássaros sumidos, e poeira cobrindo o mundo. Então, correndo de volta a Los Angeles, esperando que ela esteja morta, esperando que Camilla esteja entre aqueles que voltaram ao pó.

Mas um grande homem deve perdoar e assim o grande homem, sentado em seu quarto, ponderou sobre a alma distorcida de sua amada e condenou-se pela vergonha dela — ela não estava em falta, não mais do que qualquer boa menina americana estaria em falta, por desabafar seu ódio contra a vulgaridade e grosseria da Lower Main Street. Uma carta de desculpas era necessária, a ser escrita com palavras bem-escolhidas, a caneta e tinta sobre um simples papel branco e assinada com o rico floreio de uma assinatura cuidadosamente praticada. Dito e feito, uma carta cautelosa não admitindo seu grande amor e fechando com um "Cordialmente".

Poucas noites depois e de novo o som de pedrinhas no vidro da minha janela e lá estava ela sorrindo, havia perdoado e esquecido, e, para provar sua generosidade, dormia comigo enquanto eu me agitava e tremia diante desse desejo sem paixão.

Então os dias que trouxeram a mudança de Camilla, a devastação de sua carne, os olhos embaçados, a lassidão, as mentiras, mentiras, mentiras. A noite em que ela apareceu com um olho roxo: um acidente de automóvel, disse. Então, Sammy contraiu tuberculose e teve de ir para o deserto, e ela o seguiu até lá, e ele a escorraçou, mandou que se afastasse dele, que queria ficar sozinho e morrer sozinho numa casa de barro que construiu na beira do deserto.

Sammy, meu inimigo, e ele também se tornou escritor e ela trazia suas histórias tolas e débeis para mim, "porque você é esperto, Arturo, você pode ajudar Sammy a se tornar um escritor". E eu as lia e ria antecipando o prazer de rasgá-las em pedacinhos, e foi o que fiz: três contos que ele me mandou e frase por frase eu os rasguei em pedaços, disse que era melhor ficar com a profissão de barman, mas um grande homem deve ser amigo de homem e besta também, então eu rasguei as histórias e as reescrevi, dando o melhor de mim, passando a ele o que eu considerava conselhos preciosos, e ele começou a escrever para mim do deserto, aquele estúpido do Sammy, mas era um bom homem no fundo, ligeiramente sangue-frio, referindo-se sempre a Camilla como "a pequena *cucaracha*", recomendando-a como uma boa foda e que seria minha se eu soubesse lidar com ela. "Dê duro nela, Bandini. Aja com ela como se fosse sujeira debaixo dos seus pés, como poeira na estrada, não poupe os chutes, e ela vai se agasalhar em volta do seu pau e vai morrer ali." E esse era o homem que Camilla amava — esse era o meu rival.

E por que não? Tentei o conselho de Sammy. Ela veio uma noite e Bandini estava à espera. "Olá, sua pequena retardada, de que beco você veio desta vez?" Seus olhos se arregalaram, seus lábios sorriram e ela ficou estranhamente quieta enquanto Bandini continuava: estou ocupado aqui; se veio desperdiçar meu tempo, caia fora. E funcionou! Eu soube então que ela não queria ser tratada como uma rainha, como o verdadeiro amor, como a mulher formosa de sonho idealizada por Cabell. Estava acostumada à aspereza e temia a admiração. Aquilo me fez mal, me deixou nauseado, e eu a expulsei, levei-a pelo braço até a porta e mandei que fosse embora e nunca mais voltasse. Ela partiu delirante de desejo, pronta para cair à poeira dos meus pés. Deus, que Bandini deplorável naquela noite, sua rainha preferindo ser uma escrava.

Então a noite em que fumamos maconha. Para baixo meus pés, fiquem no chão meus pés, mas eles se elevavam e eu estava a trinta centímetros do assoalho, sessenta centímetros, e não podia baixar, e ela estava tão absurda, seu corpo tão fantástico, sua beleza algo risível — e aquela foi a noite em que houve paixão sem desejo e uma sedução de Baudelaire e DeQuincey. Mas acabou tudo para nós, ela foi embora e eu fiquei deitado na cama e meu corpo não baixava, mas, à medida que passava o efeito, minha cabeça doía vagamente e eu senti algo que não sentia desde a infância, aquela necessidade de confissão, de retribuição, de punição, porque eu havia estragado um sonho e quebrado uma lei de Deus e do homem. Meus pés ainda não queriam descer, ainda aquela sensação de estar fora da Terra, ansiando por voltar, e eu estendi a mão para pegar uma jarra de água e a quebrei no assoalho e caminhei sobre o vidro quebrado até que o êxtase da retribuição foi aguçado ao ponto da fraqueza e eu pensei, pare agora ou você vai desabar. Aquela foi a noite em que me arrastei, mancando, até uma pequena igreja católica no bairro mexicano e passei longas horas sentado na quietude, tentando reorganizar minha vida, fazendo planos e promessas de ser um homem melhor. Sempre ser um homem melhor, aquela era a ideia de Arturo Bandini, ser um grande homem, soerguendo-se da poeira da estrada, amante de homem e besta também. Partir e não pecar nunca mais.

Os dias passaram e eu trabalhei duro e, como sempre acontecia comigo, quando trabalhava duro era bem-sucedido. Não mais Camilla, fiquei afastado e ela não voltou para jogar pedrinhas na minha vidraça. Três meses, passaram e se a sorte e o trabalho se combinaram para mudar subitamente as coisas, e uma peça que eu tinha escrito foi comprada para o cinema e eu recebi quase dez mil dólares.

E assim o grande homem vai aos alfaiates e às perfumarias e, numa carruagem fantástica, volta aos cenários de seus primeiros embates, para falar descontraidamente com Benny, o Agiota, e passar-lhe cinco dólares para suas crianças. “Lembranças para sua mulher, Benny. Diga que me lembro bem dela.” Daí para uma visitinha a Marcus, insistindo que lhe devo dez, ele insistindo que não devo, forçando-o a aceitar, repreendendo-o por sua má memória, feliz em pagar dez dólares por tamanho triunfo, um homem honesto, um grande homem, acertando suas velhas contas.

Então a última parada. Mas ela não está lá, outra garota ocupou seu lugar e o mundo ficou inesperadamente solitário e o sucesso de Bandini é oco e incompleto. Mas ela precisa saber. Se ELA não souber, então aquilo não aconteceu. Mas todo mundo está taciturno e ninguém sabe o que aconteceu com ela. Um suborno para a nova garçonete e consigo seu endereço. Vou lá, conheço sua mãe — uma mulher como minha mãe, uma doce mulher com o coração partido morando numa favela no bairro mexicano, uma mulher de rosto trágico me contando que Camilla foi internada em Patton, o asilo. Choramos por aquilo e eu sigo em frente e vou até Patton, mas não me deixam vê-la. Um mês depois ela foi liberada e eu vi uma garota fantasma, o terror em seus olhos, ferida pela solidão. Queria uma coisa de mim — eu compraria um cachorro para ela? Foi o que fiz. Nós o chamamos de Pancho e ela ficou feliz com ele e nada mais, dormia com ele, falava com ele, garota fantasma cujo ar espectral era como uma doença e, com o passar dos dias, Pancho também se tornou um fantasma, um cão estranho com um olhar faminto e solitário como o de sua dona. Ela chorava sempre, a gente se sentava debaixo de um eucalipto no seu quintal e inexplicavelmente as lágrimas começavam a rolar, Pancho começava a uivar e seus olhos também marejavam, e eu sabia que ela ainda estava apaixonada por Sammy. Um dia chegou uma carta dele, do deserto, queria que eu fosse lá e pegasse ela e seu maldito cão, ela cercava sua casa de barro como uma mendiga pedindo migalhas de amor, ele não podia suportá-la, e eu podia ir lá e levá-la embora? Dirigi cento e sessenta quilômetros até lá. Ela havia partido. Seu surrado Ford amarelo, os pneus arriados, estava parado à margem da estrada poeirenta num aglomerado de árvores de Josué. Onde estava ela? Sammy não sabia. Ele a tinha mandado embora, jogado pedras no cão, estava enojado dela e não ligava a mínima. E assim é, ninguém sabe. O carro dela ainda está lá, os pneus arrancados, toda peça móvel roubada. Ela sumiu, engolida pelo deserto. Talvez alguém a recolhesse e levasse para o México. Talvez tivesse voltado para Los Angeles e morrido num quarto poeirento. Tudo o que sei é que ela se foi, o cachorro se foi, e nada mais resta senão a sua história que eu quero contar.

VIAGEM DE ÔNIBUS

Sentou-se nos fundos do ônibus, foi o que fez Julio Sal. Os *pinoys** sempre ficavam lá atrás. Um casal de mexicanos estava lá com ele. Um mexicano, a mulher e o filho. A *mamacita* trocava a fralda do bebê. O ônibus agora estava lotado. Julio Sal tinha uma poltrona inteira só para ele.

Adeus, Los Angeles! Todos a bordo rumo à grande San Joaquin. Bakersfield. Merced. Turlock. Modesto. Lodi. Stockton. Sacramento. Um pouquinho de Julio Sal em todas essas cidades, fragmentos de sua vida, grãos de seus anos, gotejando através de seus poros nos dias secos, nos dias chuvosos, no frio e no calor. O trabalhador braçal: toneladas de tomates, aspargos, cebolas, alface, melões, arroz, cenouras. Aquele era o seu lugar. A terra que o envolvia, o alimentava, o machucava, o protegia.

Sim, ele a conhecia melhor do que sua amada Luzon, onde seu esperma infrutífero estava numa centena de camas desarrumadas, para cima e para baixo no magnífico vale

---

*Modo informal como os filipinos são chamados nos EUA. (N.T.)

ardente, com seu solo tão rico que nasciam flores até de um cabo de vassoura, onde o gado era gordo e tinha olhos que brilhavam, onde as cerejas eram grandes como nozes, as nozes grandes como ameixas, as ameixas grandes como peras, as peras grandes como melões, os melões grandes como filipinos. Onde tudo germinava, exceto o esperma dos *pinoys*.

A Terra da Dança em Sacramento. O salão de dança Linda Ballroom, em Stockton. O Teapot, em Bakersfield. O Manuel's Place, em Lodi. Steve and Mary's, em Modesto.

Peggy, Martha, Connie, Alice, Babe, Opal, Jenny, Lean, Virginia, Oklahoma Mary — o que há num nome? Porém! A fragrância daqueles braços, o fruto de seus quadris, os pequenos e insaciáveis sonhos em seus olhos quando a colheita terminava e o perfumado Garoto da Ilha subia saltitando pela escada, com o dinheiro tinindo nos bolsos.

Julio caiu no sono. O bebê mexicano chorava. O motorista desligou as luzes internas e o ônibus avançou noite adentro rumo a Hollywood e ao Passo de Cahuenga.

Lá na frente, duas garotas americanas batiam papo com o motorista. Julio escutava vagamente. Eram alunas da Universidade do Pacífico. Suas vozes flutuavam por mil quilômetros, atravessando o ônibus. Era incompreensível, algo sobre Delta Gama e Tri Delt. Sobre o Professor Fulano de Tal, de Zoologia, e como ele era bonzinho por deixar que matassem as aulas... e a mente cansada de Julio Sal evocou uma faca de poda talhando sabe-se lá o quê. O sono dominou Julio Sal. Ele acordou quando o ônibus parou na estação de San Fernando. Viu a família mexicana descer. Sem os soluços do bebê, o ônibus cavernoso parecia vazio. Três novos passageiros embarcaram. Um homem e uma mulher cambalearam pelo corredor e ocuparam os assentos onde estavam os mexicanos. Com os olhos pegajosos e o chapéu caindo sobre a testa, Julio Sal os observou. Não conseguia enxergar seus rostos. O homem sentou na janela. Fez um ninho com os braços. A mulher se aconchegou neles, sossegada e contente.

Atrás veio o terceiro passageiro: uma garota. Procurava um lugar. Julio Sal olhou para o espaço vago em seu próprio banco, depois para a garota. Pensou Julio Sal: alta classe. Ela agora avançava pelo corredor, carregando uma pequena bolsa. Vestia um sobretudo de pelo de camelo e uma boina escocesa branca. Olhou para o lugar vazio ao lado de Julio. Rapidamente tateou em sua direção. O ônibus deu um solavanco para a frente e a garota se segurou na alça do teto. Estava para se lançar no assento quando avistou Julio Sal.

— Oh.

Não se sentou.

— Não tem problema — disse Julio. — Pode sentar.

— Não, obrigada.

Tinha o sorriso repleto de gratidão, mas não se sentou. Em vez disso, continuou segurando a alça e colocou a bolsa no banco, ao lado de Julio. Julio olhou para a bolsa e depois para a garota. Outra vez, ela sorriu.

— Você se importa?

— Pode sentar você também.

À frente de Julio estava sentado um rapaz com uma jaqueta de couro amarela. Tinha cabelos louros, divididos de maneira impecável. Ele ergueu seu olhar para a garota, depois girou para o outro lado e estudou Julio Sal, que se espremeu na janela a fim de abrir espaço para ela. Era uma garota muito educada.

— Não, obrigada — disse ela.

Não era uma experiência nova. Em sua vida, Julio Sal espantara inúmeras garotas americanas em bondes, ônibus e balcões de lojas. Ele as vira tremer ao seu lado nos bondes de São Francisco e as vira se retrair e se arrepiar nos ônibus de São José. Fizera com que se apavorassem em San Diego e gelassem de medo em Long Beach.

Corajosamente, a garota permaneceu de pé no corredor, com seu corpo esbelto e angustiado apoiado à alça do teto, os lábios resignados e a borla de sua boina quicando com o movimento do ônibus. Mais uma vez, o rapaz louro se virou para lançar um olhar zangado e acusador na direção de Julio Sal. Mas Julio Sal estava exausto, suas pálpebras tremulavam e uma névoa de fumaça de cigarro e champanhe resmungava em seu corpo.

Certa vez no estado de Washington. Uma só vez, num verão lá em Washington, uma bela garota sentou ao lado de Julio Sal durante todo o percurso de Seattle aos campos de maçãs na região de Yakima. Uma lembrança sem preço. É verdade, depois os habitantes de Yakima expulsariam da cidade Julio Sal e outros cinquenta trabalhadores filipinos que faziam a colheita da maçã. Mas aquilo não tinha qualquer ligação com a garota encantadora que compartilhara o assento com ele, num rico e gracioso silêncio. Uma lembrança de ouro. Ele dormiu.

Quando acordou, o ônibus estava a sessenta e cinco quilômetros de Bakersfield, em Grapevine, nas sombrias e nebulosas Montanhas Tehachapi. Seus olhos pegajosos procuraram pela garota da boina. Ela não estava mais no corredor. Em seu lugar estava o rapaz louro da jaqueta de couro, agarrado nobremente à alça. Com um vigor furibundo, olhou do alto para Julio Sal e então, com desdém, para o assento livre ao seu lado. A garota ocupara o banco do rapaz à frente de Julio Sal. Ela se virou e sorriu com gratidão para o rapaz. Aquilo pareceu renovar-lhe o ânimo. Seu corpo se retesou. Os olhos brilhavam de determinação. Ele era o herói da garota.

O ônibus parou num posto de gasolina, onde havia um café, e o motorista anunciou uma pausa de cinco minutos. Do lado de fora, a névoa gélida semiobscurecia as luzes do café. Os passageiros, ainda desorientados, se levantaram e cambalearam pelo corredor até a porta.

A boca seca de Julio Sal dizia: água.

Ele seguiu os outros, descendo por um caminho de cascalho ao lado das bombas de gasolina. Curvando-se, bebeu a água de uma mangueira curta de borracha. Do interior do café ouvia-se a música de uma juke-box e a voz de Bing Crosby. Era a primeira vez que Julio tinha uma visão clara de seus colegas de viagem. A garota da boina e o rapaz altaneiro estavam sentados no balcão, conversando timidamente enquanto tomavam o café quente, que fumegava diante de seus rostos. A boca da estudante universitária se escancarara num amplo sorriso diante de algo que dizia o motorista. Os outros estavam sentados ao longo do balcão, bebericando café quente e soprando suas xícaras com o fôlego extenuado.

Então ele viu o outro *pinoy*.

Sim — outro filipino entre os viajantes. Estava sentado na única cabine reservada do café. A pessoa com ele era uma garota americana. Ela estendia um pedaço de rosquinha na direção da boca do filipino. Ele o abocanhou com seus dentes reluzentes. A garota riu e beijou-lhe rapidamente os lábios.

Julio Sal franziu as sobrancelhas. Aquele *pinoy* vai se meter em encrenca. Ninguém sabia daquilo melhor do que Julio Sal. Tremendo de frio, ele apertou a gola do sobretudo ao redor do pescoço e buscou lembrar de um provérbio: a experiência é uma grande escola, mas uma pedra que rola economiza tempo. Uma vez mais ele sentiu a faca de uma dançarina chamada Helen se retorcendo numa parte ampla de sua alma que levava a marca de Los Angeles. A lembrança fez com que todo seu rosto fosse tomado de dor. Deu as costas para a janela e voltou ao hidrante de água. Enquanto bebia, Julio Sal tomou uma decisão: despistaria a garota no café; preveniria o outro *pinoy* antes que fosse tarde demais.

Um passageiro desembarcou na parada de Grapevine. Quando a viagem recomeçou, havia espaço para todos. Na poltrona à frente de Julio, a borla da boina escocesa quicava alegremente no ombro coberto por uma jaqueta de couro. Do outro lado do corredor estavam o filipino e sua garota americana. Ela estava meio apoiada nele, com a bochecha encostada em seu pescoço.

Aquilo manteve Julio Sal acordado. De canto de olho, observava o outro filipino contrair o ombro e a agitação sonolenta da cabeça da garota. Nos fundos, um dos negros começou a roncar. Era eficaz como uma canção de ninar, profunda e relaxante. Exceto pelo motorista e Julio Sal, todos pareciam dormir.

Em Bakersfield, o motorista anunciou uma parada de vinte minutos. As luzes se acenderam e os passageiros arrasados bocejaram e arfaram. O filipino do outro lado do corredor acordou sua companheira e disse algo que Julio não conseguiu escutar. A garota sorriu, sonolenta, desabando sobre ele. A mão parda do filipino acariciou os cabelos dela. Era um gesto de carinho e quando ele se inclinou para mergulhar seus lábios nos cachos dourados da menina, um ruído compassivo de escárnio irrompeu dos lábios de Julio Sal.

Ele assistiu enquanto o casal se colocava de pé. O filipino alisava o casaco amarrotado e a garota bocejava e alisava os cabelos. Num momento de indecisão, o filipino refletiu sobre seu casaco, jogado na poltrona. Olhou para ele, como se temesse por sua segurança.

Então ele avistou Julio Sal, e Julio sentiu no rapaz a bazófia de um galinho garnisé. O sorriso de reconhecimento no rosto de Julio era também o sorriso de um guerreiro no campo de batalha do amor, que passara por muitas experiências e delas tirou proveito. Colocando um pequeno charuto preto na boca, o filipino abriu o caminho para sua garota americana e a seguiu pelo corredor.

Pela janela, Julio Sal viu os dois se juntarem aos outros a caminho do restaurante da estação, em meio aos farrapos de névoa que tremulavam no ar frio da manhã. Ao chegarem à entrada, pareciam em dúvida. O filipino falava depressa. A garota balançou a cabeça. O filipino então apontou com o charuto para algo do outro lado da rua. Surpreso, Julio se endireitou na poltrona enquanto os dois quase corriam naquela direção. Prontamente, Julio Sal desceu do ônibus e espiou do outro lado da rua.

Chegou bem a tempo de ver o filipino e a garota entrarem num hotel chamado Pousada do Vale. Pronto. Na recepção, fizeram o registro. Pronto. Agora o recepcionista os conduzia ao andar de cima. Pronto.

Julio Sal se apoiou num poste e acendeu um cigarro no instante em que uma das janelas escuras do hotel de dois andares subitamente floresceu, iluminada. A cortina se fechou. Pronto. Julio Sal respirou fundo e balançou a cabeça.

Disse ele: — Pobre filipino.

Pobre filipino. Julio Sal entrou no restaurante e pediu uma xícara de café. Vira aquilo acontecer outras vezes. Em El Dorado Street, em Stockton. Em California Street, em São Francisco. Em Temple Street, em Los Angeles. E agora, num hotelzinho em Bakersfield. Por toda parte, de cima a baixo na costa do Pacífico, a qualquer hora do dia ou da noite, o filipino acabava com alguma doença, entrava e saía apressado dos hotéis, visitava o médico e corria de volta para as garotas. Helen também. Talvez tenha sido melhor assim. Talvez o que aconteceu entre ele e Helen tenha sido o modo de Deus poupar Julio Sal dos efeitos da gonorreia.

Tomou o café e pediu outra xícara. Alguns passageiros voltavam ao ônibus. Eram dez para as quatro da manhã. Julio continuava a olhar do relógio para o hotel no outro lado da rua. O tempo passava depressa.

Àquela altura, todos os passageiros, exceto Julio e o casal do outro lado da rua, tinham embarcado. Faltando um minuto para partirem, o chefe de estação e o motorista estavam parados à porta do ônibus e controlavam o horário. Fumando um cigarro, Julio andava de um lado para o outro. Não pensava mais no risco do outro filipino pegar gonorreia. Estava mais preocupado de que o *pinoy* perdesse o ônibus.

Disse o motorista: — Você não é um dos passageiros?

Respondeu Julio: — Sim.

— E o que diabos está fazendo aqui fora?

Na ponta dos pés, Julio espiou uma vez mais sobre o capô do ônibus para dar uma última olhada na direção do hotel. Lá vinham eles. De mãos dadas, o filipino e a garota atravessaram a rua correndo rumo à estação.

Julio jogou fora o cigarro e embarcou. Viu o casal ofegante descer o corredor e se lançar em seus assentos. As portas se fecharam e o ônibus começou a sair da estação de Bakersfield. A garota da boina reassumiu sua posição no ombro do rapaz louro. Do outro lado do corredor, a garota americana respirava profundamente nos braços do filipino.

As luzes no interior do ônibus se apagaram. Houve um pequeno clarão de luz quando o filipino riscou um fósforo e acendeu seu charuto. O fogo revelou um triunfante rosto pardo, que sorria com uma majestade satânica. Julio Sal ficou exasperado. Mais do que nunca, estava decidido a falar com aquele caprichoso compatriota, antes que as coisas escapassem de controle. Quatro horas depois, o ônibus chegou à estação de Fresno. Estava em Fresno, pouco além da metade do caminho até Sacramento. Era dia agora e sob a luz quente do vale o ônibus exalava odores humanos.

O filipino e a companheira recolheram seus pertences. Era o fim da viagem para eles. Julio viu o casal desembarcar e entrar na estação. Sumiram. Tudo bem. Não podia fazer nada pelo garoto. Deixa que aprenda à maneira americana, dura e brutal, como ele, Julio Sal, aprendera.

Enquanto isso, vinte minutos para o café da manhã. Ele sentia calor e estava pegajoso. O suor pressionava a roupa de baixo contra sua pele como fita adesiva. Em seis horas estaria em Sacramento. Para quê? Julio Sal não sabia. De qualquer forma, encontraria seu *paesano*, Goldberg, em Sacramento. Passaria alguns dias com Goldberg, em nome dos bons e velhos tempos.

Desceu do ônibus e foi ao banheiro masculino. Tirou o casaco e a gravata, encheu a pia de água e ensaboou seu rosto peludo. Era como um milagre em sua alma. Enxugando a água fria do rosto com uma toalha de papel, sentiu seu ânimo inflar como um bíceps retesado. Sentia-se mais forte e grato pela sensação de fome em seu estômago pequeno e estreito. Com um pente de bolso na mão, virou-se para o espelho que ia de um lado ao outro da parede.

No espelho, viu outro filipino além de si próprio. Era seu colega de viagem. Também penteava o cabelo.

O homem acenou com a cabeça.

— Olá — disse Julio Sal.

— É.

— Viagem longa — disse Julio. — Cansado.

— É.

Os dois repartiram o cabelo no mesmo instante. Julio sorriu.

— Para você, uma viagem agradável — disse ele.

— É.

— Você tem bela esposa.

O pente do *pinoy* parou no ar.

— Esposa? — balançou a cabeça. — Não esposa.

— Mesma coisa, melhor — disse Julio Sal — Não?

O estranho retomou abruptamente o penteado.

— É problema meu.

Enfiou o pente no bolso superior do casaco e limpou as calças com tapinhas rápidos e enérgicos. Parecia esperar que Julio Sal dissesse algo mais.

Julio disse: — Às vezes, a mulher americana é boa para o *pinoy*. Outras vezes é ruim.

O estranho olhou para Julio Sal com desdém.

— Você fala que nem idiota — disse ele — Não tem mulher boa. Americana, china, mexicana, Nova York, São Francisco, Reno. Tudo a mesma coisa. Todas ruins.

Era bom ouvir um homem falar daquele jeito. Sal guardou o pente e estendeu a mão. — Meu nome é Julio Sal — disse ele.

— Meu nome é Nick Fabria, Pismo Beach.

Apertaram a mão.

— Você é esperto, Nick.

Fabria sorriu. — Pode crer. Ninguém faz Nick Fabria de bobo.

— Mulher americana também é esperta — disse Julio Sal. — Talvez ela já tenha fisgado sem você saber.

Disse Nick Fabria: — Impossível. Ninguém fisga Nick Fabria.

— Talvez.

— Não talvez. Essa garota, eu que fisguei. É minha cunhada.

— Cunhada? E isso é bom?

— Bom? — perguntou Fabria. — É perfeito. Aqui... — Tateou o bolso do casaco. — Pega charuto. Oferecimento Nick Fabria.

Apertaram a mão outra vez.

— Vou dar conselho — disse Nick. — Grátis. Quando casar, escolha esposa com uma irmã. Mata duas cajadadas com um só pássaro. Até.

Acenou com a mão e saiu pelas portas vaivém.

No momento seguinte, Julio Sal fez o mesmo. Do outro lado da sala de espera, viu Nick Fabria e a cunhada seguindo em direção da rua. A garota agarrava o braço de Nick com força. Ele caminhava galantemente com seus sapatos oxford de salto alto, um sobretudo de pelo de camelo pendurado de modo dramático sobre os ombros, o chapéu apoiado na parte de trás da cabeça, e deixava para trás o rastro da fumaça azul de seu charuto.

Julio Sal foi ao balcão do restaurante e pediu uma xícara de café. Muito depois que o café esfriou diante dele, continuou sentado estudando o charuto que Nick lhe dera, virando-o entre os dedos. Em seis horas estaria em Sacramento.

MARY OSAKA, EU TE AMO

Aconteceu em Los Angeles, no outono daquele agitado ano. Aconteceu na cozinha do Yokohama Café e aconteceu à hora do jantar, quando Segu Osaka, seu temível pai, se ocupava dos clientes e da caixa registradora. Aconteceu muito rápido. Mary Osaka, com os braços repletos de pratos, entrou na cozinha e os colocou ao lado da pia. Mingo Mateo lavava os pratos na pia. Limpava algumas tigelas de sopa.

— Mary Osaka, eu te amo muito — disse ele.

Mary Osaka estendeu suas duas mãos morenas e firmes e ergueu o rosto de Mingo Mateo sob a luz. — E eu também te amo, Mingo. Não sabe?

Ela o beijou. Mingo Mateo sentiu o sangue e os ossos escorrerem pelos sapatos, e eram sapatos muito caros, os melhores, com a ponta retangular, feitos de couro de porco, a doze dólares o par, dinheiro de três dias de trabalho. — Eu te amo desde que chegou aqui, três meses atrás — disse ela. — Mas... oh, Mingo! Não podemos. Não devemos. É impossível!

Mingo secou as mãos num pano de prato e recobrou o fôlego. — É possível — disse ele. — É perfeitamente possível. Tudo é possível!

Não havia tempo para uma resposta. As portas vaivém se abriram e Segu Osaka irrompeu na cozinha, balançando os dedos grossos e gritando: — Mais depelessa, mais depelessa. Talaga *chop suey* duas vezes, talaga chá uma vez, tudo igual, depelessa, vamos!

Do outro lado da cozinha, Vincente Toletano serviu duas porções de *chop suey* do enorme caldeirão sobre o fogão e as jogou numa bandeja. Vincente Toletano era filipino, com orgulho, um homem contemplativo e melancólico que, não fosse a escassez de trabalho daqueles tempos, preferiria cuspir num japonês a trabalhar para ele. Depois que Mary saiu às pressas com os pedidos, Vincente Toletano ficou sozinho com seu compatriota, Mingo Mateo.

Disse Vincente: — Mingo, meu amigo, vejo que você ama de paixão essa menina japonesa. Você é louco, Mingo. E é também uma vergonha para a nação filipina.

Mingo Mateo se virou. Cruzou os braços e, projetando o queixo, encarou Vincente Toletano.

— Toletano, agradeceria muito se cuidasse da sua vida. Por que fica bisbilhotando se amo de paixão essa menina adorável?

— Tenho direito de bisbilhotar. Essa garota, ela é mulher japonesa. Não é bom para você beijar esse tipo de mulher. Melhor lavar sua boca com sabão.

Mingo sorriu. — Ela é linda, não é, Vincente? Está com um pouco de inveja, talvez?

Vincente revirou os lábios, como se neles recaísse um gosto ruim. — Você é um idiota, Mingo. Você me faz enjoo no estômago. Eu faço desafio. Se fizer mais beijo com Mary Osaka, largo esse emprego.

— Larga — deu de ombros Mingo. — Eu não ligo quando você larga. Mas eu... ah, eu nunca largo de fazer beijo com Mary Osaka.

A voz de Vincente mudou. Agora tinha um tom de alarme, tranquila e ameaçadora, quando se inclinou para a frente com as mãos agarrando a mesa que os separava.

— O que acha se eu contar para Confraria Federada Filipina? O que acha, Mingo? O que acha quando eu estiver na Confraria e apontar o dedo e dizer para Confraria Federada: "Esse homem, esse Mingo Mateo, ele ama de paixão garota japonesa!" O que acha, Mingo?

— Eu ligo não — disse Mingo. — Conte para mundo inteiro. Só deixa eu mais feliz.

Vincente Toletano tinha mais a dizer, mas Mary estava de volta à cozinha. — *Pork chow mein* na dois — anunciou, ındo na direção de Mingo.

Vincente jogou dois pratos na mesa e serviu o pedido à base de colheradas. Mary falava e o que disse fez Vincente derramar o *chow mein* como um louco.

— Não dá, Mingo. Sabe o que papa pensa de você. De Vincente. De todos os filipinos.

Ela estava bem perto de Mingo, uma garota pequena e jovial, cujos cabelos negros, macios e fascinantes, chegavam às narinas dele.

— Cheiro bom — disse ele, fungando a pretidão reluzente. — Não tem problema com seu papa. Eu não amo seu papa. Eu amo você, Mary Osaka.

— Não conhece papa — sorriu ela.

— Conheço — disse Mingo. — A gente vai ter pequena conversa.

Logo surgiu a oportunidade, quando as portas se abriram e Segu Osaka entrou na cozinha balançando os braços curtos. — Depelessa, lápido. Talaga *chow mein* duas vezes, vamos, vamos! — Seus ágeis olhos negros passaram por Mary, Mingo e Vincente. Batendo na própria testa com a palma da mão aberta, correu de volta ao salão. Ouviram-no resmungar algo em japonês sobre os filipinos.

De repente, sem vergonha alguma, Mingo Mateo se pôs de joelhos e abraçou o quadril esbelto de Mary Osaka. Agarrou-se a ela, apertando o rosto contra seu corpo.

— Oh, Mary Osaka — suspirou —, por favor, case com eu.

— Mingo, cuidado!

Ela se desvencilhou, arrastando-o um pouco de joelhos atrás dela antes de soltá-la. Depois que ela desapareceu com os dois pratos de *chow mein*, ali estava Mingo Mateo, de joelhos, sentado sobre os calcanhares, e do outro lado da cozinha, com os lábios retorcidos de desgosto, estava Vincente Toletano. Seu rosto dizia: "Basta." Seus olhos frios diziam ainda mais.

Tirando seu longo chapéu de chef, Toletano o jogou no chão. Pisou nele e limpou os pés, enquanto seus dedos enfrentavam e puxavam os cordões do avental, o qual arrebentou.

— Eu largo já agora — disse ele. — Isso é demais para um filipino aguentar.

Mas os olhos de Mingo Mateo estavam voltados para as portas vaivém. Meio ajoelhado, meio sentado, observava enquanto elas faziam flap-flap, flap-flap, até pararem de vez.

Seus braços pendiam soltos. O queixo apoiado como uma pesada rocha contra o peito.

Vincente Toletano foi até ele. — Meu compatriota! — escarneceu, erguendo a cabeça de Mingo Mateo pelos cabelos, virando o rosto para cima, em sua direção. Deu um tapa acintoso em Mingo, primeiro de um lado, depois do outro. Levantou o rosto em sua direção outra vez. Com calma, cuspiu nele.

— Idiota! — disse ele, empurrando Mingo. — Vergonha para o povo filipino.

Mingo não resistiu, não falou. As lágrimas versaram de seus olhos e deslizaram pelas bochechas pardas. Vincente tinha ido embora; a porta dos fundos bateu com força atrás dele. Mingo se esforçou para ficar de pé. Lavou o rosto com água fria, puxando a pele das bochechas com seus dedos longos, passando a mão pelos cabelos, cerrando os dentes diante do surto de mágoa que fazia seu corpo tremer como num ataque de tosse. Quando Mary Osaka voltou à cozinha, ela o encontrou daquele jeito, com a cabeça para baixo, afundada nas mãos, soluçando mais alto que o ruído da água que caía da torneira.

Ela colocou uma bandeja de pratos na mesa e o abraçou. A curvatura em seu pescoço se encaixava na testa de Mingo como um ninho, que se apoiava pesadamente sobre ela. Ela alisou seus cabelos molhados com os dedos bem abertos; acariciou seus ombros finos com as mãos pequeninas e impacientes.

— Não faça isso, Mingo. Não faça isso.

— Nada de bom neste mundo a não ser você — engasgou. — Melhor morrer sem minha Mary. Não importa o que diz Vincente, ou seu papa, ou qualquer um.

Vincente? Ela olhou ao redor e percebeu que o cozinheiro desaparecera. Num instante, Mingo se colocou de pé, ereto, tenso, com os olhos vermelhos, as duas mãos nos ombros de Mary e os dedos que a machucavam enquanto a segurava com os braços esticados.

— Mary! Por que a gente se importa? Filipino diz que é vergonha casar com japonesa. Japonês diz que é vergonha casar com filipino. Mentira, grande mentira, tudo isso. Coração é que conta, e coração de Mingo Mateo diz o tempo todo bum bum bum por Mary Osaka.

O rosto de Mary Osaka brilhou e os olhos de Mary Osaka ficaram inundados de deleite. — Oh, Mingo!

— A gente casa, sim? Não? — disse ele, ansioso.

— Sim!

Ele recuperou o fôlego, prendeu um riso atordoado e caiu aos pés dela, batendo com os joelhos no chão. Beijou as mãos dela e as puxou na direção de seus lábios. Estava dando beijinhos nas pontas dos dedos de Mary quando Segu Osaka entrou a toda na cozinha.

— Mais depelessa, mais depelessa!

E ali estava Mingo Mateo aos pés de sua filha.

— Sr. Osaka, por favor... — disse Mingo Mateo.

— Não, não, não. Vai embora. Despedido. Vai. Fora! — disse Osaka.

Não era alto, Osaka, mas entroncado e forte. Num instante seus punhos agarravam a gola de Mingo. Ouviu-se o ruído de tecido sendo rasgado e o rosto de Mingo ficou completamente azul enquanto Osaka o arrastava como um saco pelo chão, cozinha afora.

— Mas sr. Osaka! É amor! É casamento!

— Não, não, não. Não, não, não.

Estatelado no chão do beco, Mingo viu o homenzinho atarracado bater a porta com força e a ouviu sendo trancada. Lá dentro, Osaka vociferou num japonês furioso e Mary respondeu com veemência semelhante. Mingo rapidamente se colocou de pé e correu para a porta, chutando-a e batendo com os nós dos dedos.

— Não machuque ela — gritou. — Não toque nela!

O volume das vozes lá dentro aumentou. Desesperado, ele se jogou contra a porta. O painel de madeira quebrou, o parafuso e as dobradiças rangeram. Por um instante, as vozes calaram-se.

Então, um grito estridente cortou a noite quando Segu Osaka urrou: — Ajuda, polícia! Ajuda!

Mingo parou e olhou o beco de lado a lado. A luz da lua iluminava um cânion de saídas de emergência e latas de lixo, que levava a uma rua bem-iluminada a cinquenta metros de distância. Osaka ainda gritava. Agora se ouviam outras vozes e o som de passos apressados na cozinha.

A voz de Mary sobressaiu ao barulho. — Corra, Mingo, corra!

Mingo tirou o avental e o jogou numa lata de lixo. Lá no alto uma janela rangeu e se abriu. A cabeça e os ombros frágeis da mãe de Mary Osaka se levantaram. Ela não falou coisa alguma, apenas olhou nervosa para ele, lá embaixo, com as mãos sobre a boca. Ele voltou à escuridão e correu na direção da rua. Seus passos preenchiam o beco com pequenos ecos.

Diminuiu o ritmo quando chegou à rua. Little Tokyo estava lotada de gente que passeava no sábado à noite. Sem casaco, perdeu-se em meio aos transeuntes, passando por lojas de brinquedos, cafés e outros estabelecimentos limpos e bem-iluminados. As vitrines sempre reluziam em Little Tokyo, havia menos lixo nos meios-fios, a luz dos postes era mais forte e o incenso de uma centena de portas enchia o ar de doçura. Como os outros, Mingo Mateo vagava tranquilo e sem pressa pela noite quente de dezembro.

O brilho da rua foi gradualmente diminuindo. Viam-se agora armazéns escuros e o bairro filipino começava logo depois. Albergues noturnos e lojas de vinho, hambúrgueres queimados e o cheiro forte de perfume, barbearias e casas de massagem, música vinda de juke-boxes e lanchonetes, e por todos os lados seus compatriotas, os irmãozinhos pardos, impecavelmente vestidos, impecavelmente sozinhos, apoiados nas portas dos salões de sinuca, fumando charutos e olhando alternadamente para as estrelas lá no alto, enquanto o ruído dos saltos altos ia e vinha.

No balcão do salão de sinuca Bataan, Mingo pediu um copo de suco de laranja. Quando o levou aos lábios, sentiu alguém lhe tocar o ombro e dizer seu nome. Ele engoliu a bebida e se virou.

Ali estava Vincente Toletano. Os dois homens junto a ele eram Julio Gonzales e Aurelio Lazario. Sem olhar para Toletano, Mingo entendeu por que estavam ali. Aqueles dois eram oficiais da Confraria Federada Filipina. Vincente Toletano fora até eles com o nome de Mary Osaka nos lábios.

Julio Gonzales foi o primeiro a falar: — Venha à sala dos fundos, Mateo. Queremos ter pequena conversa. — Era o maior dos três, um lutador peso médio com orelhas inchadas e o nariz achatado.

— Falem com Toletano! — desdenhou Mingo. — É ele dedo-duro. Ele fala tudo.

— Você mente, Mingo. Faço isso por bem da Confraria Federada Filipina. Você fez juramento. Deve manter — disse Toletano.

— Não posso manter o juramento. Amo Mary Osaka. Eu saio da Confraria — disse Mingo.

— Não é tão fácil sair — disse Gonzales. — Melhor ter pequena conversa.

— Eu amo Mary Osaka. Vão para o inferno! — disse Mingo.

— Que tal se eu colocar o melhor punho de toda Costa do Pacífico na sua boca e quebrar os dentes? — perguntou Gonzales. — Ergueu a pesada mão parda diante de Mingo.

— Não faz diferença. Amo Mary Osaka mesmo assim.

Aurelio Lazario se colocou entre eles. Era um homem culto, Aurelio. Formado em Artes na Universidade de Pomona, Doutor em Direito pela Universidade da Califórnia, agora lavava os pratos na lanchonete de Jason. Aurelio colocou suas mãos finas e macias de sabonete no ombro de Mingo. Havia um tom de amizade em sua voz. — Venha com a gente, Mingo. Não terá problema algum. Eu prometo.

Mingo olhou nos olhos acolhedores de Aurelio Lazario e sabia que Lazario era seu amigo. Era o amigo de todos os *pinoys*. Há doze anos conhecia aquele homem, doze anos na América, e a fama de Aurelio Lazario se espalhara por todas as comunidades filipinas na Costa do Pacífico. Lazario, o defensor dos direitos filipinos, o líder dos campos de aspargos, com marcas de tiro para comprovar; Lazario, que conseguira melhores habitações para eles no Vale Imperial.

Aurelio Lazario, um sujeito acabado de trinta e cinco anos, com sua cabeça ainda erguida e intacta, apesar dos porretes dos vigilantes; ameixas em Santa Clara, arroz em Solano, salmão no Alasca, atum em San Diego — lado a lado com seus irmãos filipinos, Lazario trabalhou e sofreu; e apesar de ter frequentado a faculdade e se tornado um grande homem entre seu povo, ainda assim seu rosto, como o de Mingo, carregava eternamente a marca do sol forte de San Joaquin, e seus olhos castanhos eram amáveis e femininos, cheios de compaixão por todos os homens.

— Eu vou — disse Mingo. — A gente conversa.

Levantou do banco e os seguiu, passando pelas mesas de bilhar, até uma porta que levava à sala dos fundos. Gonzales abriu a porta e acendeu a lâmpada pendurada no teto. O lugar estava empoeirado, vazio e cheio de jornais espalhados pelo chão. Gonzales parou diante da porta, esperando que entrassem. Depois que entraram, ele fechou a porta e ficou ali parado, de braços cruzados. Mingo foi até o canto oposto, encostou na parede, mordendo o lábio, abrindo e fechando os punhos. Lazario estava diretamente embaixo da luz, com Toletano a seu lado.

— Então você está apaixonado, Mingo — sorriu Lazario.

— Bastante — disse Mingo. — Não ligo para o que acontecer.

Toletano cuspiu no chão. — Garota japonesa! Ugh. Terrível.

— Não japonesa. Americana. Nascida em Los Angeles. Cidadã americana. — disse Mingo.

— E o papa, a mama? — cuspiu outra vez. — Japoneses. — disse Toletano.

— Eu não amo seu papa, sua mama. Eu amo Mary Osaka. Louco por ela — respondeu mingo.

Repentinamente, Gonzales atravessou a sala e empurrou Mingo contra a parede. Apertou-o com a mão direita. Recuando a esquerda, manteve-a na direção do nariz de Mingo. — Diga mais uma vez que ama essa japonesa e lhe dou o melhor gancho de esquerda de toda a Costa do Pacífico.

Mingo arregalou os olhos; seu rosto estava inchado e roxo; mesmo assim, teimosamente balbuciou: — Mary Osaka, eu te amo.

Lazario ergueu a mão. — Espere, Gonzales. Violência não vai ajudar em nada. Ele tem seus direitos, como todos nós.

Gonzales balançou o punho direito entre os olhos de Mingo. — Eu também tenho direito. Melhor punho direito de toda a Costa do Pacífico. Acho que talvez vou fazer ele sentir.

Lazario gesticulou para que se afastasse. — Vamos aos fatos. Nós fundamos a Confraria Federada dos Filipinos em protesto à invasão japonesa da China. Juramos boicotar os produtos japoneses e ter o mínimo possível de contato com tudo o que for japonês. Infelizmente, alguns de nós não conseguem manter esse juramento. Precisamos de empregos. Às vezes, temos de trabalhar para patrões japoneses.

Era Lazario, o homem de cultura, quem falava agora, e todos o ouviam respeitosamente. Gonzales sacou um charuto de sua jaqueta esportiva xadrez e arrancou a ponta com os dentes.

— Boicotar os produtos japoneses é uma coisa — prosseguiu Lazario —, mas se apaixonar por uma garota japonesa, que nem japonesa é, mas sim uma americana de ascendência japonesa... bem, eu não sei. Talvez a Federação esteja indo longe demais aqui.

Gonzales acendeu o charuto e tragou animadamente. Aurelio Lazario, o filipino mais inteligente de toda a Costa do Pacífico, estava falando, e o que dizia era lei, ainda que ele, Gonzales, não entendesse uma só palavra. Largado no canto, Mingo esfregava o pescoço ferido e encarava o chão. Toletano afundou as mãos nos bolsos. Claramente, não tinha paciência para os argumentos de Lazario.

Lazario voltou-se para ele. — Vincente, você já se apaixonou alguma vez?

Toletano refletiu. — Sim. Duas vezes. — A melancolia atenuou seu rosto. — Duas vezes — repetiu. — É maravilhoso, triste. Machuca tanto... — tocou o coração — aqui.

— Já se apaixonou por alguma mulher americana?

— Bela garota americana. Em Stockton. Loura.

— E a pediu em casamento?

— O tempo todo. A cada minuto.

— E por que ela não aceitou?

— Ela era americana. Eu, filipino.

Disse Lazario: — Está vendo, Vincente? O mesmo acontece com Mingo. Ela é descendente de japoneses. Ele é filipino. Não devemos ter preconceito. O coração de um homem não liga para raça, credo ou cor.

Toletano balançou a cabeça, confuso. — O bom filipino sempre consegue sentir o cheiro dos japoneses. — Continuou a balançar a cabeça. — É diferente. Garota americana é uma coisa, japonesa, outra.

Mas Lazario não se deu por vencido. — O amor é bem democrático, Vincente. A nacionalidade é um acidente. Você disse que se apaixonou duas vezes. E a outra garota?

Vincente soltou um suspiro. — Mesma garota loura americana. Ela mudou para São Francisco. Eu segui ela. Me apaixonei em São Francisco também.

Lazario fez um gesto com ambas as mãos. — Taí. Está vendo?

Gonzales tirou o charuto da boca e bateu a cinza. — Talvez melhor — disse ele — se Mingo se apaixonar por garota americana.

— Mary Osaka é garota americana — disse Mingo. — Cem por cento. Formada na Escola Secundária de Artes Manuais.

Lazario foi até o boxeador e colocou a mão em seu ombro. — Olhe, meu amigo Gonzales. Coloque-se no lugar de Mingo. Somos todos filipinos. Todos sabemos que a vida de um filipino nos Estados Unidos é dura. Como podemos esperar justiça se interferimos na vida de um de nossos irmãos? Ele ama essa garota, essa tal Mary Osaka. Você, Julio. Já se apaixonou alguma vez?

Gonzales estufou o grande peito, orgulhoso. — Quatro vezes — disse ele. — Todas garotas americanas, as melhores de toda a Costa do Pacífico.

— E o que aconteceu?

— Foi maravilhoso. Casei com todas. Depois divórcio.

Lazario piscou os olhos, pensativo. Colocou o braço sobre os ombros do pugilista e o virou na direção de Mingo, jogado no canto. — Olhe para ele, Julio. Ali está, um filipinozinho pequeno e insignificante. Ele é seu compatriota, Julio, irmão de seus irmãos. Mas você é um homem forte, Julio, um grande peso médio, com um gancho de esquerda mortal. É bem-sucedido, bonito, empolgante. As mulheres caem a seus pés. Você precisa afastá-las com seus punhos. Mas olhe para ele! Tímido, assustado. Precisa do apoio de um tigre como você. Por que ele não deveria se casar com essa garota? Afinal, ela é provavelmente o que ele encontrará de melhor.

Gonzales fez uma careta, com o charuto no meio da boca. Rolou-o, pensativo. — Certo — disse, finalmente. — Por Julio Gonzales, tudo bem.

No canto, Mingo continuava largado e choroso e seus braços pendiam nas laterais do corpo como galhos quebrados.

Gonzales se aproximou. Disse ele: — Mingo, quer se casar com essa mulher?

— Mary Osaka — gemeu Mingo —, eu te amo.

Gonzales sacou um molho de chaves do bolso. — Aqui. Eu tenho Packard Roadster, pneu branco, estofamento de couro vermelho, faz cento e oitenta por hora. Pegue, Mingo. Vá para Las Vegas. Case essa noite.

Mingo ergueu seus olhos encharcados, cheios de gratidão. Lentamente, colocou-se de joelhos. Agarrou a mão que segurava as chaves e a beijou, molhando-a consideravelmente com seus lábios e suas lágrimas. Gonzales tentou recolher a mão.

— Que Deus te abençoe, Julio — disse Mingo.

Gonzales soltou as chaves no chão, puxou sua mão e saiu apressado da sala. Lazario e Toletano permaneceram ali, com a boca seca. Em silêncio, saíram na ponta dos pés.

Um novo Mingo Mateo emergiu da sala dos fundos do salão de sinuca Bataan. Tinha o brilho do sol estampado no rosto, estrelas nos olhos e lábios que sorriam como a lua crescente. Girando o molho de chaves, parou no balcão da tabacaria e pediu um charuto. Tirou a fita dourada e a colocou em seu dedo mindinho. Disse: — Sra. Mingo Mateo.

Havia um telefone pendurado na parede e ele tateou o bolso em busca de um níquel. Discou seis vezes e então ouviu um zumbido suave. O "alô" dela era como música para ele.

— Mary?

— Você está bem?

— Tudo bem. Encontre-me hoje à noite. Nos degraus da prefeitura. Meia-noite.

— Mas, Mingo...

— Adeus, Mary.

Na rua, ele encontrou o carro de Gonzales. O automóvel tinha cor vermelho-ferrugem, faroletes laterais, faróis frontais e traseiros, e faróis de neblina. Movia-se sobre garras revestidas de branco, como um animal pronto para saltar. Rodeou o carro, com o fôlego preso. Quando tocou a buzina, os primeiros compassos de "Tiger Rag" soaram em alto volume. Enfiou-se debaixo do volante, segurando-o fortemente com ambas as mãos.

Explorando os discos e botões do painel, finalmente conseguiu ligar o rádio. No ar, um noticiário; algo sobre dois enviados especiais japoneses que tratavam esperançosamente com o Departamento de Estado, em Washington, sobre a paz. Mingo franziu as sobrancelhas e apertou outro botão. Ouviu música: guitarras havaianas e uma voz que cantava sobre a princesa de uma determinada ilha, com mamão papaia em abundância para oferecer. Inclinou a cabeça para trás e ouviu, com os olhos navegando sob o domo azul e negro do céu, pintalgado de estrelas brancas.

— Mingo, meu amigo, olá.

Parado no meio-fio estava Vincente Toletano. Uma garota se pendurava em seu braço. Era chinesa, não tinha mais de vinte anos, com cabelos negros e curtos. Ela baixou seu rosto claro e delicado e olhou para a calçada. Vestia uma longa bata com abotoadura até o queixo, com uma fenda da bainha ao joelho. Tinha ruge nas bochechas e lábios escarlate brilhosos. Vincente abraçou sua cintura, acariciando-a com considerável afeto.

— Olha o que tenho aqui, Mingo. Bom, não acha?

— Prazer em conhecer — disse Mingo.

— O nome é Lily Chin — disse Toletano, apresentando-a. — Lily, este é meu amigo Mingo Mateo.

— Prazer em conhecer.

Toletano revirou os olhos. — Que tal, Mingo?

— Bonita. — Baixou os olhos.

— O que acha, Lily? — perguntou Toletano.

— Ele é bonitinho — disse ela.

Toletano fez um gesto para que ela se afastasse, deixando-o sozinho com Mingo. Os dois a observaram deslizar até um canto. Toletano abriu a porta do carro e entrou.

— O que acha da garota, Mingo? — perguntou ele.

— Simpática. Bonita. Chinesa, não?

— É, chinesa. Não japonesa, chinesa.

— Mary Osaka não é japonesa. Americana, cem por cento — disse Mingo

Toletano desdenhou. — Melhor falar sobre Lily Chin. Você gosta, não?

— Certo, gosto.

— É bonita, não? — perguntou Toletano.

— Muito bonita.

— Faria boa esposa?

— Pode crer.

Toletano ofereceu-lhe um charuto. "Especial de Havana." Mingo mordeu a ponta e o colocou na boca. Toletano logo acendeu o fogo. Mingo tragou, sentindo a fumaça. — Bom charuto — disse.

— Sou seu amigo, Mingo. Esta noite você fez eu perder emprego, mas eu não disse nada.

— Não, Vincente. Você largou emprego. Não é culpa de mim.

— Por você eu larguei, Mingo. Por você, por toda a nação filipina. Para fazer grande sacrifício, para dar lição para você não desgraçar o povo filipino.

Mingo tirou o charuto da boca e olhou para o rosto de Toletano. Era um rosto frio, severo. Toletano se inclinou para trás, voltando os olhos para o céu. Seu rosto era como um punho, tenso e ameaçador como um punho cerrado.

— Vincente, o que quer de mim? Por que falamos dessa maneira? Já é tudo resolvido. Lazario, ele disse case. Gonzales, ele me deu o carro. Mas você, Vincente, você briga comigo. Por quê?

Toletano se virou e lhe deu uma chacoalhada. — Porque sou grande filipino. Porque tenho fogo da paixão no meu coração pelo meu país, mas não por garota japonesa, inimiga do meu povo. Casar com garota japonesa é como jogar lama em rosto de toda nação filipina.

Arfando, Mingo arrancou as mãos de seu pescoço. — Não é nada que eu posso fazer, Vincente. A decisão, ela já está tomada.

Ele não era de luta, esse Mingo Mateo. Era pequeno e dócil demais para aquilo. Mas quando ficava tomado pela raiva, sentia a fúria de um cachorro louco. Naquele instante, a raiva o preencheu e, num dilúvio de punhos e dentes, socou e mordeu o homem ao seu lado.

De algum jeito, a porta do carro se abriu e os dois caíram na calçada, rolando de um lado para o outro em meio às pernas da multidão que logo se formou. Ele não viu nem tampouco sentiu o que provocou, esse Mingo Mateo, e foi só quando uma dúzia de mãos o colocou de pé e o segurou que ele percebeu o que fizera ao sujeito caído, de rosto para o chão, na calçada.

Ele identificou alguns rostos na multidão, os rostos de seus compatriotas, o rosto de Lily Chin. Ouviu então a sirene da polícia e uma velha voz, uma boa voz, que acalmou a pulsação do seu coração.

— Vá, Mingo. Depressa. A polícia está a caminho — disse Aurelio Lazario.

Mingo olhou para Toletano no chão.

— Ele está bem. Vamos cuidar dele.

Mãos pardas o conduziram ao grande carro. Alguém bateu a porta. Ele tateou as chaves. A frieza delas lhe dava forças. Ao redor, os rostos de seus compatriotas urgiam para que escapasse. Deu a partida no carro. A potência do motor entrou por seus braços e pernas como uma injeção hipodérmica. Agora sua visão estava clara e ele se virou para olhar e acenar para Aurelio. Um quarteirão à frente, virou na Los Angeles Street e cruzou com um carro de polícia preto com faróis cor de sangue, cuja sirene urrava enquanto o veículo avançava a toda velocidade rumo ao lugar que acabara de deixar.

Mingo vivia em Bunker Hill, aquela elevada ilha de mexicanos e filipinos não muito distante da prefeitura. Aquele era o pedaço que mais conhecia da terra americana. Chegara ali pela primeira vez doze anos antes, um garoto imigrante vindo de um vilarejo em Luzon, com duas maletas de palha e mil sonhos. Agora, tinha vinte e nove anos. Aprendera a amar as tristes ruínas de Bunker Hill, os prédios com suas habitações enfumaçadas, os apartamentos inchados de tinta. Quando partia, toda primavera, para seguir as colheitas e trabalhar nas fábricas de conservas, lembrava-se do lugar como seu lar, até voltar no outono.

Bunker Hill: um solo sagrado. A um quarteirão de onde morava havia um parque, com não mais que quinze metros quadrados. Cinco palmeiras o circundavam. Debaixo delas, um banco. Terra santa: os pés de Mary Osaka tinham pisado ali. O banco sentira o peso de seu corpo. Foi ali que se encontraram por horas furtivas nos últimos três meses. Ela aparecia, apesar de tudo, até mesmo da ira de seu pai, porque ele assim lhe pedira. Vincente Toletano podia chamá-la de japonesa, mas em seus olhos Mingo Mateo via o sonho americano.

Aquelas sim eram noites — a lua lançava seus braços amarelados sobre as cinco palmeiras, a cidade grande lá embaixo e a voz suave da garota sentada a seu lado, falando sobre a brilhante terra da juventude americana. Ela contou a ele que a melhor banda americana era a de Artie Shaw e que Benny Goodman era o melhor clarinetista. Por vinte minutos explicou-lhe a nostalgia romântica de Bing Crosby. Ela escolhera Oregon para o Rose Bowl e Minnesota no Big Ten. Deixara Mingo em transe com suas opiniões sobre boogie-woogie, Joe DiMaggio e o sistema Micromatic. Amava Clark Gable. Ele segurava a mão dela e ficava encantado ao ouvi-la falar, com a brisa quente soprando a fragrância de Mary Osaka por toda a cidade. Ela gostava de automóveis e cigarros, Joe Louis e pó de arroz perfumado, calças de nylon e Ginger Rogers; gostava de Fred Allen e Bob Hope. Gostava de Rhett Butler e Scarlett O'Hara. Falava sobre Wendell Willkie, os Okies, John Gunther, Cab Calloway, calças, *Harper's Bazaar* e o Presidente Roosevelt. A América, louca e fantástica, explicada pelos doces lábios de uma garotinha que a amava de verdade, falava sobre ela com intimidade, como se fosse seu irmão, sua casa, sua vida — a garota com quem se encontraria aquela noite.

Pouco antes da meia-noite, Mingo Mateo costeava a ladeira íngreme de Bunker Hill rumo à prefeitura. Tomara banho e fizera a barba, passara perfume nos cabelos escuros e vestira um terno marrom-claro. Quando a enorme torre branca da prefeitura surgiu diante de sua vista, o medo apertou seu coração: subitamente, foi tomado pela certeza de que ela não estaria lá, de que agira como um idiota, de que seu sonho se escafedera.

Estacionou o carro sob uma placa de trânsito que dizia que era proibido estacionar em qualquer horário. A rua estava deserta. A lua cruzara a cidade e desaparecera ao norte. Algumas luzes brilhavam na prefeitura, mas a fachada estava escura e vazia. Como uma enxurrada de pedras brancas, a ampla escadaria jorrava da alta entrada principal, com suas colunas, e se derramava até chegar à rua. Ela não estava em lugar algum: na rua, na escadaria ou entre as colunas. Um ônibus elétrico se aproximou. Uma mulher alta, vestindo calças, desembarcou. Com as mãos largadas, ele soltou um suspiro e apoiou as costas no banco; Mary Osaka não usava calças, tampouco era alta. Ele tinha cometido um grande erro, esperava por algo inalcançável.

Apertou um botão no rádio. O hino dos Estados Unidos, "The Star-Spangled Banner", preencheu a noite. Ele ouvia, escutando só os gritos de sua própria mente chamando-o de louco. Em meio à música, um sino soou. Era meia-noite e a estação estava saindo do ar.

Um vulto pequeno surgiu de trás de uma das colunas e desceu a escadaria. Era ela, não muito maior que uma boneca; mas vinha como um exército de dez mil soldados, deixando-o em êxtase. Com passos rápidos que gargalhavam noite adentro, ela avançou na direção de Mingo Mateo, e quando ele viu que ela carregava uma sacola de viagem, soube que os pensamentos dela batiam com os seus, que o sonho dele se misturava ao dela, e logo estava ouvindo "The Star-Spangled Banner", cantarolando-o com fervor, pois não havia palavras em sua boca que pudessem traduzir sua alegria e porque agora ela estava muito perto, abrindo a porta e saltando no banco, ao seu lado, arrebatando-o com seu perfume e seu lindo sorriso. Ele se agarrou, petrificado, ao volante, com o rosto rígido e pálido de pura alegria. Ela se ajoelhou no banco, jogou o casaco e a sacola no chão, colocou as mãos cálidas sobre os ouvidos dele e o beijou com sua boca fria como alface fresca.

— Oh, Mingo. Você é maluco!

Ele ainda estava sem palavras.

— Estamos loucos, Mingo. Nós dois. Não é fantástico?

A língua dele se moveu. Sua intenção era falar sem parar sobre sua gratidão e sua adoração, de amor e vida eternos, mas sua boca tremia tanto, assim como as mãos, que parecia mais sentir frio e tremelicar um pouco.

Conseguiu dizer uma só palavrinha: — Mary...

— Claro que aceito me casar com você, seu bobo!

Aquilo o deixou enlouquecido, hipnotizado. Deu a partida no carro e o jogou para o meio da rua, seguindo os trilhos do bonde. Ela se aconchegou ao lado dele, com os joelhos como laranjas douradas, próximos ao queixo, e as mãos agarrando o braço de Mingo. Só depois de muito tempo o feitiço foi quebrado e ele se deu conta de uma placa de trânsito. Estavam na estrada para Santa Barbara. Las Vegas ficava na direção contrária. Fez a volta no quarteirão e entrou na avenida rumo a Pasadena. Agora conseguia falar um pouco.

— Bom carro. Peguei emprestado.

— Bela noite. Estrelas.

— Dou melhor para ser bom marido.

— Mary Osaka, eu te amo.

Ela tirou alguns dos grampos que prendiam seus cabelos e a noite quente fez com que voassem como melros negros. Os olhos dela vagavam entre as estrelas espalhadas. Sob seus pés, os pneus murmuravam no concreto. À uma da manhã, passavam pelos laranjais além de Glendora. Pararam para tomar café em Barstow, onde fazia frio e o ar que expiravam logo se transformava em névoa. Ela dormia na alvorada gélida quando cruzaram a fronteira da Califórnia abaixo do Vale da Morte. Chegaram a Las Vegas às oito e meia. Às nove da manhã, ele obteve a permissão de casamento. Do outro lado da rua ficava o escritório do juiz de paz. Marido e mulher, saíram de lá às nove e vinte. Ele tentou caminhar como se fizesse aquilo todo dia, mas era Mary quem se mostrava calma. Quando Mingo abriu a porta do carro, ela parou para olhar o rosto dele e sorriu. Ele olhou para os sapatos, engoliu a seco e desviou o olhar furtivamente.

— Me beija, Mingo.

— Aqui? Na frente de todo mundo?

— Não estou vendo ninguém.

Deu-lhe um beijinho na bochecha. Ela jogou os braços nos ombros dele e apertou os lábios contra sua boca, apaixonadamente. Mingo arregalou os olhos, exibindo as partes brancas enquanto os revirava de medo e felicidade.

A um quilômetro e meio da cidade, encontraram um motel com chalezinhos brancos dispostos em semicírculo. O gerente, sem camisa, os recepcionou com piscadelas e sorrisos marotos. Mary ficou ao lado de Mingo, que mergulhou a ponta fosca da caneta no nanquim e escreveu no livro de hóspedes:

Sr. e sra. Mingo Mateo, 7 de dezembro de 1941.

No domingo, no caminho de volta para Los Angeles, o sr. e a sra. Mingo Mateo viajavam em silêncio. A oeste, o pôr do sol cor de sangue caía rapidamente. Algo tinha acontecido. Algo saíra errado. Via-se por todos os lados. Por que olharam daquele jeito, aquelas pessoas? O gerente do motel e sua mulher, lançando-lhes olhares frios enquanto iam embora; a garçonete e o caixa do restaurante; os motoristas de caminhão no balcão; o silêncio profundo durante a refeição, interrompido apenas pelo ruído dos talheres nos pratos; o guarda rodoviário que desceu da motocicleta pra lhes fazer perguntas enquanto compravam gasolina; o atendente vestido de branco, que ficou encarando Mary até ela baixar os olhos. Usava maquiagem demais nas bochechas? Tinha muito batom nos lábios? Ela ajustou o retrovisor para ver seu reflexo, virando o rosto de um lado para o outro, examinando o queixo, apalpando o cabelo.

— Mingo, qual é o problema comigo? — perguntou ela.

Ele sabia o que ela estava pensando. — Você é linda. Por isso te olham.

— Não. Tem algo de errado. Eu sinto.

Ela girou o botão do rádio, apertou outro. Em alto volume, ouviu-se uma explosão, a guerra, ganhando vida.

Pearl Harbor, Wake, Guam, Midway, as Filipinas. Os dois ouviam de boca aberta.

— É alguma piada idiota — disse ela.

— Deve ser.

Ela sintonizou outra estação, outra voz. Pearl Harbor, bombardeiros, o *Arizona*. As palavras eram como projéteis, rasgavam a carne, não era dor, mas uma sensação de sangrarem até a morte. As mãos de Mary em sua garganta tremiam com o pânico instaurado em seu coração. Seu rosto foi tomado pela náusea, que o tornava cinzento e feio. Mingo sentia as balas atravessarem o estômago, perfurando sua vida, indolores, como se sangrasse até morrer.

— Não é possível. Não pode ser.

Ela apoiou as costas no banco, com seu rosto cinzento e as mãos desorientadas. Estavam na região do deserto e as primeiras estrelas da noite surgiam, frias e serenas, e os dois as sentiram — a onda de energia, a vasta invencibilidade de tudo que os cercava. As palavras não tinham fim, perfurando-os com enorme força. O carro se lançava adiante, engolindo a estrada branca.

Luzon. Bombardeiros.

Mingo estremeceu com aquela ferida, o sangue derramado em suas memórias de infância, a raiva expandindo seus ossos enquanto segurava o volante e trincava os dentes. Cachorros imundos. Ratos japoneses imundos. E ele gritou aquelas palavras, berrou-as pela noite intensa.

— Mingo. — Ele tocou o joelho dela. — Nós somos americanos. Você e eu.

Sentiam-se drogados pela guerra, enjoados e enojados por ela, quando chegaram a Los Angeles. Little Tokyo estava em silêncio, mas suas ruas não estavam desertas.

Passaram por uma barbearia com as vitrines quebradas, onde a polícia montava guarda. Um caminhão carregado de soldados atravessou um cruzamento. Aqui e ali, lojinhas patéticas ostentavam corajosamente bandeiras americanas.

Eram quase duas horas quando estacionaram em frente ao Yokohama Café. No andar de cima, uma lâmpada brilhava atrás de uma persiana amarela. O café em si estava às escuras. Mingo umedeceu os lábios. Subitamente, seu mundo virara de cabeça para baixo. Na noite anterior, Segu Osaka era um homem temível. Na noite de hoje, o medo desaparecera e a filha de Segu Osaka era sua noiva.

Ele seguiu Mary até a porta. Ela achou a chave na bolsa e virou a tranca. Entraram na escuridão. Ela então olhou para ele e o abraçou.

— Não culpe meus pais, Mingo. Por favor. São pessoas muito boas.

Ele se curvou e a beijou, sentindo o gosto de sua dor. — Não, não. Culpa não é deles.

Ela o conduziu pela mão em meio à escuridão até uma porta que dava para a escada. Subiram na ponta dos pés. No final da escada, um degrau rangeu e uma sombra se projetou sobre eles. De quimono e sandálias de palha, Segu Osaka os olhava de cima a baixo. Por um momento, Mary hesitou. Apertou o braço de Mingo e os dois subiram juntos a escada.

— Olá, papa.

Tinha os olhos vidrados, tremia. Até mesmo os cabelos curtos no alto da cabeça estavam desgrenhados, puxados e espremidos por suas mãos frenéticas. Estava encarando Mingo.

— Ele agora é meu marido. Nós nos casamos hoje de manhã em Las Vegas.

Osaka estourou como fogos de artifício por toda a sala, com seus dedos rijos depenando o ar. Agitado, ziguezagueava de um lado a outro, arrastando os chinelos enquanto as pernas tortas e grossas escapavam do quimono tremulante. Gritou por um longo tempo, mordiscando as palavras e cuspindo-as, girando em torno dos dois, parados no meio da sala. De repente, parou e se lançou contra a parede, de costas, batendo a parte de trás da cabeça monotonamente.

— Ele diz que é terrível — traduziu Mary. — Diz que você provavelmente é um bom rapaz, mas é filipino e a guerra vai destruir nossas vidas. Disse parabéns mesmo assim e que espera que a gente seja feliz.

Osaka atravessou a sala, agarrou a mão de Mingo e a bombeou com força. A mesma expressão ensandecida tomou seu rosto. — É — disse ele. — É, é. É, é.

Uma porta rangeu e a mãe de Mary surgiu. Estava curvada, assustada, chorosa. Mary logo falou com ela. A velha senhora estudou Mingo, desconfiada. Olhou para seus pés, suas pernas, seus quadris, sua cintura, seu peito, seu rosto. Então sorriu, inclinou-se e foi embora em silêncio, fechando a porta às suas costas. Osaka voltara a gritar. Continuava a andar em círculos, balançando os braços e fazendo gestos tresloucados com os punhos: socava, dilacerava, puxava, enforcava.

Mary traduziu: — Está dizendo que a guerra não é culpa dele. Disse que é leal à América. Disse que é mais rico e feliz nesse país do que já foi no Japão. Disse que os vinte e cinco anos que está em Los Angeles são os mais felizes de sua vida. Disse que os japoneses enlouqueceram. Disse que vão perder a guerra. Disse que fica contente com isso. Disse que é o fim do Japão. Disse que isso o deixa feliz. Disse que tem vergonha do Japão. Disse que não são as pessoas comuns do país, mas sim os governantes. Culpa um homem chamado Yamamoto, Almirante Yamamoto. Diz que as pessoas comuns do Japão são pacíficas. Diz que, em nome do povo filipino, você deve perdoá-lo.

Mingo assentiu com a cabeça. — Claro. Eu perdoo. Pode apostar.

Osaka pegou sua mão, bombeando-a com força. — É — disse ele. — É, é. É, é. É, é.

E mais uma vez se agitou, falando atabalhoadamente e andando de um lado para o outro.

Quando se acalmou, Mary traduziu: — Ele quer saber por que você está aqui, por que não se alista no exército e luta pelo seu país.

Mingo tomara aquela decisão havia muito tempo. — Eu vou — disse ele. — Amanhã.

Osaka bombeou sua mão outra vez. Disse: — É. É, é. É, é.

— É, é — disse Mingo.

O velho recomeçou, despejando uma enxurrada de palavras na cara dele.

— Ele disse que você deve lutar com coragem, pois nossos filhos serão americanos e devemos ganhar a guerra por eles. Disse que depois que a guerra acabar, você será seu parceiro no restaurante. Disse que vai te ensinar como cuidar dos negócios e que você ganhará dinheiro para cuidar dos nossos filhos e para dar a eles uma boa educação — explicou Mary.

Agora foi Mingo quem segurou a mão de Osaka com as suas, cumprimentando-o. Disse: — Obrigado. É, é.

— É, é. É, é — disse Osaka.

Uma vez mais Osaka estourou, soltando sons guturais de seus lábios animados enquanto apontava para a escada, para o teto, para si próprio e para Mary, até parar em frente a Mingo, sacudindo-o fortemente com ambas as mãos.

—Disse Mingo: Ele disse que você tem de partir agora. Disse que amanhã pode ser tarde demais. — disse Mary.

— Não agora. Tudo fechado — disse Mingo.

— Vai! Mesma coisa, vai — falou Osaka.

O resto do que disse foi em japonês.

— Ele disse vai agora, ache o lugar e seja o primeiro da fila — disse Mary.

— O que você acha? — perguntou Mingo.

— Acho que deve ir — e os olhos dela ficaram úmidos.

— Então vou disse Mingo.

Quis dar-lhe um beijo de despedida quando deram aqueles poucos passos rumo à escada; mas Segu Osaka batia com as costas na parede e tagarelava sem parar. No fim da escada, Mingo virou-se e olhou para Mary lá no alto. Ela chorava, tentando acenar com seu pulso frágil.

— Mary Mateo, eu te amo. Eu volto. Você espera por mim.

Ela soluçou, saindo subitamente da vista dele.

— É. É, é. É, é — disse Osaka.

— É, é — disse Mingo.

DOMESTICANDO VALENTI

Eu estava na cama quando Valenti telefonou.

— Venha aqui. Rápido.

— O que foi?

— Venha logo.

Eram quase duas da manhã. Liguei para Leon na recepção e pedi que chamasse um táxi. Valenti e Linda moravam numa quitinete no bairro de Wilshire. Quinze minutos depois da ligação, eu me via atravessando o corredor rumo ao apartamento. Antes que eu batesse à porta, ele disse: — Entre, Jim. — Vi-o sentado na cozinha, agarrando os cabelos negros com as mãos. Todas as luzes estavam acesas. Valenti estava chorando, soluçava em silêncio. Quando atravessei a sala de estar, ouvi ruídos guturais vindos do banheiro. Era Linda; ela também chorava.

— Qual o problema?

— Aquela vadia — disse ele. — Aquela meretriz.

— Quem... Linda?

— Aquela traidora. Aquela cretina.

Valenti e eu éramos velhos amigos. Muitas coisas faziam Valenti chorar. Chorou na noite em que veio ao meu hotel e contou que Linda aceitara se casar com ele. Três semanas atrás, tínhamos viajado a Las Vegas. Fui o padrinho. Valenti ficou tão emocionado com a cerimônia que o velho padre teve de interrompê-la, enquanto Valenti soluçava em meu ombro.

— Ela foi infiel outra vez — disse Valenti.

— Outra vez?

Ele mostrou três dedos.

— Três vezes em três semanas.

— Mentiroso! — Era Linda. Saiu a toda do banheiro, com seu *negligée* azul tremulando atrás de si e um frasco de perfume bojudo, com um gargalo longo, na mão. Antes que eu pudesse reagir, ela o fez voar pela cozinha. Valenti se abaixou, mas se abaixou bem na direção do frasco, que bateu em seu peito e caiu no chão. Ele tossiu, colocou-se de pé e correu na direção dela.

— Sua vadia estúpida!

— Seu canalha maldoso!

Coloquei-me entre os dois. Valenti esticou a mão sobre meu ombro, agarrando e puxando o cabelo de Linda. Ela passou o braço debaixo do meu e tentou alcançar o rosto dele. Suas unhas compridas chegaram lá, deixando três marcas vermelhas em sua bochecha. Finalmente consegui acalmá-los. Pareciam galos-de-briga, em posição de ataque, prontos para começar tudo outra vez. Então Linda bateu o pé e soltou um berro.

— Meu belo perfume. Foi um presente da minha irmã. Olhem só para ele agora.

O frasco ainda rolava tristemente de um lado para o outro, com seu conteúdo espalhado pelo piso de linóleo azul. A cozinha cheirava a Vol de Nuit. Com um grito agonizante, Linda voltou batendo o pé para o quarto. Valenti tocou seu rosto e olhou compenetrado para as pontas dos dedos ensanguentadas. Seus lábios tremiam e as lágrimas caíam como cera de uma vela.

— E agora ela me ataca. Minha própria mulher.

— Deixa para lá.

Ele sorriu dramaticamente, rodopiando como se atingido por um golpe, com as mãos apontadas para o teto. — Deixar para lá. Como posso deixar para lá? O que fiz para merecer isso? Eu, Alfredo Valenti?

— Deixa para lá.

— Pare de me dizer para deixar para lá. Quem pediu sua opinião?

— Você me telefonou. Me tirou da cama às duas da manhã.

— Eu deveria saber que era inútil.

Fui à porta do banheiro e bati.

— Sou eu, Linda.

— Não chegue perto de mim — disse ela. — Você também vai ser acusado.

Voltei à cozinha e quase caí quando pisei com o calcanhar no perfume derramado. Valenti estava com a cabeça debaixo da torneira, lavando o rosto arranhado com água fria.

— Valenti — falei. — Você só está com ciúmes.

Ele ficou ereto, deixando a água pingar sobre a camisa. — Eu? Com ciúmes? — E balançou o polegar na direção do banheiro. — *Daquilo* ali? — soltou uma gargalhada maligna. — Não me faça rir — e voltou a rir.

— Linda não fez nada. Ela te ama.

Valenti fez seus lábios e a língua tremularem. — Ama... flpflpflpflp! Hoje à tarde, quando chego em casa, quem encontro sentado aqui nessa cozinha como se fosse dono do lugar? Meu próprio irmão, Mike.

— E daí?

— Você não conhece aquele cara. Não sabe o tipo de cafajeste e gigolô traidor que ele é. Toda garota que tive ele tirou de mim. E agora está atrás de Linda.

— Que besteira. Agora você é um homem casado.

— É bem o que Mike quer. Torna tudo mais fácil. Sentado aqui na minha cozinha, sem o casaco!

— Está fazendo calor. Eu também tirei meu casaco.

— Você devia ver aquelas camisas de seda que ele usa, os suspensórios vermelhos de bombeiro! Eu sei por que ele tirou o casaco. Como posso saber o que mais ele fez?

— Deixa para lá.

— Para de dizer isso!

— Você está maluco.

— E ontem. Aqui estou eu, trabalhando como um cão para fazê-la feliz, e quando chego em casa onde a encontro?

Não respondi.

— Lá embaixo. Conversando com aquele inútil do Walters, um vendedor de sapatos de araque.

— E?

— Eu não confio num vendedor nem que a vaca tussa. Você sabe como eles são.

— Está sendo irracional. Ela tem de conversar com alguém.

— Você não conhece Linda. O jeito como ela caminha. O jeito como balança aquele rabo. É um convite. Por que veste aquelas saias curtas e apertadas? Se eu caí na dela, por que os outros não deveriam?

— Deixa para lá, Valenti.

Ele começou a socar a mesa lentamente com o punho. — Se ao menos ela *admitisse*! Preciso saber onde estou amarrando meu bode.

— Admitir o quê?

— Os outros.

— Você enlouqueceu. Está doido, pirado.

— Eu preciso saber. Não aguento isso.

— Você falou em três vezes. Qual foi a outra vez?

— Ah — disse ele. — Aquele vermezinho nojento!

— Quem?

— O garoto da mercearia. Está sempre por perto. Um daqueles garotos do ensino médio, cheios de espinhas. Sempre por perto, roendo as unhas.

— Sempre por perto?

— É. Trazendo produtos e coisas do gênero. Está sempre aqui, olhando para as pernas dela. Eu reparei naquele enxerido.

— Não posso culpá-lo. Ela tem belas pernas.

Eu não deveria ter dito aquilo. Ele mordeu o lábio inferior e ficou me encarando, abrindo e fechando as mãos. Depois ele se controlou e disse, bastante sério: — Jim, você é meu amigo. Mas, por favor, não esqueça que essa é minha casa e estamos falando da mulher com quem eu casei.

Pedi desculpas e dei-lhe um tapinha no ombro. O gesto lhe trouxe lágrimas aos olhos. Ele as secou com os nós dos dedos. Jamais o vira tão aborrecido.

— Esse garoto da mercearia — falei. — Tenho certeza de que não faz por mal. Eu não me preocuparia com ele só porque olha para as pernas de Linda.

— Mas o que se passa naquela cabecinha imunda dele? É *isso* que eu quero saber! E como posso saber o que acontece quando estou no centro, jogando minha vida fora como um escravo?

Fui ao banheiro e bati à porta. — Saia daí, Linda. Vamos esclarecer tudo.

Ela abriu a porta e ficou ali parada, docemente endiabrada, fazendo beicinho. Valenti passou por ela na direção do armário de remédios. Ela baixou o rosto e olhou para a bochecha dele com as sobrancelhas franzidas.

Inclinando a cabeça, ele derramou iodo nos cortes. O desinfetante marrom escorreu pela bochecha e caiu sobre sua camisa. Ele tremeu e praguejou de dor. Depois, virou-se na direção dela.

— Me ajude! — disse ele. — Não fique aí parada fazendo charme.

Ela pegou uma toalha de mão, molhou com água gelada e passou no rosto dele com delicadeza. Tinha a mesma altura de Valenti. Era uma daquelas mulheres que podiam vestir qualquer roupa, pois tudo lhe caía bem e ela sabia. Seu corpo tinha uma maneira de exibir uma aceitação natural de sua perfeição.

— Pobrezinho — disse ela.

Ele rangeu os dentes e dava para ver o esforço que fazia para controlar os olhos, mas as lágrimas vieram mesmo assim, grandes e cristalinas, misturando-se ao iodo.

— E eu puxei os seus cabelos — fungou. — Esses cabelos dourados, lindos e maravilhosos.

Aquilo fez Linda chorar também. Fiquei ali, sonolento e entediado, mas feliz por Valenti ter achado uma solução tão sensata. Estavam de mãos dadas no divã quando fui embora. Eram quase três da manhã. Ao fechar a porta, ouvi Valenti implorar por perdão por ter agido de maneira tão tola e Linda responder que talvez, apesar de tudo, houvesse uma justificativa para aquele comportamento.

Uma semana depois, Leon me telefonou para dizer que havia alguém no saguão querendo subir, mas que não achava que fosse uma amiga minha. — Está com uma aparência terrível — disse ele.

— Mande-a subir — eu disse.

Era Linda. Estava diante da porta, com o olho direito inchado e o nariz e as bochechas roxos. Ela mancava, com dor, então a ajudei a chegar ao sofá. Fui à cozinha e preparei-lhe um drinque. Ela bebeu de uma só vez, junto às lágrimas que caíam.

— Aquele imprestável! — disse ela. — Aquele demônio!

Tentei consolá-la. Ela se jogou no sofá, de rosto para baixo, tremendo de angústia. Depois de um tempo, consegui ouvir a história. Naquela manhã, o leiteiro passara para cobrar. Valenti ainda estava na cama. Linda ficou na cozinha, conversando com o leiteiro. Ela gostava do leiteiro. Era um bom sujeito, disse ela. Era pai de três filhinhas, de quem tinha muito orgulho. Contou-lhe tudo sobre elas e Linda ficou maravilhada. Mas não podia deixar o pobre homem parado diante da porta a manhã inteira. Além disso, ele queria explicar a ela a receita de bolo de banana de sua mulher. Então ela o convidou para se sentar e tomar uma xícara de café. Durante todo o tempo, Valenti estava escutando. Com um olhar de reprovação e um "A-há! Então é assim!", ele irrompeu na cozinha de pijamas, jogou o leiteiro escada abaixo, socou Linda meia dúzia de vezes, vestiu-se e saiu para o trabalho.

— Para mim, basta — disse ela. — Vou pedir o divórcio.

Achei que era uma boa ideia e disse isso a ela. Lembrei-me então de meu velho amigo Alfredo Valenti, os dias que passamos juntos na escola, e lembrei os dias magros de 1932 e 1933, dias difíceis para um escritor, quando Valenti me deu apoio, tanto moral quanto financeiro, e ao recordar todas essas coisas e o modo como ele a amava, me dei conta de que deveria ser leal a ele, apesar de gostar muito de Linda.

— Vamos tomar outro drinque e conversar melhor — disse eu.

— Não adianta — disse ela. — Para mim, chega.

Tomamos vários drinques. Analisamos o problema de cabo a rabo, chegando sempre à mesma questão: ela achava que Valenti era um imprestável, mas o amava. Já era algo. Consegui extrair dela ao menos aquilo. Quanto a voltar para ele, era impossível. Ela devia ter seguido o conselho de sua mãe, que também conhecera um italiano certa vez. O italiano que sua mãe conheceu carregava um estilete. Ela deveria ter dado ouvidos à mãe.

Linda ficou comigo por duas horas. Quando finalmente a convenci a voltar para casa e tentar mais uma vez, fiquei bastante feliz. Fui leal a meu bom amigo, Valenti. Tinha salvado seu casamento. Fiz com que sua amada voltasse para ele. Pelo menos de certa forma tinha retribuído sua confiança e amizade. Mas ela exigia uma coisa. Valenti tinha de ficar de quatro e pedir desculpas.

— E tem mais — disse ela. — Quero um carro novo. Um Chevrolet. Aquele de duas cores.

— Tudo bem — disse eu. — Volte para casa. Vou conversar com Valenti.

Levei-a de carro para casa. Paramos para comprar um bife para ela colocar no olho. — Ele é emotivo — disse eu. — Mas te ama.

— Aquele rato — disse ela. — E ainda chamou minha mãe de sapo velho.

— Isso não é nada.

— Mas ela não é assim. Pode ser gorda, mas é uma boa pessoa.

Deixei-a na frente do prédio. Em seguida, fui ao Escritório de Energia e Luz, no centro. Valenti trabalhava como assistente do engenheiro-chefe. Era um bom emprego e eu sabia que ele iria longe. Encontrei-o na sala de diagramação, estudando algumas plantas. Um curativo grosso cobria sua orelha direita.

— Como isso aconteceu?

Ele sorriu inocentemente.

— Foi ela. Com a jarra de água.

— Ela não me contou isso.

— Ela disse que me botou para fora de casa com uma faca de açougue?

— Ela me disse que você a derrubou.

— Eu mal a empurrei. De leve.

— E quanto ao olho roxo?

— Não fui eu — disse ele. — Talvez tenha sido o leiteiro. Ou então Walters, lá embaixo. Ou o garoto da mercearia. Talvez tenha sido meu irmão, Mike. Ele tem um gênio ruim. Talvez tenham todos chegado no mesmo instante e brigado. Ela sai com tanta gente, é normal que haja algum conflito de vez em quando.

— Precisa se desculpar — disse eu.

— Para aquela vadiazinha? Nunca.

— Você a deixou de olho roxo.

— Ela estava pedindo.

Mas Valenti se desculpou. Quando voltou para casa e viu a coloração púrpura sob o nariz de Linda, ajoelhou e implorou para que ela se vingasse dele. — Chame a polícia. Me mande para a cadeia. Peça o divórcio, Linda. Eu não mereço você.

Ela não discutiu. Ele beijou seu olho roxo e ela beijou-lhe a orelha com o curativo. Ficaram parados no meio da sala e se beijaram. Valenti então ergueu a cabeça e farejou o ar. Eu também sentia — o cheiro do molho do espaguete. Deu as costas para ela e foi até a cozinha. Ela sorria, sem graça, com o lado bom do rosto. Nós o ouvimos na cozinha, mexendo na panela com a colher. Voltou à sala de estar. Seu rosto era inescrutável.

— Por que fez espaguete?

— Pensei que você fosse gostar.

— Cozinhou para mim?

— Claro, querido.

— Está bem certa disso, não é mesmo?

Ela olhou para mim, um pouco assustada, e olhei para Valenti. Seus olhos negros brilhavam de suspeita.

— O que quer dizer? — perguntou ela.

— Quero dizer que brigamos hoje de manhã. Você me atacou com uma jarra e uma faca de açougue. Me botou para fora de casa. Eu disse que não ia voltar.

Linda suspirou. — Mas querido, Jim disse que traria você de volta. Quis fazer uma surpresa.

— Então decidiu cozinhar espaguete o bastante para sete pessoas?

— Fiz demais? Eu não sabia, querido.

Valenti cruzou os braços.

— Talvez estivesse pensando em comemorar por ter me colocado para fora. Talvez tenha convidado Mike, Walters, o leiteiro e o garoto da mercearia.

— Cale a boca, Valenti — falei.

— Não aguento mais! Eu odeio ele! Poderia matá-lo! — disse Linda.

Valenti sorriu.

— Está vendo, Jim? Ouviu isso? Me matar.

Cansei de tudo aquilo. Disse isso a ele: — Valenti, você é nojento. Essa garota te ama. Está tentando te fazer feliz. Está fazendo tudo o que pode. Mas você exagera com o ciúme, Valenti. Sua cabeça está doente. Você não a merece. Acho que ela deveria te deixar. Ela já passou por mais do que devia.

Valenti se jogou na cadeira de balanço estofada e ficou olhando para os sapatos. Minhas palavras o acertaram em cheio. Provavelmente, logo estaria chorando. Observamos seu olhar para o nada. Observamos seus olhos. O brilho começava a se apagar. Duas bolsas d'água negras se formaram, trasbordaram e desceram pelas bochechas.

— Jim está certo — disse ele. — Linda, é melhor você me deixar.

Foi então que Linda cedeu. Aquela visão do marido, tão infeliz e com a consciência atormentada, era demais para ela. — Oh, pobrezinho! Meu querido e adorado Alfredo! — Ela se ajoelhou diante dele, tirou um lencinho verde de algum lugar e enxugou suas lágrimas. — Jim está errado, querido. E, de qualquer jeito, não é problema dele.

— Bati em você! — choramingou ele. — Me mata, Linda. Acaba comigo.

Começaram tudo de novo. Linda beijava o curativo sobre a orelha dele, Valenti beijava o olho inchado dela. Eu estava cheio. Não conseguia acompanhar a mudança de humor deles. Era uma questão de ódio e morte ou então vida e amor. Acho que gostavam de viver assim. Eu não. Sem dizer nada, parti em direção à porta. Quando coloquei o pé no corredor, Valenti me viu. — Jim!

Veio atrás de mim, colocando o braço em meu ombro.

— Nós dois te amamos, Jim. Não vá embora. O espaguete de Linda é fantástico.

Disse a ele que tinha outro compromisso. Para enfatizar, olhei para o relógio de pulso e assoviei. Ele me acompanhou até o elevador. Manteve o braço em meu ombro durante todo o percurso.

— Você é meu melhor amigo, Jim. É o único em quem posso confiar.

Vi seus olhos negros acesos e pensei em outra coisa. — Adeus, Valenti.

Colocou os dois braços sobre mim e me abraçou. Depois, beijou-me a bochecha. Senti o cheiro do desinfetante vindo do curativo na orelha. — O único em quem posso confiar. Jim, você não sabe o quanto isso é importante para mim.

— Eu acho que sei — respondi.

Quando saí de lá e respirei o ar fresco da rua, senti meus pulmões se expandirem e me dei conta de que estava sufocando. Fiquei feliz ao ver o pôr do sol e a liberdade das estrias rosas e douradas no céu vespertino. Estava feliz de estar só. Parecia a coisa mais preciosa da vida. Entrei no carro e voltei ao hotel.

Leon estava na recepção. Ele me entregou a correspondência.

— Leon — disse eu. — Lembra aquela garota com o olho roxo? Da próxima vez que aparecer, diga que me mudei. Diga que fui para a China.

— Para a China — assentiu Leon.

China. Quando você está na reta final de um livro, e a prosa corre fácil, é como se estivesse na China, na África ou na lua. Você fica longe de tudo, os dias passam depressa e perde-se a noção do tempo. Não me lembro bem, foi sete ou oito ou nove dias depois. Terminei o romance e fiquei doente no mesmo dia. Febre e um leve resfriado. Liguei para o dr. Atwood. Ele analisou meu peito e encontrou algo que eu não percebera. Pintas. Estava com sarampo. À noite, estava todo coberto. A gerência do hotel queria que eu fosse para um hospital, mas o dr. Atwood os convenceu que não era necessário. Fiquei isolado em meu quarto no terceiro andar.

Foi a noite em que Valenti apareceu. Ele chegou de surpresa. Não sei como passou por Leon na recepção, mas sei o que fez quando viu a placa que dizia *Mantenha a distância: Moléstia* pendurada na minha porta. Entrou. Ergui a cabeça quando vi a porta se abrir. Ali estava Valenti. Na última vez que o vi, o curativo cobria só a orelha. Agora, a parte de cima da cabeça estava enfaixada num turbante grosso de algodão e esparadrapo. O abajur estava do outro lado do quarto e ele não conseguia me ver muito bem.

— Jim! — Tinha a voz preocupada. — Qual o problema?

Eu estava febril e irritado. Não estava a fim de cuidar dos problemas dos outros. Queria ficar sozinho, na semiescuridão, com minha febre e minhas pintinhas repulsivas.

— Sua cabeça — disse eu. — Linda?

— Isso mesmo. Com um martelo. Oito pontos.

— Valenti — disse eu. — Por favor, vá embora.

Ele se sentou.

— Preciso de um conselho seu.

— Não, não precisa. Estou doente, Valenti. É contagioso.

Ele se levantou. — O que é contagioso?

— Sarampo. Estou com sarampo.

Lembro muito pouco o que aconteceu nos minutos seguintes. Lembro que estava fraco demais para me defender e lembro a pancada forte do punho de Valenti em meu maxilar. Acho que ele me derrubou da cama, me levantou e me jogou de volta na cama. Jamais subestime o sarampo. Em certo momento, durante o ataque, consegui vislumbrar seus olhos negros e achei que ele tivesse enlouquecido, algo de que sempre suspeitei, algo de que não gostava nem de pensar. Então me dei conta de que Linda provavelmente também estava com sarampo e Valenti tirou suas próprias conclusões. Mas eu estava fraco demais para explicar e de nada adiantaria. Lembro-me de vê-lo diante da porta aberta, erguendo o punho e choramingando: — E pensar que confiei em você... meu amigo. Eu estava louco!

O sarampo se despediu de mim depois de duas semanas. Os *souvenirs* deixados por Valenti ficaram dependurados em meus olhos como figos frescos por dois meses. Insisti com o dr. Atwood que meu nariz estava quebrado, mas ele discordava. Quanto aos três dentes superiores que faltavam, meu dentista já os condenara antes da visita de Valenti. Falei muito pouco sobre o episódio. Ninguém acreditaria mesmo em mim. Até Atwood duvidava. Tanto Valenti quanto Linda telefonaram uma vez ou outra, mas Leon disse que eu estava na China.

Não na China, mas sim em Nova York, já que meu novo livro estava para ser lançado. Decidi ir de carro até lá. Levaria mais tempo, dando ao meu rosto a chance de se regenerar. Estava sentado no carro, vendo Julio, o garoto filipino, empilhar a bagagem no banco de trás.

Do outro lado da rua soou uma buzina extravagante e ouvi alguém chamar meu nome. Um Chevrolet novo, bicolor, parou junto ao meio-fio. Era Linda. Acenava ostensivamente. Pensei em dar o fora; em vez disso, acenei.

Ela saiu do carro e bateu a porta. Parecia deleitada com aquele processo. Mas tinha algo de estranho em seu caminhar: era duro e robótico. Vi então o que era quando ela atravessou a rua na minha direção. Estava usando uma espécie de suporte de aço e couro em volta do pescoço, com uma tira de couro sob o queixo. Valenti estava cada vez mais agressivo. Olhei de um lado para o outro da rua. Você nunca sabia quando ele podia aparecer.

— Jim! — disse ela. — Por onde andou esse tempo todo?

— Na China — respondi. Apontei com a cabeça para seu suporte. — Como ele fez isso?

— Estou cansada de ouvir falar em China, China o tempo todo. Você não estava na China. Não gosta mais de nós. Ele me empurrou escada abaixo.

Ela estava parada na rua, com a cabeça para dentro do carro. Estava mais bela do que nunca. O suporte lhe caía surpreendentemente bem. Elevava seu rosto como um pedestal.

— Como foi sua experiência com o sarampo? — perguntei.

— Pobre Jim — disse ela. — Coitadinho. Valenti me contou.

— O que ele te contou?

— Que você estava com sarampo. Foi por isso que continuei a telefonar, mas sempre diziam que você estava na China — respondeu ela.

— Você também não pegou sarampo?

— Pensamos que fosse sarampo. Mas foi algo que comi. Morangos ou algo assim.

— Daí ele quebrou seu pescoço.

— Não está quebrado, Jim. Foi só uma fratura. Ele mudou, Jim. Está diferente agora. Veja só o que comprou para mim.

Nós dois olhamos para o carro.

— Bacana — disse eu.

Ouvi então alguém chamar meu nome. Conhecia aquela voz. Era Valenti. Parou com o carro ao lado do automóvel de Linda, do outro lado da rua. Apertava a buzina sem parar e acenava como um louco.

— Jim! Meu *paesano*, Jim!

— Linda — disse eu. — Vá para trás.

— Mas Jim.

— *Paesano!*

Soltei a embreagem e parei no sinal. Os dois gritavam e acenavam para que eu parasse.

— Jim! — disse Valenti. — Para onde vai?

— China! — gritei.

O CASO DO ESCRITOR ASSOMBRADO

Três anos atrás, deixamos Los Angeles e compramos uma casa em Roseville, a cidade ferroviária próxima a Sacramento. A princípio, por motivos que explicarei depois, minha mulher não gostou dessa casa em particular. Mas estávamos cansados de caçar uma moradia, o preço estava dentro de nossas possibilidades e eu até gostava do lugar.

A questão é: que diabo estávamos fazendo em Roseville, em primeiro lugar, já que Roseville é uma cidade monótona. Fica a vinte e cinco quilômetros da capital do estado e é o principal ponto de divisão da Southern Pacific Railroad. Há mais vagões do que pessoas em Roseville e a população gira em torno de doze mil. O pátio de manobras é o maior da Costa do Pacífico, maior até que o de Los Angeles. A cidade é martelada dia e noite pelo enorme ruído — motores barulhentos, guinchos lancinantes e o clangor incessante dos vagões sendo puxados por locomotivas no pátio.

Eram dois os motivos que nos fizeram mudar para Roseville, e o primeiro é tão contraditório que até hesito em mencioná-lo; sarcasticamente, queríamos viver numa cidade tranquila do interior. Roseville não era tranquila nem uma cidade de interior. O segundo motivo eram nossas famílias. A mãe de minha mulher morava ali, assim como meu Velho e a mama.

Agora, ali estávamos naquela casa: era o tipo de lugar que as construtoras usam para simbolizar o Estilo de Vida Americano, um aconchegante bangalô branco sobre um tapete de grama verde, cercado por árvores de eucalipto. Era uma casa de dois andares, com uma enorme varanda frontal, que exalava certo Orgulho de Propriedade. Situada num local chamado Montanha Ensolarada, o endereço era Rua da Harmonia, 1515. Não faltava nada.

Antes de comprar a casa, pedi ao Velho para inspecioná-la. Por mais que seu ofício fosse a alvenaria, aquilo foi um erro. Tragando um charuto, o Velho fez uma vistoria apressada dos cômodos vazios. Não ficou muito impressionado. Em seguida, desceu ao grande porão de concreto. Passou bastante tempo ali, até finalmente emergir coberto de teias e entusiasmo. O que era compreensível, uma vez que sua própria casa não contava com um porão e ele precisava de um lugar fresco para envelhecer umas duas centenas de galões de clarete do Vale do Sacramento.

— Bela casa — disse ele. — Uma das melhores em toda a cidade. Boa e sólida. O porão é excelente. Pode comprar.

Minha mulher hesitou. Durante a infância, conheceu a trágica família que vivera ali. Significativamente, tinham como sobrenome Coffin*, e ela não conseguia esquecer que dois deles morreram no número 1515 da Rua da Harmonia. A sra. Coffin sucumbira a um ataque cardíaco no quarto da

* (N. do T.: “caixão”, em inglês)

frente, enquanto seu filho, Edward, morrera de poliomielite no quarto dos fundos. Aqueles tristes infortúnios de quinze anos atrás não me afetavam. Fiquei surpreso ao ver que minha mulher nutrisse aquele tipo de associação melancólica.

— Logo você — disse eu.

— Tem certeza de que vai se sentir bem aqui?

— Procurei por este lugar durante toda minha vida — respondi. — É como se eu já tivesse estado aqui, num sonho.

Não era exatamente verdade, mas pensar em ter de lidar com mais um corretor de imóveis enchia meu coração de um instinto assassino. Fomos ao banco e assinamos os documentos. A casa era nossa. Gastamos uma fortuna vertiginosa em mobílias e nos mudamos.

Nos fundos da casa ficava um solário, que dava para algumas árvores de eucalipto e uma cerca coberta de hera das mais variadas cores. Aquele seria meu local de trabalho. Minha mulher pendurou as cortinas, algumas reproduções de quadros de Van Gogh e as ferramentas habituais que um escritor tem de encarar. Mas dava um bom escritório. Havia sol, espaço e ar fresco. Aqui, pensei, terei paz, aqui as palavras virão, as páginas hão de se acumular. E comecei a acreditar no que disse a princípio: que tinha visto aquela casa em meus sonhos.

As palavras não vieram, nem tampouco as ideias. Mas os pintores, sim, e também os carpinteiros, já que minha mulher queria mudar a casa de cima a baixo para extinguir qualquer traço do passado.

A casa fora construída no início dos anos 1920. As paredes da sala de estar eram formadas por painéis de nogueiras de alta qualidade, cobertas por uma leve camada de verniz para realçar a textura. Pareciam dar ao ambiente um ar envelhecido e quente, mas minha mulher insistia em dizer que o deixavam sombrio e melancólico. Fez com que pintassem a madeira de branco e cobrissem o restante da parede por um papel com motivo de samambaias. A mudança trouxe luz ao ambiente, mas agora se parecia com o apartamento que acabáramos de deixar em Hollywood. Na sala havia uma grande lareira de ferro, que me fazia ansiar pelas noites de frio e pelo barulho da lenha crepitando. Depois que pintaram as paredes de branco e as cobriram com o papel de samambaias, a pobre lareira foi levada embora e uma outra de chão foi instalada. O que envolveu um monte de quebra-quebra, marteladas e dinheiro. Eram como ataques pesados à minha serenidade. Não conseguia escrever em meu escritório. Sentado à mesa, ouvia o barulho e pensava nos custos.

Enquanto isso, os pintores escalavam pelas paredes do lado de fora da casa, lixando e remendando, preparando tudo para duas demãos de cinza-encouraçado. O sr. Smitters, responsável pela pintura, ficava no alto da escada e continuava a olhar para mim enquanto eu tentava trabalhar. Tinha esses dentões brancos e era desagradavelmente bem-humorado, soltando as habituais inanidades sobre a vida mansa de um escritor. Pensei em ir lá fora e ficar olhando para ele como fazia comigo, proferindo comentários pouco generosos quanto à sua profissão. Todas essas interrupções mordiscavam os minutos do relógio e um dia improdutivo se seguia ao outro. Estávamos na casa havia um mês e tudo o que eu tinha no papel eram os números que provavam que morreríamos de fome no inverno.

Foi então que o Velho chegou em seu caminhão, com quatro barris de cinquenta galões de vinho tinto. Entrou de marcha à ré até a entrada externa do porão. Por dois dias, ele martelou, serrou e cantarolou bem embaixo de mim. Construiu prateleiras para os barris e consertou alguns móveis quebrados que estavam guardados no porão. A iluminação não atendia às suas necessidades e, num certo dia, por oito horas ele desconectou a força e instalou no porão fios misteriosos vindos da garagem. Mas não sabia nada de eletricidade, estava apenas tentando adivinhar o que fazia, e seus esforços terminaram num emaranhado de fios e numa escuridão absoluta ao fim do dia. Tivemos de chamar um eletricista para desfazer a confusão.

Quando o Velho chegou com seus barris, presumimos que quisesse apenas armazenar o vinho naquele ambiente fresco e deixá-lo envelhecer numa atmosfera tranquila e sadia. Mas tínhamos subestimado o desembaraço do Velho. Trouxera a bebida das vinhas de um *paesano* fora da cidade. Gastara vinte centavos por galão, transportando-os por onze perigosos quilômetros em seu caminhão sacolejante. A viagem agitara o vinho, obscurecendo sua vermelhidão. O Velho sentou ao lado dos barris, como um médico diante de um leito de morte, fumando um charuto e franzindo as sobrancelhas. De tempos em tempos, despejava uma pequena quantidade num copo e o erguia contra a luz. Circulava na ponta dos pés, murmurando. Após uma semana agitada e enervante, da qual todos participamos, o Velho anunciou que a poção estava salva e que se tratava de vinho tinto claro, não de vinagre.

Tendo salvado a vida do paciente, ele prosseguiu bebendo-o. Vinha com seus *paesanos* das lojas de vinho locais, trazia pedreiros, carpinteiros e carregadores de tijolos. O porão foi transformado num bar. Na primeira vez foi algo aceitável, até mesmo plausível. Ali estavam amantes da uva que normalmente pagavam dez centavos por copo num bar. E ali estava meu

Velho, tendo no pão e no vinho sua alma e energia, o príncipe dos anfitriões. Ele passava os grossos copos e dizia aos convidados para se servirem. Chegavam em caminhões sujos de argamassa e os menos opulentos simplesmente faziam a pé os dez quarteirões que separavam a casa da cidade. A algazarra no porão era como o frenesi de cães num canil.

Aquilo tinha de acabar uma hora, mas não era fácil confrontar o Velho. Por muitos anos ele pregara o Quarto Mandamento. Ou seja, que os filhos deveriam honrar pai e mãe, em especial o pai. Aquele era o âmago de sua filosofia. Mas eu precisava falar.

— Está na hora disso acabar — falei a ele.

Isso foi depois que seus *paesanos* foram embora e ele estava sentado em meio às ruínas, com grandes poças de vinho pelo chão, cacos de vidro e guimbas de charuto.

— Qual o problema, filho?

— Chega de festa. Não quero mais que venham aqui.

— Está falando dos meus amigos — disse ele. — Os amigos do seu pai.

— Fazem barulho demais. Não consigo trabalhar.

— Trabalhar? — riu. — Você chama aquilo de trabalho, aquelas coisas que escreve?

Um ataque familiar. Recusei a digressão.

— Chega de festas, papa.

— Filho — disse ele. — Você está falando com seu pai. E seu pai, ele não está gostando muito. Seu pai é um homem velho, filho. Tem setenta anos. Cuidado com o palavreado.

Minha mulher demonstrou menos paciência.

— O senhor não está sendo sensato — disse ela. — Se esses homens voltarem, o senhor terá que levar o vinho embora daqui.

O Velho balançou na cadeira.

— Ela é que manda, filho. Ela é que manda!

Colocou-se de pé com uma dignidade abrutalhada, os olhos inundados de vinho, e flutuou na direção da porta. Parando, deu-me um tapinha no ombro.

— Que Deus te ajude, filho. Vai precisar.

Ele nunca mais voltou àquela casa, mas não esqueceu do vinho. Uma vez por semana, mandava meu irmão com jarras para manter uma provisão sempre à mão.

Os quartos no andar de cima estavam em ótimo estado, limpos e espaçosos, apesar do cheiro de mofo. Pela primeira vez em cinco anos de casamento, cada um de nós tinha agora seu próprio quarto. Aquilo deixava minha mulher triste, mas eu apreciava a mudança, sentindo que nada causaria a não ser acrescentar um pouco de entusiasmo à cama matrimonial.

Os quartos de dormir ficavam sob uma aresta, onde os dois lados do telhado se inclinavam rumo ao pico. Em todos os cômodos havia um pequeno alçapão que dava para um sótão escuro e estreito. Ali encontramos algumas relíquias dos tempos da estada da família Coffin — uma ou outra cômadre, uma caixa com cortinas esfarrapadas, alguns lençóis empoeirados, algumas luminárias antigas. Minha mulher insistiu para que esvaziássemos o sótão e destruíssemos tudo. Tirei as quinquilharias dali e joguei tudo pela janela no gramado lá embaixo.

Ela agora exigia que os alçapões fossem pregados. O que me parecia algo imprudente, pois os eletricistas teriam de reabri-los caso algo acontecesse à fiação. Mas as portinholas foram lacradas, os pintores levaram embora suas tábuas e escadas salpicadas, o Velho jurou que sua sombra jamais voltaria a incidir sobre a nossa porta e finalmente a casa ficou em silêncio e se tornou realmente nosso lar.

O meu quarto era o dos fundos. Minha mulher me contou que Edward Coffin morrera ali. Aquilo não me deixou impressionado. Mas certo dia, olhando os livros de minha mulher, encontrei a foto de Edward no anuário da Escola Média de Roseville e descobri que ele fora presidente da Classe Sênior, capitão da equipe de basquetebol e diretor do baile colegial sênior. Minha mulher soltou um suspiro e forneceu informações adicionais. Ela havia saído com Edward com alguma frequência na primavera antes de sua morte. Também o havia beijado algumas vezes. Aquilo, pensei, era bastante significativo, ainda que depois eu tenha me dado conta de que não tinha qualquer significado.

De início minha mulher mal conseguiu dormir, em meio às noites assustadoras preenchidas por pesadelos horríveis. Ela estava no quarto onde a pobre sra. Coffin veio a falecer. O guarda-roupa e as estantes embutidas sempre traziam alguma pequena lembrança daquela época triste: algum fio de cabelo grisalho, um botão, um grampo. Minha mulher encarava essas frivolidades como terríveis premonições.

Mas a casa realmente se expressava à noite, contraindo-se depois da exposição ao grande calor do sol do Vale do Sacramento. Rangia e arquejava. Suspirava e se lamuriava. Duas ou três vezes por semana, ao acordar, encontrava minha mulher ao meu lado, com os olhos cansados pela noite maldormida. Dizia ter ouvido passos por toda a casa, gente subindo e descendo as escadas, vozes na cozinha, alguém rastejando no sótão, a oscilação ritmada de uma cadeira de balanço. Mas eu não ouvia coisa alguma e dormia bem.

— É só sua imaginação — disse eu. — Pura fantasia.

Mesmo assim, comprei uma arma. Foi uma decisão repentina, tomada durante uma tarde em Sacramento, quando a vi na vitrine de uma loja de artigos de segunda mão. Era uma Smith & Wesson calibre 38, especial da polícia.

Apoiada numa caixa de cartuchos, seu azul-metálico reluzindo com uma beleza maliciosa, a arma acenava persuasiva e ameaçadoramente. Jamais tive uma arma antes, exceto uma espingarda de ar comprimido, e agora eu desejava aquela exposta na vitrine. E por que não? Eu era dono de uma casa. Um homem deve ter uma arma para proteger sua propriedade. Levei-a para casa com uma caixa de cartuchos, uma lata de óleo e uma escovinha, que o vendedor me ensinou a usar para fazer a limpeza.

A arma deixou minha mulher aterrorizada. Ela cobriu os olhos com uma das mãos e com a outra fez um gesto para que eu saísse de casa.

— Leve isso daqui. Leve embora.

— Mas não está carregada.

Eu a abri, girei o tambor e puxei o gatilho algumas vezes.

— Não quero saber. Nada de armas nessa casa.

Chegamos a um acordo. Eu poderia manter a arma na casa se deixasse os cartuchos longe. Ela encontrou um lugar remoto e inútil para os cartuchos na varanda de trás, no armário das vassouras, no fundo de um saco de roupas sujas cheio de meias-calças de seda velhas. Levei a arma para o quarto e imediatamente comecei a limpá-la e lubrificá-la.

O revólver me enchia de uma fascinação covarde. Eu queria levá-lo ao sopé da Sierra e disparar, mas minha mulher mostrou tanta resistência que acabei desistindo. Em vez disso, encontrei outras maneiras de me divertir. Passei a treinar para ver o quão rápido conseguia sacar a arma. Aprendi a girá-la com o indicador. Parava em frente ao espelho e treinava para um duelo. Deixei de lado o velho hábito de ler antes de dormir e passei a limpar a arma. Toda noite eu sentava na cama com minha escovinha, uma lata de óleo e um pano. A arma brilhava como uma joia negra.

Aos poucos, a inquietação de minha mulher foi desaparecendo. Ela se mostrava revigorada pela manhã, após uma boa noite de sono, e ansiosa pelo novo dia. Não temia mais a arma. Agora, chegava até a empunhá-la e puxar o gatilho.

Para os escritores, sono e prosa são irmãos. Se as ideias vêm, se avançam de uma página a outra, as noites são serenas. Se as palavras não vêm, o sono não vem. Era um desses períodos. Eu não conseguia dormir.

Foi também a época em que surgiu um dos bandidos mais estranhos de Roseville. Todo dia a *Tribuna* trazia notícias fresquinhas sobre seus crimes. As donas de casa estavam furiosas. Confusa, a polícia acrescentou outro carro à patrulha noturna, mas o ladrão sempre voltava a atacar. Era um ladrão de calcinhas. Nunca variava seu objeto de furto. Não mostrava nenhum interesse por camisas, vestidos ou macacões. Noite após noite, alternando entre as zonas Norte e Sul, o ladrão aliviava algum varal de uma ou duas calcinhas. Já em desespero, a polícia solicitou às mulheres da cidade que guardassem as roupas dentro de casa durante a noite. Mas sempre tinha alguém que esquecia, e era no quintal dessa pessoa que o larápio atacava, apanhando mais uma peça e desaparecendo na noite.

Em minhas horas de insônia, minha mente devaneava sobre aquele exótico bandido. Enquanto polia a arma, pensava em suas curiosas violações e maquinava métodos de capturá-lo. Subitamente, cheguei a um plano.

Coloquei um roupão e caminhei na ponta dos pés até o quarto onde dormia minha mulher. Abrindo sua gaveta, removi três de suas calcinhas de seda. Sem fazer qualquer ruído, desci e saí de casa rumo ao quintal dos fundos. Nosso varal corria paralelamente à cerca dos fundos, que dava para um beco. À luz do luar, pendurei as calcinhas: uma preta, uma branca e uma rosa. Uma brisa suave as elevava a proporções irresistíveis. Voltei correndo para o quarto, desliguei as luzes e sentei-me à janela esperando ver o que aconteceria. Estava ali havia dez minutos, quando me dei conta de que meu plano era inútil e descabido. Para começar, minha arma não estava carregada e eu não tinha a menor intenção de atirar contra o famoso ladrão. Em segundo lugar, caso viesse a aparecer, ele simplesmente agarraria as calcinhas e partiria sem perder tempo, já que eu certamente não pretendia persegui-lo ou me atracar com ele.

Alerta ao máximo, fiquei ali a fumar e a ouvir os barulhos da noite. Era final de verão e o ar estava quente. Um olmo esticava seus galhos diante da janela, iluminado pela lua. As folhas já começavam a cair. Morávamos numa tranquila rua arborizada. Era possível ouvir passos a dois quarteirões de distância, o que raramente acontecia, já que todos no bairro iam à cidade de carro.

Mas eu agora ouvia passos. E estavam próximos, no nosso quintal, pisando sobre as folhas mortas. Os passos começaram no quintal da frente e passaram para a lateral da casa. Desenganchei a tela e olhei pela janela. Estava tudo claro e vazio, sem qualquer ruído ou movimento. Fechei a tela e me sentei. Voltei a ouvir passos. Dessa vez acendi a luz, abri a tela e gritei: — Quem está aí? — Nenhuma resposta. Apaguei a luz.

As folhas se agitaram de imediato e os passos moveram-se ao redor da casa rumo à entrada lateral. Agora eu tinha certeza: havia alguém no nosso quintal, um larápio, um gatuno, um ladrão. A casa de um homem estava prestes a ser invadida. A situação demandava ação. Peguei a arma. No quintal, os pés do invasor rastejavam desafiadores sobre as folhas.

Alarmado e furioso, fiquei parado com a arma na mão, enquanto as balas continuavam enterradas num saco de meias-calças de seda lá embaixo, na varanda dos fundos. Xinguei minha mulher e desci a escada na ponta dos pés. Eu precisava de munição. A lua iluminava a sala de estar e assim me abaixei ao pé da escada, pois as cortinas estavam abertas e eu podia ser avistado lá de fora.

Deitado de barriga para baixo, rastejei pela sala de jantar até chegar à cozinha. Meu coração martelava o chão, a arma na minha mão estava pegajosa de suor e eu sentia calor e sufocava com o roupão de flanela. O farfalhar das folhas me dizia que o intruso estava diante da porta lateral, entre a cozinha e a sala de jantar. Aquele não era um ladrão de calcinhas, mas sim um arrombador.

De centímetro em centímetro, me arrastei pelo chão de linóleo da cozinha. Até que cheguei à porta da varanda dos fundos. Erguendo o braço, girei a tranca. Ouviu-se um clique seco. De imediato, os ruídos lá fora cessaram. Eu suava em bicas. Estava ali no chão, prostrado, arfando e aguardando. Outros maçantes sete metros me afastavam do armário de vassouras. Ouvi novamente alguma atividade junto à porta lateral e pensei ter escutado a maçaneta girar. Continuei avançando, me arrastando pelo chão da varanda dos fundos até o armário. Estiquei as duas mãos e arranquei o saco de meias do gancho.

Tomado de agitação, revirei as meias, praguejando contra minha esposa e todas as mulheres enquanto meus dedos tateavam a seda em busca da elusiva caixa de cartuchos. Até que finalmente a encontrei e carreguei a arma. A partir daí me senti destemido. Com seis balas no .38, fiquei de pé e caminhei corajosamente pela cozinha até a porta lateral. Pronto para agir a qualquer momento, mantive a arma apontada. A situação estava sob controle. Eu tinha plena consciência das consequências. Sabia que nenhum júri me condenaria.

Abri a porta de supetão.

— Fique bem parado onde está — disse eu.

Mas ele não ficou. Ali estava Heinrich, o comprido dachshund marrom de propriedade dos Richardsons, nossos vizinhos de porta. Heinrich soltou um latido e deslizou pelas folhas, atravessando a cerca viva.

Sentei-me no degrau da porta. Estava completamente exausto, com o corpo todo banhado de suor e o rosto e o roupão sujos de poeira e fibras de algodão, acumuladas no longo percurso em que rastejei pelo chão. Um emaranhado de meias de seda pendia de meus braços e calcanhares. Fora uma noite assustadora, e quanto menos minha mulher soubesse, melhor seria. Descarreguei a arma, coloquei os cartuchos de volta no saco onde estavam as meias, limpei a trilha de suor do chão de linóleo, arrumei tudo e tomei um banho.

Foi então que lembrei das calcinhas no varal. Tinham de ser restituídas. Aborrecido comigo mesmo, desci mais uma vez e fui ao quintal. Eram duas da manhã. Ao recolher as calcinhas, ouvi uma voz atrás de mim, e a voz dizia:

— Pelo amor de Deus.

Era Richardson. Ele trabalhava como maquinista e seus horários eram completamente loucos. Estava a caminho do trabalho, abrindo o portão da garagem.

— Olá, vizinho — disse eu.

Mas em meu âmago tive uma sensação de enjoo, sabendo que Richardson ficara parado diante da garagem olhando para mim e pensando no pateta procurado pela polícia.

Evitei Richardson por uma semana. Ele era doido por jardinagem e passava cada momento possível no quintal. Toda vez que eu sentia vontade de me exercitar, ia até a janela e lá estava Richardson em seu jardim, podando a roseira ou manuseando esterco. Aquele confinamento me deixava inquieto e aturdido pelo excesso de cigarros que fumava.

Uma coisa era certa: Richardson não contara à mulher. Se tivesse dito algo, o burburinho teria chegado a mim. A sra. Richardson e minha mulher passavam a maior parte da manhã mexericando junto à cerca. Por que Richardson não contara à esposa? Seu silêncio era algo sinistro. Teria ele me denunciado à polícia? Teria contado algo a seus colegas engenheiros no galpão ferroviário? Richardson sempre me vira com certa reserva. Agora eu lembrava uma discussão que tivemos sobre política. Richardson dissera que não apoiava nenhuma ideia comunista. Será que informara ao FBI sobre o episódio das calcinhas? Tudo era possível num mundo que vinha se despedaçando.

Decidi confrontá-lo. Ele estava ajoelhado junto às dálias, escavando bulbos. Com o pretexto de esvaziar a lixeira, fui até o incinerador. Richardson ergueu a cabeça e acenou com sua luva enlameada.

— Faz tempo que não te vejo — disse ele.

— Trabalhando.

— Também trabalha à noite?

— Às vezes.

— É tudo mais tranquilo à noite — disse ele. — Quando não há ninguém por perto.

Aquilo deixava tudo claro. Richardson suspeitava de algo. A situação era insustentável. Uma ideia me veio em mente: deixar a cidade antes que o caso viesse à tona.

Um telefonema de meu agente simplificou as coisas. Tinha um trabalho na Paramount. Ele enviaria o roteiro por correio. Respondi que aceitava o trabalho, que tinha gostado do roteiro mesmo sem o ler. Havia uma garantia de dez semanas. Prometi me apresentar na segunda-feira de manhã.

— E me deixar sozinha nessa casa assombrada? — disse minha mulher.

Fiquei chocado.

— Pensei que já tivesse superado essa bobagem.

— Não vou ficar aqui sozinha.

Tentei salientar os efeitos saudáveis de uma breve folga entre marido e mulher: um período de reflexão sobre o passado e de resoluções ambiciosas para o futuro. Além disso, havia o custo desnecessário de manter duas pessoas em Hollywood.

— Não vou ficar aqui sozinha nesta casa.

Lembrei a ela que era nossa casa, nossa pedra fundamental fixada na terra. O gramado, as rosas, as árvores que tanto amávamos: essas eram as responsabilidades ancestrais da esposa quando o marido partia pela floresta em busca de alimento.

— Não vai a Hollywood sem mim.

Ela telefonou para uma agência imobiliária, oferecendo a casa em aluguel a curto prazo. Na manhã seguinte, o sr. e a sra. Aidlin nos ligaram. Eram de Berkeley. O sr. Aidlin trabalhava como engenheiro para a Divisão Estadual Rodoviária, que estava construindo uma nova via expressa rumo a Marysville. Por meses, os Aidlins moraram em hotéis e motéis de estrada. Estavam desesperados à procura de uma acomodação decente.

Os dois estavam ali, em nossa sala de estar coberta por estampas de samambaias. Os olhos grandes e tristes da sra. Aidlin transbordavam de angústia e ela se agarrava ao braço do marido. Eles queriam a casa sob quaisquer circunstâncias, independentemente da duração, fosse por uma semana ou um ano.

— Mas vocês nem a viram — disse minha mulher. — Não acham que deveriam dar uma olhada antes?

A sra. Aidlin se recusou a dar um passo sequer. Estava perfeitamente satisfeita. Levei o sr. Aidlin ao andar de cima. Ele estava perto dos cinquenta anos, era alto, grisalho e parecia cansado. Espiou o quarto da frente. Colocou a cabeça para dentro do banheiro e assentiu. Depois, percorreu o corredor até chegar ao meu quarto. Ficou parado no meio de um tapete vinho e de um momento a outro deixou qualquer restrição de lado.

— Ó céus! — disse ele. — Um quarto só para mim.

Ele se jogou na poltrona de leitura ao lado da janela, desabotoou o colarinho e abriu bem as pernas.

— Ó céus! — repetia. — Ó céus! Ó céus!

Tomamos alguns tragos de bourbon e descemos. A sra. Aidlin e minha mulher tomavam chá na cozinha. Os Aidlins eram pessoas simpáticas e genuínas. O desejo que tinham de alugar a casa foi nossa sorte. Prometeram solenemente que partiriam depois de dez semanas. Acompanhamos o casal ao carro e nos despedimos. No sábado à noite, eles nos levaram à estação ferroviária. Dei as chaves de casa ao sr. Aidlin e disse a ele para terminar o bourbon. Embarcamos no trem para Los Angeles e eles tomaram o caminho de volta à Rua da Harmonia.

A *Tribuna de Roseville* era encaminhada ao nosso hotel em Los Angeles e eu seguia todos os assuntos. Foi só na oitava semana de nossa estada que encontrei na capa da *Tribuna* a notícia que procurava: falava da captura do ladrão de calcinhas. A polícia de Roseville agarrara o sujeito debaixo de uma ponte ferroviária, próximo à biblioteca pública. Trinta calcinhas sortidas foram encontradas em meio a seu saco de dormir. Após um rápido julgamento, o homem foi condenado a uma semana na cadeia municipal e depois o expulsaram da cidade.

Alguns dias mais tarde, a *Tribuna* noticiou a morte do sr. Aidlin. Tinha sucumbido a um ataque cardíaco enquanto dormia. Não mantivemos qualquer tipo de contato com os Aidlin, então a notícia de sua morte foi um choque para nós. Minha mulher enviou um cartão de condolência e a sra. Aidlin nos respondeu por meio de um bilhete curto, expressando sua vontade de deixar a casa e voltar a morar com a família em Berkeley.

Evitamos cuidadosamente tocar no assunto, mas não havia como negar o que se tratava de simples aritmética. O sr. Aidlin era a terceira pessoa a sair diretamente da nossa casa para o necrotério. Lembrei aquele primeiro dia em meu quarto, quando abriu as pernas e olhou ao redor, contente. Morrera durante o sono, o que quer dizer que morreu em meu quarto, na minha cama. Eu estava triste pela sra. Aidlin, mas não me agradava o fato de que tivesse morrido em minha cama.

Agora que a sra. Aidlin estava de partida, alguém teria que cuidar da casa. A mãe de minha mulher estava doente e meu irmão, fora da cidade. Sobrava o Velho. Mas ainda havia mais de cem galões de vinho no porão.

— Volto eu — disse minha mulher.

Ela tomou um avião à tarde. Uma semana depois, conforme combinado com o estúdio, também voltei a Roseville. Levamos as malas até meu quarto, ela sentou na cama e me fez um relatório. Conversara com a sra. Aidlin poucos minutos antes que a pobre infeliz retornasse a Berkeley. Aparentemente, Aidlin nunca estivera doente antes do ocorrido. Quando seu despertador continuou a soar naquela manhã, a sra. Aidlin o encontrou ali, com um livro no colo.

Estava por vir. Eu sabia que estava por vir. Naquela noite, quando me deitei na cama, as coisas começaram a acontecer. Ouvi o despertador tocar. Ouvi passos lá embaixo. Ouvi alguém rastejando no sótão. Estava deitado na cama onde um homem morrera, sentia a curvatura do colchão que seu corpo pressionara e encarava o teto, que foi a última coisa que ele viu neste mundo. Virei a cama. Coloquei o travesseiro no pé da cama e dormi com os pés na cabeceira. Não adiantava. Tentei dormir na poltrona, mas a imaginação se apoderou de mim e me lembrei de Aidlin sentado ali. Levantei e fiz a cama no chão. Aqui nesse quarto ele tinha morrido, assim como morrera também Edward Coffin e aqui talvez eu viesse a morrer também. Por uma semana tentei lutar, mas as coisas só pioravam. Quando vi, em meio à escuridão, Edward Coffin e Aidlin sentados no olmo diante da janela, não aguentei mais.

Peguei um punhado de cobertas e desci até o sofá do meu escritório. Ali, toda minha imaginação arrefeceu e consegui dormir bem. Acordei sentindo-me forte e revigorado, pronto para trabalhar. No café da manhã, disse à minha mulher que tinha mudado de quarto. A partir daquele instante, dormiria no escritório.

— Não consigo dormir lá em cima. Continuo a pensar em Aidlin.

— Mas o sr. Aidlin não morreu lá em cima — disse minha mulher. — Ele morreu no sofá do seu escritório.

Vendemos a casa e voltamos a Los Angeles.

O SONHO DE MAMA

Mama Andrilli estava sentada à mesa da cozinha, preparando o almoço. O sol quente e branco do Vale do Sacramento entrava pelas janelas voltadas para o sul — enormes cascatas de raios solares, que se derramavam sobre o piso de linóleo vermelho onde dormiam os gatos de papa, Philomina e Constanza. Eram dois machos, mas papa achava que os gatos só tinham um sexo.

Em menos de uma hora ele voltaria do trabalho. Estava agora com setenta anos, e pior que nunca. A não ser pelo enfraquecimento da visão, continuava a assentar tijolos e pedras com a velocidade de um jovem pedreiro. Mas os anos — mesmo que ele blasfemasse o contrário — haviam cobrado seu preço e, àquela altura, mama deixara para trás qualquer esperança de uma velhice tranquila.

Quando uma pessoa chega aos setenta, você pensa que ela ficará mais dócil. Mas não: os últimos dez anos, com os três filhos casados e morando sozinhos, foram os piores. Papa nunca mais amoleceria e se tornaria mais amável. Até seu último respiro, continuaria a se enfurecer e a gritar, com mama sempre ali, paciente até o fim. Fora assim por quarenta anos e agora mama tinha sessenta e oito, cabelos brancos e uma dor agonizante que às vezes tornava suas mãos murchas. Papa ainda tinha o bigode ruivo e só alguns poucos fios grisalhos nas têmporas. Ainda batia no peito com golpes furiosos quando suplicava a Deus que o abatesse e o levasse daquele vale de labuta. Anos atrás, quando era jovem e forte, mama se reconfortava ao pensar que, assim que os filhos crescessem, poderia deixar seu marido barulhento. Aquela ideia era como uma minúscula joia, que guardava em segredo. Mas agora estava perdida, largada em algum bule do passado, e mama a esquecera.

Sobre a mesa havia uma tigela de pimentões, verdes e bojudos. Mama os cortava em tiras para fritar e pensava novamente no sonho da noite anterior. Papa dormira mal, com os rins a lhe atormentar, fazendo-o levantar da cama meia dúzia de vezes. Como sempre, culpou mama. Faltavam pimentões na sua dieta. Papa era uma espécie de curandeiro primitivo, com alguns conceitos italianos antigos sobre os alimentos. Você comia peixe por causa do cérebro, queijo para os dentes, berinjela para o sangue, feijões para o intestino, pão para os músculos, chicória para os nervos, alho para purificar, azeite de oliva para dar força e pimentões para os rins. Sem isso, o sujeito logo entrava em decadência.

Por uma semana, ele exigiu pimentões sem ser atendido. Aquele era o resultado. Quando desabou seu corpo cansado ao lado dela, acusou-a de tentar destruí-lo, privando-o deliberadamente de pimentões para que seus rins adoecessem, um mal que acometera seu primo Rocco aos trinta e cinco anos de idade, encerrando a carreira do homem que produzia o melhor vinho zinfandel da Califórnia.

O sonho veio em seguida, produto de um sono interrompido, lúcida em meio aos resmungos do marido. Nele, mama se viu nua no acostamento da Highway 99 e um carro que se aproximava a toda velocidade. Nick, o filho mais velho, dirigia o veículo. No banco ao lado estava sua esposa, Hild. Ela ria histericamente ao assoar o nariz num pedaço grande de renda. Apesar da nudez e de toda a vergonha, mama não conseguia deixar de notar, horrorizada, que a renda era uma sobrepeliz de coroinha. Hild jogou a sobrepeliz pela janela do carro, Nick buzinou alucinadamente e a veste voou até chegar a mama. Naquele instante, o automóvel despencou de um precipício e Nick gritou: — Mama, mama.

Assustada e lembrando repentinamente sua nudez, mama fugiu, cobrindo-se com a sobrepeliz. Suas costas permaneciam expostas e reluziam ao luar, enquanto ela corria por um campo. Em pouco tempo chegou a um cemitério, onde um serviço funerário estava em andamento. Dentro do caixão que descia para a terra, viu o filho Nick. O caixão estava aberto, mas Nick não estava morto. Estava ajoelhado diante de uma máquina de escrever e seus dedos digitavam uma mensagem num papel amarelo da Western Union. A mensagem dizia: *Não querem me dar a unção final.* Mama começou a gritar por um padre e as pessoas de luto em torno do túmulo viraram-se, irritados, para olhar para ela. Uma vez mais ela se lembrou da nudez e escapou, envergonhada, com as costas brilhando como um diamante à luz da lua. Ali acabava o sonho.

Mama cortou o último dos pimentões e refletiu sobre o significado do sonho. Era uma mulher solitária e seus sonhos a fascinavam. Ela não acreditava em sonhos, pois a igreja a proibia, mas tinha um desejo de acreditar e ficava maravilhada com seus encantos.

Ela compreendera a parte de Nick diante da máquina de escrever, pois o filho era escritor. A sobrepeliz representava a juventude de Nick, quando foi coroinha. A atitude repugnante e sacrílega da nora assoando o nariz na veste de renda simbolizava o fato de Nick ter se casado com uma moça protestante. Já quanto ao funeral, mama não ousava fazer qualquer especulação. Podia significar que Nick havia morrido em Los Angeles, assim como outros sonhos envolvendo caixões pressagiaram as mortes de sua mãe e de seu pai, do irmão Gino e da irmã Cathy. O telegrama, obviamente, era uma notícia ruim. Mama sempre detestou sonhar com telegramas. Mas a parte mais confusa do sonho era sua própria nudez. Fazia dez anos que mama tinha sonhos onde caminhava pelos campos sem um só pedaço de pano para cobri-la, o que a deixava completamente estupefata. Por um tempo, achou que se tratava de uma gripe que estava por vir. Fortaleceu-se com aspirinas e passou a vestir um suéter a mais, mas a gripe jamais se materializava e ela acabava ainda mais confusa.

Os pimentões estavam todos cortados, prontos para serem fritos. Mama colocou a panela de Cathy sobre o fogareiro e acendeu a chama. A panela de Cathy não era uma panela, nem tampouco era de Cathy. Tratava-se de uma pesada frigideira de ferro que a irmã de mama, Cathy, lhe dera de presente de casamento quarenta anos atrás e ainda assim, com o passar dos anos, continuou a ser conhecida como a panela de Cathy. A casinha de mama era cheia de coisas descritas de tal maneira. Os anos de sacrifício na vida de mama Andrilli tinham removido do seu caráter qualquer sentido de posse. Vivendo com ela, tinha-se a falsa impressão de que tudo lhe fora emprestado.

Na verdade, todos os objetos da casa eram dela. Muitos foram presentes dos filhos, irmãos e irmãs. Não havia qualquer tipo de vínculo adicional a esses presentes, todos pertenciam exclusivamente a ela, mas mama Andrilli há muito perdera qualquer sentido de posse. Assim sendo, o bangalô de três cômodos abrigava o rádio de Nick, os lençóis de Stella, as toalhas de Mike, os abajures de Ralph, a cafeteira de Rosie, o vestido de Tony, os sapatos de Bettina e o roupão de Vito. Havia ainda a maleta de Mike, o jogo de mesa de Nettie, os pratos de Joe e os tapetes de Angelo. Uma omissão notável era a de qualquer objeto pertencente a papa, exceto, é claro, o café da manhã de *papa*, as roupas sujas de papa, o picadinho de papa. Mas estas não eram propriedades concretas. Eram coisas que mama tinha de fazer.

E agora, os pimentões de papa. Tinham de ser preparados com uma precisão solene. Ainda que mama fosse a única a cozinhar e tivesse excelente domínio da culinária napolitana, papa fizera com que ela mudasse suas técnicas para que melhor se adaptassem a seus gostos com origem nos Abruzos. A diferença era uma questão de quantidade. Quando mama usava um dente de alho, ele queria dois. Que ela cortava agora, jogando os pedacinhos no azeite de oliva quente dentro da panela de Cathy. Acrescentou manjericão e alecrim, temperando o azeite com extrema atenção. Passados quarenta anos, papa ainda experimentava a comida preparada pela mulher com enorme suspeita, desconfiado de que ela pudesse misturar algum ingrediente intragável que o deixasse de cama.

Um chiado enfurecido veio da panela quando ela jogou os pimentões no azeite quente. Protegendo o rosto, viu os gatos se levantarem, arqueando as costas e sibilando como serpentes. Philomina e Constanza sabiam que mama vinha perdendo a audição e sempre assumiam aquela posição hostil para avisá-la de que havia alguém na porta da frente.

Era o homem da Western Union. Era tão agourento quanto o anjo da morte, e ela o encarou com o rosto subitamente pálido quando disse: — Telegrama para o sr. Andrilli.

Ele abriu a tela e empurrou o envelope amarelo na direção dela, que se recusou a aceitá-lo. Seu braço era incapaz de alcançar a missiva, tão simbólica da morte em família. A lembrança de todos os telegramas passados bloqueava os reflexos do braço e ela ficou ali, parada, com os olhos esbugalhados, enquanto os gatos assustados se esfregavam em suas pernas e sibilavam de ódio contra o homem na varanda. Até que finalmente ele jogou o telegrama nas mãos dela que, enfraquecida, o aceitou.

Dava para ver alguns outros telegramas dentro do chapéu e, enquanto o homem se afastava, mama pensou em quantos mais além de Nick tinham subitamente encontrado seu Deus. Nick! Seu Nicola, seu primogênito. Agora ela sabia o que significava o sonho da noite anterior. Seu filho estava morto. Ela se arrastou até a mesa da cozinha e começou a chorar, deixando escapar um pranto profundo que só a morte pode provocar. O telegrama amassado caiu como uma bola no chão e os gatos começaram a brincar com ele.

Trinta minutos depois, papa Andrilli entrou no quintal pelo beco dos fundos e sentiu o cheiro de pimentões queimados. Vestia um chapéu de feltro castigado, uma camisa bege e calças. Estava todo sujo de argamassa cinza, tendo apenas descido do andaime após passar a manhã assentando tijolos.

Suas narinas se dilataram diante daquele cheiro. Sentindo já o gosto do almoço queimado, bateu o portão com força e subiu irritado os degraus da varanda.

A cozinha estava tomada por uma nuvem negra. À mesa, sua mulher chorava sem dar importância à fumaça sufocante. Ele rapidamente desligou a chama onde estava a frigideira. Os pimentões estavam pretos e murchos, mas a aparência trágica do rosto de mama Andrilli fez sua raiva arrefecer.

— O que aconteceu? — perguntou ele.

O queixo dela tremia e a torrente que jorrava de seus olhos o deixou assustado. Seus próprios olhos começaram a arder, enquanto se obrigava a manter a calma e pegava a cadeira diante dela. Os dois estavam ali, sentados em meio àquela densa cortina de fumaça, e ele retorcia os dedos grossos e calejados, preparando-se para o pior.

— O que foi, *moglie mia*? — perguntou outra vez. — Conte ao seu marido qual é o problema.

— Nosso Nicola.

Soava como algo terrível. Quando tinha algum problema era chamado de Nicola, se não era simplesmente Nick.

— O que ele aprontou agora?

— O telegrama. Ele morreu.

Papa procurou pelo telegrama, mas sua visão estava turva de lágrimas, provocadas pelo choque das palavras ditas pela mulher. O papel amassado rolava de um lado para o outro pelo chão liso, perseguido pelos gatos. Ele se levantou para apanhá-lo, mas não tinha coragem de ler. Tudo o que podia fazer era permanecer sentado diante da mulher, entorpecido pela dor que lhe acometia a alma. Diante de uma nova explosão de choro de mama, porém, ele projetou o queixo para frente e decidiu ser forte.

Disse uma vez mais a si mesmo que chorar era coisa de mulher, mas a dor em seu peito era enorme quando abriu as janelas para deixar a fumaça sair. Como um objeto de mau agouro, o telegrama ia de um lado para o outro da cozinha, enquanto os gatos o agarravam e rosnavam um para o outro. Mama Andrilli tremia, com o rosto enterrado nas mãos. Entristecido, ele deu as costas para ela, tentando confortá-la. Mas Italo Andrilli não tinha qualquer familiaridade com as emoções nem tampouco havia alguma vez demonstrado sensibilidade.

Envergonhado por sua falta de tato, ele abriu a porta da geladeira e pegou uma garrafa de vinho tinto. Bebeu apressado e desesperado, sentindo o choque do vinho frio atravessar a garganta enquanto lembrava do rosto do filho, de suas mãos e pés. Não existia outra pessoa como Nick, morto antes da hora, seu primogênito e filho favorito. Havia até mesmo um toque de genialidade em Nick, o escritor, com seus livros, suas ideias malucas e seu jeito irresponsável de gastar dinheiro. Papa Andrilli nem sempre aprovara tudo que saía nos livros do filho, como os episódios sobre a própria família e os amigos. O tema de um dos livros de Nick o deixara enfurecido, uma história de infidelidade envolvendo um pedreiro italiano e sua mulher. Apesar de haver uma parcela considerável de verdade na narrativa, ele rasgou o livro ao meio e o queimou, pensando até em processar o filho. Mas aquilo tudo ficara no passado; tudo estava perdoado agora, perdoado e esquecido. Fosse por algo bom ou ruim, nem todos tinham o privilégio de serem imortalizados em livros por seus filhos.

Mas a morte de Nick acabava de vez com uma das grandes vontades que Italo Andrilli tinha para seus últimos dias.

Relembrando-a, papa foi à sua mesa na sala de estar e pegou algumas plantas de construção. Tinha feito esses rascunhos a lápis em rolos de papel de desenho. Ele colocou a garrafa de vinho sobre a mesa e desenrolou as plantas. Ali, desenhado em linhas negras nítidas, estava o projeto que fizera para uma casa para Nick e a mulher. Trabalhara naquela planta durante semanas, quando tinha tempo, esperando mostrá-la ao filho quando voltasse a Sacramento.

Papa examinou os papéis e chorou amargurado, ouvindo os gemidos lamuriosos da mulher vindo da cozinha. Emborcando mais vinho, papa chorava desavergonhadamente. Mas sua dor estava impregnada de uma indignação cada vez maior. Não era certo que Nick morresse tão jovem. Ninguém deveria ser levado aos trinta e sete anos, nem mesmo uma pessoa má, e Nick era bom. Com os punhos levantados para os céus, papa gritou para seu Deus e exigiu uma explicação para aquela terrível tragédia. Os dedos sujos de argamassa agarraram os esboços, rasgando-os em pedaços enquanto chorava copiosamente.

Do beco, ouviu-se o chacoalhar e o ronco de um motor. Apenas um carro em Sacramento fazia aquele barulho: o de seu filho, Tony.

Dois anos mais jovem que Nick, Tony tinha um temperamento incendiário como seus cabelos ruivos. Também trabalhava como pedreiro, depois de um período de aprendizado com o pai. Os dois trabalhavam juntos, numa sociedade tempestuosa, na qual não conseguiam concordar nem sobre as questões mais insignificantes. Ao contrário de Nick ou Vito, Tony enfrentava papa de igual para igual em discussões que muitas vezes acabavam em bordoadas. Apesar de seus setenta anos, papa ainda tinha forças para enfrentar um filho com metade da sua idade, mas não sem um porrete ou uma espátula para se defender.

Tony se casara aos dezessete anos e logo depois pedira o divórcio. Aquilo virou um padrão em sua vida: estava agora com sua quarta mulher. Era um homem de um ciúme intenso, cheio de insegurança em relação às esposas. Trabalhava muito e jamais ficava satisfeito em fazer as coisas de qualquer maneira. Vivia sempre precisando de dinheiro, tendo uma integridade incorrigível num ramo em que a rapidez e os embustes eram as medidas do sucesso.

Tony e a atual mulher viviam num hotel ali perto, uma vez que ele sempre matutava um jeito de estar o mais próximo possível da cozinha da mãe. Sua vontade de comer os pratos italianos com os quais crescera o levavam à casa para, no mínimo, uma refeição por dia, mas mama Andrilli jamais sabia quando apareceria e ele ficava furioso quando lhe perguntavam.

Quando Tony abriu a porta da cozinha, mama se levantou soltando um grito tão dolorido que o fez parar na metade do caminho. Ela se jogou na direção dele, com os cabelos soltos das tranças e o rosto inchado de tanto chorar. Agarrou o filho com uma força descomunal, passando as mãos em seu pescoço, enquanto a boca torturada pregava beijos em sua garganta e depois nas mãos, ao mesmo tempo em que ele tentava se desvencilhar para saber o motivo de toda aquela histeria. Gritando e escorregando no piso de linóleo encerado, foi necessária toda sua força para que ele se desprendesse das mãos que lhe agarravam a nuca.

— O que aconteceu? — gritou ele. Sentiu então o cheiro dos pimentões queimados e viu a cozinha ainda coberta de fumaça. — Pelo amor de Deus, o que está acontecendo aqui?

De uma hora para outra, mama se acalmou e se apoiou no braço do filho, que a levou de volta à cadeira. Ele soprava o rosto dela e a abanava com as mãos agitadas. Ela estava de olhos fechados, com o queixo sobre o peito.

— Mama — suplicou. — Oh, mama. Por favor.

Ela abriu os olhos e recomeçou a chorar. *Papa* veio cambaleando da sala de estar. Com os olhos vermelhos, apoiou-se na porta com a garrafa de vinho quase vazia pendendo da mão.

— Ah, então é isso — concluiu Tony. Atravessou a cozinha num instante e agarrou o colarinho de papa, sacudindo-o. — O que você fez com a minha mãe? — vociferou. — Seu velho bêbado.

Aquilo magoou papa. Ele cobriu os olhos e choramingou. Tony o soltou. Perplexo, olhou de um para o outro. Aquela confusão toda era mais do que podia suportar. Prendeu o polegar com os dentes e socou a própria cabeça com força, depois a mandíbula, depois as têmporas, disparando golpes que deixaram seu rosto avermelhado. Quando se acalmou, caiu de joelhos diante de mama Andrilli. Acariciou a mãe com leveza.

— Mama, me diga. O que aconteceu?

Ela se ajeitou na cadeira, ofegante, incapaz de dizer uma só palavra.

— É Nick — interveio papa. — Seu irmão.

— Ele está doente?

Mama se jogou sobre a mesa e começou a chorar novamente. Os lábios de papa tremiam, mas ele não conseguia dizer mais nada. Tony esperou até que mama retomasse o controle. Ela cruzou os braços sobre o peito, segurando os ombros com as mãos, e falou num tom cuidadoso, com os olhos voltados para o céu.

— Ontem à noite eu tive um sonho — começou ela. — Ali estava o meu Nick, dentro do caixão, com sua máquina de escrever...

Tony prontamente se colocou de pé, mordeu o polegar e começou a se estapear outra vez.

— Sonhos! — gritou. — Sempre sonhos. O que me importam seus sonhos? Quero saber o que aconteceu. Nick está bem? Está vivo, morto, na cadeia ou o quê?

Mas mama continuou falando no mesmo tom pesaroso.

— E então o telegrama chegou.

— Telegrama? Que telegrama?

Olharam ao redor. O telegrama não estava à vista. Tony se pôs de joelhos a procurar debaixo do fogão. Um dos gatos estava brincando com o telegrama amassado. Tony jogou o animal de lado e pegou a bola amarela.

— Ué — disse ele —, nem o abriram ainda?

— Não abra, Tony — implorou mama. — Oh, por Deus que está lá no Céu, não leia!

Tony rasgou o envelope e leu a mensagem em voz alta. Leu com consternação, raiva e horror.

Dizia: *Chegando amanhã. Preparem ravióli. Amor e beijos. Nick.*

Por um instante, todos ficaram em silêncio. Depois, mama soltou um gemido longo e lancinante. Jogou os braços e a cabeça para trás e deixou o som vir do fundo da garganta. Até os gatos se assustaram, arqueando as costas.

— Louvado seja Deus! — gritou mama. — Muito obrigada, ó Nosso Senhor Abençoado! por esse milagre dos Céus.

Papa suspirou e sorriu, contente, mas a aversão de Tony não podia ser expressa em palavras. Exausto, desabou numa cadeira e começou a puxar metodicamente os cabelos ruivos.

O rosto de mama brilhava de alegria, mas ainda estava inchado de tanto chorar. Vendo-a daquele jeito, Tony desviou o olhar com uma expressão de náusea e dor.

— Faz alguma coisa para eu comer — disse ele.

Papa Andrilli esvaziou a garrafa de vinho e examinou o telegrama, espremendo os olhos por causa do brilho do sol. O sangue lhe voltou às bochechas e ao nariz e a raiva foi controlada.

— Ele é louco — disse papa, amassando o telegrama. — Nunca teve cabeça.

— Qual seu problema agora? — perguntou Tony.

— Ele — disse papa, sacudindo o telegrama. — Escrevendo esses livros, esses telegramas, fazendo as pessoas morrerem de susto. Quem ele pensa que é para enviar um telegrama?

— E por que não?

Papa foi até a janela e olhou para a figueira, onde os jovens frutos eram menores que bolas de gude. O vinho fizera efeito com mais rapidez por causa do calor. Balançou a cabeça, confuso.

— O que está acontecendo com o mundo? — perguntou à figueira. — Telegramas, guerra, hambúrgueres que custam dois dólares o quilo. Quando eu era um menino, trabalhava por uma lira por semana. Nunca recebi qualquer telegrama naqueles tempos. Também nunca mandei nenhum. Uma lira por semana, era o que eu recebia.

— Na última vez que disse isso, era uma lira por dia — disse Tony.

— Vamos beber um copo de vinho — disse papa.

Ele abriu o alçapão próximo ao fogão e o ar frio e bolorento vindo do porão entrou pela cozinha. Ele desceu os degraus e Tony ouviu o vinho gorgolejar da torneira. Num instante, papa estava de volta e as gotas rubis do vinho reluziam à luz do sol.

Beberam em silêncio, pai e filho. Mama jogou novas tiras de pimentão na panela de Cathy e o aroma de alho, alecrim e azeite de oliva impregnou a cozinha. Papa pegou uma bola de queijo de cabra da geladeira e cortou grossas fatias de pão. Sentados, beberam em silêncio, pensando em Nick.

OS PECADOS DA MÃE

O jantar foi servido. Donna Martino, grande e ameaçadora, sentou-se à cabeceira da mesa. A cadeira rangeu em protesto. Rosa e Stella estavam à sua direita, Bettina à esquerda. Papa Martino estava em seu devido lugar, ao pé da mesa. Havia ainda um lugar para a outra, mas ela ainda estava no andar de cima. O barulho dos saltos que vinha do teto fez Bettina soltar uma risadinha.

— *Calaboca*! — berrou Donna Martino.

Papa estremeceu. Abaixando a cabeça, tateou sem olhar em busca de um copo de vinho. Sentia a fúria que vinha dos olhos negros de sua mulher. Papa sabia bem o que se passava na mente de Donna Martino — como ela odiava a mansidão dele, desprezava sua docilidade e o culpava por conspirar com aquela lá de cima —, aquela Carlotta, a traidora, a filha mais estranha de todas.

Com os lábios salientes, Donna manteve o olhar sobre papa Martino ao colocar o assado diante de si. Com os dentes cerrados, pegou a faca de carne e o afiador. Com uma intensidade bestial, esfolou a faca contra o metal até voarem faíscas. Papa Martino colocou os dedos finos e delicados na garganta.

Então, finalmente acontecera. As profecias agourentas de Donna Martino se tornaram realidade e os pecados de um pai caprichoso tinham marcado uma de suas filhas.

As outras, graças ao bom Deus no Céu, foram beneficiadas pelos erros da mãe. *Elas* não tinham se casado com um pobre alfaiate como papa. Rosa era a mulher do dr. Faustino, um dos melhores dentistas de Denver. O marido de Stella era dono de quatro drogarias. E Bettina, a mais astuta de todas, se casara com Harvey Crane, a quem os jornais apontavam como futuro governador do estado.

As filhas estavam agora todas juntas numa fatídica reunião. Donna Martino as convocara, mandando que viessem sem os maridos. Se havia alguma dúvida de que aquele conclave familiar dizia respeito àquela lá em cima, a cadeira vazia de Carlotta dizia tudo. E elas estavam contentes — Rosa, Stella e Bettina —, com os olhos brilhando de expectativa.

Aquela Carlotta! Desde a infância ela promovera uma guerra velada contra elas, contra mama, com uma hostilidade não declarada contra seu modo de pensar, seus amigos, suas ambições. Mas elas tinham sido filhas obedientes, curvando-se à vontade soberana de Donna Martino, alcançando os objetivos estabelecidos por ela.

— Lembrem-se do que aconteceu comigo — dissera ela um milhão de vezes. — Lembrem-se e escolham um bom marido.

É verdade, a vida não foi fácil para Donna Martino. De certa forma, Giovanni a enganara. Se soubesse o que a esperava, talvez tivesse ficado na Sicília e passado a vida em sua terra natal. Mas, trinta e cinco anos antes, Giovanni Martino ficara noivo de Donna e chegara à América sozinho para construir um lar para ele e a futura mulher. Ah, aquele patife! E também era bonito, com dentes da cor de uma lua branca e ideias sedutoras como um sonho.

Ela não tornou a vê-lo por cinco anos. Cinco anos — uma carta por semana, cinquenta e duas cartas por ano de seu prometido marido, vindas de Nova York. Um verdadeiro pirata de corações era ele, descrevendo suas vastas pilhas de dinheiro, a casa magnífica que preparara para ela, a liberdade e a alegria fabulosas da América — estava tudo ali nas cartas, que ela ainda lia vez ou outra para confortar seu coração desiludido e reafirmar a si mesma a esperteza desavergonhada dele.

Bem, ela finalmente acabou indo para a América um ano depois do armistício. Chegou totalmente submissa, ansiosa para se jogar aos pés do conquistador Giovanni.

Mamma mia! Que calhorda! Quando o encontrou, ele vivia, ainda que mal estivesse vivo, num quarto alugado numa casa de família em Mulberry Street. Toda sua riqueza cabia em duas malas. As histórias do príncipe mercante, os milhares de dólares no banco... tudo fruto da imaginação de um pretendente solitário, cujos cabelos negros da cor do carvão tinham acinzentado nos cinco anos de labuta passados no mundo dos panos e das agulhas, cujos olhos escuros cobiçavam uma garota que simbolizava sua Sicília natal, onde o mar azul e calmo beijava os limoeiros.

Sufocando a dor, ela se casou com ele mesmo assim. O que mais poderia fazer? Ele vinha sofrendo de uma tosse alarmante, com febre toda tarde, e seu coração estava partido. Pouco lembrava o jovem Marco Polo de cinco anos antes. Ela se casou com uma lembrança. Ele conseguira economizar algumas centenas de dólares e, por causa da recomendação do médico para morarem numa cidade na altitude, mudaram-se para Denver.

Aquilo foi há quase trinta anos. Trinta anos, quatro filhas e Giovanni. Pois, à sua própria maneira, papa Martino era mais um menino que um homem. O ar da montanha rapidamente restabeleceu sua saúde, mas ele jamais se recuperou da devastação daqueles péssimos anos em Nova York.

Era um bom alfaiate. Sua lojinha ficava a poucos quarteirões da velha casa de tijolos que conseguira comprar com seus ganhos. Ano após ano, costurava para os clientes habituais, seus *paesani*. A alfaiataria se tornou um ponto de encontro para os italianos da velha guarda. Reuniam-se ali para jogar xadrez e bisca e para discutir o curso da história.

Mas, para Donna Martino, papa tinha fracassado completamente. De tempos em tempos, invadia a alfaiataria, botando para fora aqueles diletos vagabundos, gritando e os ameaçando com a vassoura, enquanto eles se dispersavam. Ela conhecia cada detalhe do negócio, cada rolo de tecido e cada carretel de linha. Às vezes, para garantir que um trabalho fosse entregue no prazo, colocava-se numa cadeira à frente da mesa de trabalho de papa, observando-o com os olhos grandes e ameaçadores, como se o desafiasse a perder um só instante. *Si, si*, sem Donna Martino o negócio de papa teria falido.

Mas ele era um amante nobre, aquele Giovanni, dócil e solitário, sempre em busca de seus limoeiros perdidos da Sicília, que encontrava floridos e desabrochados no perfumado abraço da mulher. E quando estavam juntos, a perspicácia e a astúcia dos velhos tempos o faziam zombar dela, que voltava a ser a bela e tímida criatura de quem ele recordava sob a luz do mar Mediterrâneo.

Papa Martino era um desconhecido para suas filhas. Desorientado pelos deveres da paternidade, ele vivia num mundo distante dos problemas dos jovens. Aceitava a paternidade como a vontade de Deus. Fora isso, não tinha qualquer participação ativa.

Donna Martino tomara conta de tudo — foi ela quem as colocou no mundo, as batizou, cuidou quando estavam doentes, as botou na escola, distribuía a mesada e as aconselhava da melhor maneira que podia sobre os problemas misteriosos da infância e da juventude. Não, não tinha sido fácil para Donna Martino. A América não era um vilarejo siciliano. Os costumes eram diversos, a língua, nova e contumaz. Papa não a ajudava com os infinitos dilemas levantados pelas quatro filhas.

O fato de que três de suas filhas hoje estavam casadas intrigava o velho. Fechando os olhos, se esforçou para lembrar quando elas entraram na idade adulta. O processo fora tão imperceptível que ele não lembrava as diferentes fases. E ainda assim elas amadureceram, uma a uma, ganharam maridos e se mudaram para novas casas. Ele não sabia coisa alguma sobre seus genros e tampouco se importava. Era especialmente na hora das refeições, ao redor da grande mesa de carvalho, que notava a ausência das filhas. E, à medida que iam embora, mama se colocava à mesa, com o rosto cheio de melancolia, determinada a não chorar, ainda que as lágrimas incontroláveis escorressem por seu rosto. Só então papa se dava conta de que outra das meninas se fora. Primeiro Stella, depois Rosa e Bettina, tudo em quatro anos.

Só sobrara Carlotta. Se o velho homem tinha uma filha preferida, essa era Carlotta. Ela era como Donna Martino trinta anos antes, alta, corajosa e bela, com o ímpeto implacável de mama. Tinha a mesma impaciência de Donna Martino quanto à letargia do pai, mas a controlava muito melhor Mama berrava com ele por beber muito vinho, só que Carlotta o beijava antes de levar a garrafa embora.

Donna agora era uma mulher pesada, cheia de reumatismo. Não conseguia mais caminhar até a alfaiataria de papa e os *paesani* tomaram o controle, chegando a manter três partidas de bisca em andamento simultaneamente. Mas Carlotta agora cuidava das vendas e ia à lojinha todo dia. Não chegava como uma bruxa enfurecida, sacudindo uma vassoura. Chegava com as bochechas rosadas de caminhar, sorrindo para os companheiros de Giovanni. Fazia brincadeiras com Angelo. Perguntava sobre a saúde da mulher de Pasquale. Melhor ainda, tirava o casaco e ajudava papa com o trabalho. Não podia fazer muito, mas Giovanni adorava tê-la ali, falando sobre uma centena de assuntos, principalmente sobre sua mocidade na Sicília. Em pouco tempo, os *paesani* iam embora e ele voltava a trabalhar duro.

A crise na família Martino teve início três meses antes na alfaiataria de Giovanni. Papa lembrava bem do episódio, por causa do caminhão, um enorme veículo a diesel, cujo motor roncava alto ao parar diante da loja. Caminhões daquele tamanho raramente apareciam na ruazinha tranquila e o entusiasmo interrompeu a partida de bisca. Giovanni e os amigos correram para fora para examinar aquele monstro vermelho.

O rapaz sério que dirigia a jamanta emergiu da cabine como se acabasse de se livrar de uma árdua tarefa, arfando numa série de suspiros enquanto tirava as luvas de couro e massageava as têmporas. Parecia muito cansado. Começou a inspecionar o veículo, caminhando lentamente ao seu redor, chutando de vez em quando um dos dez enormes pneus. Os *paesani* assistiam a tudo em silêncio. Naquele momento, chegou Carlotta. Estava na porta da loja, observando com pouca curiosidade. Se havia algo de errado com o caminhão, a expressão do rapaz não deixava transparecer. Ele interrompeu a inspeção subitamente e partiu rumo à alfaiataria. Foi então que viu Carlotta.

— É você a alfaiate?

— Quem dera — sorriu. — É meu pai.

Giovanni apareceu.

— Este cavalheiro está procurando o senhor, papa.

— Me chamo Brancato — disse o rapaz. — Gino Brancato. Preciso de um paletó.

Papa esfregou as mãos. — Será um prazer, *signor*.

Mas o *signor* Brancato era um homem difícil de ser agradado. Por uma hora, examinou os rolos de tecido e mediu o pano por cima da jaqueta de couro diante do espelho. Tampouco era, de início, o tipo de cliente que Giovanni gostava de atender, nem fofoqueiro nem autobiográfico.

Levou uma hora para papa extrair de Brancato estas simples informações: ele morava na zona oeste de Denver, a mãe tinha morrido, mas o pai vivia com os irmãos na Filadélfia, e os pais vinham dos Abruzos, no sul da Itália. O jovem Brancato era um garoto de Denver, mas durante a guerra combatera na Itália.

Giovanni queria saber sobre a Sicília. Teria o *signor* Brancato visitado Palermo, sua cidade natal?

— Fiquei estacionado em Palermo por três meses. Uma das mais belas cidades da Europa.

Aquela era a chave para o coração de papa Martino. Subitamente, aquele jovem e fatigado caminhoneiro se tornara um amigo. Com as mãos tremendo, papa o conduziu a uma cadeira e o acomodou gentilmente. Brancato lançou um olhar para Carlotta como se pedisse ajuda. Ela retribuiu com um sorriso de simpatia.

A voz de papa palpitava. Havia uma fazendinha, disse ele em italiano, localizada a cinco quilômetros a oeste de Palermo, na Via Sardinia. A casa era feita de pedras rosas, com um telhado inclinado de tijolos vermelhos. Por acaso o jovem a teria visto? Brancato franziu as sobrancelhas, observando o rosto de Giovanni.

— Eu estive lá, senhor — disse Brancato. — A casa ficava numa colina, de onde se via um pomar de limões. Costumávamos parar ali para comprar figos e vinho. Era um vinho muito bom, *signor.* Angelica e Porto.

Por um instante, parecia que Giovanni iria chorar. Ele encarou os olhos de Gino Brancato com idolatria, reprimindo um impulso de abraçar o rapaz. Em vez disso, tomou a mão de Gino e estudou as grandes juntas, os dedos grossos. Abriu a mão com cuidado e sorriu, vendo a palma musculosa. Em seguida, fechou-a também com cuidado, como se fosse uma caixa de joias.

Daquele momento em diante, Giovanni Martino passou a desejar ter Gino Brancato como filho. Gino Brancato provara o vinho da sua juventude e saboreara os figos daquela época.

Quando tornaram a falar sobre o paletó de Gino, os três, juntos, escolheram um gabardine bege que combinava bem com seu rosto bronzeado. Brancato agora sorria — um sujeito tímido, pensou papa, como ele mesmo nos dias de outrora. Estava tomado de compaixão, enquanto ponderava sobre o enigma das ações de Deus, que aquele esplêndido rapaz surgira para enriquecer a vida deles. Giovanni sentia que era coisa do destino. O jovem fora enviado dos Céus para se casar com sua filha.

Ele ficou contente em ver que Carlotta se interessara por Gino. A magia estava em seu olhar. Agora Gino Brancato falava sem parar, como se não o fizesse havia muito tempo, e Carlotta ouvia e sorria.

Giovanni os viu saírem juntos. Gino pedira a Carlotta para tomar uma soda com ele. Giovanni não conseguia estimar quanto tempo passaram fora, mas já escurecia quando Carlotta voltou à loja. Ele deixou a mesa, extenuado com a deliciosa fadiga que provem de um trabalho bem-feito.

Voltando para casa ao lado de Carlotta, a serenidade do velho Giovanni era algo sombrio que ele quase temia. Com uma alegria velada, segurou a mão de Carlotta. Os dedos dela se entrelaçaram aos dele.

— Gostou dele, não foi, papa?

— Há muito tempo, talvez trinta e cinco anos, eu era como Gino. Forte. Com um grande sonho.

E subitamente se pôs a chorar.

Gino passou a frequentar a loja regularmente, sempre com um presente para papa — os tipos de produto que o velho homem amava: queijo de cabra, salame, vinho. E presentes para Carlotta: coisinhas pequenas em pacotinhos pequeninos: uma vez um par de brincos, outra um broche de ouro. E sempre levava flores. Certa vez, apareceu de manhã cedo na loja, vindo direto de quatorze horas na estrada, com a barba negra por fazer cobrindo seu rosto cansado. Nos braços, trazia um buquê de rosas para Carlotta.

Ela nunca levava as flores para casa. Papa entendia o motivo e presumia que Gino também o soubesse. Eram colocadas em vasos pela loja e a fragrância deixava o ambiente mais fresco.

Ele normalmente chegava alguns minutos antes de Carlotta, vestindo o terno de gabardine que papa costurara, dando ao mundo a impressão de ser um banqueiro bronzeado da parte rica da cidade.

Ele e Carlotta escapavam então pelos fundos da loja e entravam no carrinho dele. Precisavam ter cuidado, pois Donna Martino tinha muitos amigos na comunidade. Aquilo entristecia Giovanni. Os dois podiam fazer muito pouco naquele horário: assistir a um filme ou sentarem no parque — qualquer lugar onde pudessem ficar sozinhos, conversar e fazer planos. Giovanni gostaria de convidar o rapaz à sua casa, e quando se desculpou por não fazê-lo, Gino sorriu e disse que Carlotta explicara tudo.

As coisas seguiram daquele jeito por todo o verão. Giovanni via todo dia o tormento crescente de Carlotta e sua frustração por ter de esconder seu amor como se fosse um crime. Depois de se despedir de Gino, ela voltava à loja, esbaforida e triste. Os três meses de encontros clandestinos apressados com Gino, enganando Donna Martino, começaram a deixar sinais.

Giovanni queria dizer algumas palavras de incentivo, mas não conhecia nenhuma, já que nunca fizera aquilo antes.

Além disso, havia algo de formidável em Carlotta naqueles dias. Lembrava Donna Martino, tensa e explosiva. Às vezes, parecia que estava para se jogar nos braços do pai e Giovanni sorria, esperava e ansiava. Mas era como a mãe, orgulhosa demais para ceder.

Numa tarde ela mostrou a ele um anel de noivado, uma simples argola dourada com um brilhante. Ela esticou a mão e a virou contra a luz do sol, observando as cores no interior da pedra. Aquela pelo menos era uma oportunidade para falar com a filha sobre o futuro, para ter uma conversa importante e cumprir seu sábio papel de pai, para lhe dar conselhos sobre o que dizer a mama. Mas a visão do anel o deixou travado de tanta emoção. Apenas encarava de boca aberta, encantado a ponto de não conseguir articular as palavras.

— É uma belezura de anel — foi tudo o que conseguiu dizer.

Carlotta tirou o anel do dedo e o guardou na bolsa. Era hora de voltar para casa e mama não podia saber.

— Carlotta — gaguejou ele. — Você está feliz: sim, não?

— Não, papa. — Ela o beijou na bochecha e o beijo era como um ponto no final de uma frase. Ela não queria falar sobre o assunto com ele e, embora aquilo o chateasse, ele sabia por quê. Nenhuma das filhas jamais conversara com ele sobre os assuntos realmente importantes. Agora era tarde demais para começar.

No dia seguinte, Gino apareceu na loja. E o que ele tinha a dizer fez Giovanni se sentir forte, um homem de respeito.

— *Signor* Martino — disse Gino, falando em italiano e usando as expressões italianas adequadas àquele tipo de ocasião. — Gostaria de conversar com o senhor sobre um assunto importante.

— Do que se trata, meu filho?

— Ontem, *signor*, Carlotta consentiu em se tornar minha esposa.

— Ah. E então?

— Então hoje venho aqui para lhe pedir a honra de me tornar marido de sua filha.

Foi daquele jeito que disse. Como fazia um verdadeiro homem, um pedido expresso de maneira nobre, direto ao ponto.

— Oh — disse Giovanni. — Então é isso.

Os olhos de Gino se mostraram alarmados.

— Não aprova a minha pessoa, *signor*?

Giovanni acendeu um charuto e tragou devagar. Estava determinado a agir como fazia um pai, sério e respeitável.

— Não se trata de algo que possa ser resolvido rapidamente, jovem. Como pai, tenho o direito de ter algumas informações. Existe a questão do dinheiro, *signor* Brancato. O dinheiro é muito importante, como minha esposa lhe dirá. Embora eu não seja rico, Carlotta vive sob certos padrões.

— Nada faltará a ela, *signor*. Juro que jamais passará fome ou frio.

— Estamos na América, filho. Não é uma questão de passar fome ou frio. É uma questão de quanto? Precisa dizer quanto.

Brancato deu de ombros, confuso.

— Algumas centenas, *signor*. Não sou um homem rico. Mas algumas centenas eu tenho. E também tenho isso.

Ele esticou as mãos, virando-as diante do rosto de Giovanni Martino. Aqueles punhos grossos eram bastante eloquentes; diziam tanto que o velho teve vergonha de seguir em diante

Gino era como ele trinta e cinco anos antes, forte com seus velhos sonhos, vivo com os velhos sonhos.

— Terá de falar com a mãe de Carlotta — disse ele.

— Eu sei.

— Estou certo de que ela irá dizer não.

Gino cerrou os punhos.

— Precisamos nos casar logo, *signor*. Carlotta está triste. Não é certo que meu amor seja uma fonte de infelicidade para ela.

— A mãe dela vai recusar.

— Então nos casaremos sem a benção da *signora* Martino.

— Vou conversar com minha mulher — disse Giovanni, num tom imponente. — Vou resolver a questão o mais rápido possível.

Naquela noite, papa deu a notícia a Donna Martino. Os dois estavam sozinhos na sala de estar. Carlotta tinha ido ao teatro com Bettina e o marido. Papa sentou perto do rádio, ouvindo o noticiário das dez. Diante dele, mama cochilava em sua poltrona. Ela preenchia a cadeira como uma montanha adormecida. Sempre que uma de suas filhas saía à noite, Donna permanecia naquela poltrona, esperando que a porta da frente se abrisse. Nervoso, Giovanni observava a montanha cochilar. Ela era um vulcão e entraria em erupção, papa sabia, no momento em que ouvisse a novidade. Ele era apenas um camponês no sopé daquele monte, com chances remotas de sobreviver depois que explodisse.

— Mama — ele arriscou.

Ela balbuciou algo, ainda dormindo. Ele se ajeitou na cadeira: alerta, pronto para escapar. Passou a língua pelos lábios

— Carlotta está aborrecida por causa de um grande problema — começou ele, em sua língua nativa. — É algo sério.

A montanha acordou.

— Problema? O que é agora?

— Um rapaz.

— Não tem homem algum na vida da minha filha.

A explosão não aconteceu. Ele criou coragem.

— Mas tem, *carissima*. Faz três meses. Você não foi informada.

Ela ergueu o rosto e o encarou com seus olhos brilhantes e ameaçadores.

— Três meses?

— Um rapaz fabuloso, minha cara esposa. Ele se chama Brancato. Gino Brancato.

— Não conheço nenhum rapaz com esse nome.

— Eles querem se casar.

Como se um terremoto a tivesse atingido, a montanha estremeceu. Mas não houve explosão alguma. Donna Martino apertou as mãos.

— E você me diz agora.

— Foi difícil contar.

— Ela está grávida?

Giovanni ficou chocado. As mãos voaram na direção da boca como se ele mesmo tivesse dito aquelas palavras e agora quisesse empurrá-las de volta para dentro.

— Não, mama. É amor. Carlotta é muito bonita. Tem nobreza, tem brio. Você não deve dizer, você não deve pensar...

— Três meses — interrompeu ela. — Três meses de traição.

— Não foi traição, mama.

— Eu sou a mãe. Fui eu quem a colocou no mundo. Deveriam ter me contado.

— Você teria destruído tudo. O rapaz não é rico como os maridos das outras. Ficamos com medo.

— E agora não estão com medo? Agora que o bebê está a caminho?

Ele percebeu que a ideia de que havia um bebê era algo fixo na cabeça dela. Não estava preparado para aquilo e, por ela acreditar com tanta veemência, sentiu-se envergonhado ao lembrar do rosto forte e dos olhos claros de Gino.

— Esse rapaz...

— Aquele cachorro! — interrompeu ela.

— Pediu minha permissão...

— Animal!

Era inútil dizer algo mais ou até mesmo tentar. Sentiu-se humilhado por seu próprio senso de inadequação. Sua vontade era contar tudo à mulher do mesmo modo que Brancato: com simplicidade e honestidade, como fizera Gino aquela tarde. Mas o fogo se apagara muito cedo e ele retomou a indolência reconfortante do desespero.

— Quem é esse Brancato? — perguntou Donna. — Como eles se conheceram? Conte tudo. Não esconda nada, está me ouvindo? Nada!

Ele contou a ela tudo que havia a ser contado. Falava num tom de profunda estafa, quase aliviado agora que toda aquela situação saíra de suas mãos e entrara nas dela. Contou até mesmo sobre seu entusiasmo tolo ao saber que Brancato estivera em Palermo. Aquilo parecia ridículo e infantil. Mas não deixou nada de fora, tendo em vista que agora o problema era dela.

Ao terminar, ouviu-se o barulho de uma porta de carro sendo batida do lado de fora. Seguido pelos passos rápidos de Carlotta pelo caminho enquanto o carro ia embora.

A porta abriu e Carlotta entrou. Bastou um olhar na direção de Donna Martino para Carlotta saber que a mãe fora informada sobre o homem que ela amava. Mas Donna não olhou para o rosto da filha. Em vez disso, continuou a olhar compenetrada para a silhueta da cintura de Carlotta. O rosto melancólico do pai fez Carlotta entender a provação pela qual passara o velho homem. Ela se curvou e beijou-lhe a testa. Estava fria como gelo. E em momento algum ela deixara de sentir os olhos inquisitivos da mãe. Sentia-se furiosa e chateada por aquela atitude desprezível. Ela se virou e encarou a mãe, pronta para o que viesse pela frente.

— Traga o *signor* Brancato aqui — disse Donna. — Quero conhecer o homem comprometido com a minha filha.

— É o que eu queria, mama. Desde o início.

— Estou louca para ser apresentada.

Uma afirmação quixotesca. Sem qualquer sinal de sarcasmo, zombaria ou insinuação de ameaça. O rosto de Donna agora estava relaxado, inefavelmente tranquilo. Até Giovanni estava surpreso.

— Sim — repetiu Donna. — Quero conhecer esse rapaz.

Aquilo desarmou Carlotta, livrando-a momentaneamente da mancha de sua suspeita.

— Vou pedir para que venha amanhã à noite.

Gino finalmente viria à casa. Aquela deveria ser uma ocasião digna de ser celebrada, mas por algum motivo Carlotta se sentia mais preocupada que feliz. Beijou os pais e lhes deu boa noite.

No alto da escada, ela se virou.

— Devo convidar Gino para jantar?

— Eu não janto com estranhos — respondeu Donna.

O tom era de pura malícia, fazendo Carlotta entender que Donna Martino tinha fechado seu coração para Gino Brancato, que Donna estava maquinando um plano para tirá-lo da vida da filha.

Carlotta acordou no dia seguinte com um profundo senso do que representava. Dormira bem, mas algo mais que o encanto do sono a revigorara. Havia também a fabulosa certeza de que debaixo daquele sol matinal caminhava o homem que ela amava.

Outros pretendentes tinham aparecido. Pelos padrões de Donna Martino, Carlotta poderia ter se saído ainda melhor que as irmãs. Agora mesmo ela sentia o tom de intimidação de Donna Martino, exigindo que fizesse algo melhor de sua vida. O que deixava Carlotta mistificada. Por um tempo, tentara música. Depois, frequentou a escola de artes. Mas com o passar dos anos, tudo se resolvera naquele quarto, naquele santuário, com alguns livros estimados e seu violino. Ali ela encontrava paz. Mas havia obrigações — aquele capricho que chamam de dever aos pais e a insistência exasperadora de que uma mulher deve conseguir um bom casamento. O quarto a protegia de tudo aquilo.

Rosa a chamou de esnobe. Stella a chamou de egoísta. Bettina a chamou de neurótica e mama disse que era uma palerma. Mas nenhuma delas tentou tirá-la daquele quarto. E agora ela estava abrindo mão dele. Já começava a fazer parte do passado, com a sombra de Gino Brancato a obscurecê-lo. Ela o amava e não sabia por quê. Ele provavelmente não viria jamais a ser um homem rico, mas lhe dava flores e seus olhos viviam obcecados com o amor que sentia por ela.

Tinham marcado de se encontrar à uma da tarde. Gino já estava lá quando ela chegou. Giovanni olhou para os dois com o rosto tomado de aflição. Gino apoiou o braço nos ombros do velho homem, abraçando-o rapidamente.

— *Paesano* — sorriu ele. — Por que está tão triste?

— Encrenca — respondeu papa. — Esta noite, encrenca.

Carlotta explicou. — Mama gostaria que você viesse à nossa casa. Hoje, às oito.

— Finalmente.

— Talvez não seja muito agradável.

— Deixa com o Gino — respondeu ele, seguro.

Ele saiu com ela pela porta dos fundos, onde o carro estava estacionado. Era início de setembro, um dia quente e indolente. Gino cantarolava enquanto dirigia, com o chapéu virado para trás e o corpo acomodado confortavelmente. Ela se apoiava nele, feliz em ver sua mudança. Agora que fora prometida a ele, a timidez tinha desaparecido. Ela gostava daquele toque de confiança, ainda que ela mesma se sentisse insegura. Era reconfortante sentir-se menos forte que ele.

Ela então percebeu que ele estava fazendo a curva numa rua. Prendeu a respiração e segurou-lhe o braço. Gino sorriu ao jogar o carro no meio-fio, diante da casa dos Martino.

— Vou sentir falta daquelas noites — disse ele. — Aquelas noites em que eu passava aqui em frente, para cima e para baixo, esperando você.

Ela não conseguia controlar a agitação diante da sensação avassaladora da presença da mãe. Sentia vergonha antes mesmo de Gino, mas ali estava. A serenidade dele parecia pouco prudente.

— É melhor você ir agora — disse ela.

— Não há nada a temer. Depois de hoje à noite, estaremos livres.

— É melhor ir embora.

Ele pegou as mãos dela, olhando por sobre o ombro para a varanda.

Pensando nos enormes olhos da mãe a observá-los de trás da cortina, ela tentou recolher as mãos, mas ele as segurou com força.

— Prometa-me uma coisa, Carlotta.

— Vá, por favor.

— Não importa o que acontecer esta noite, prometa que vai fazer o que eu disser.

— Prometo.

Ele a soltou.

— *Angela mia* — disse ele.

Ela chegou à varanda e viu o carro desaparecer. Em seguida, entrou na casa. Por um instante, ficou sem palavras diante do que viu. Ali estavam elas, suas irmãs: Rosa, Stella e Bettina. Estavam de prontidão, a observá-la. Bettina se afastou da janela. Tentaram agir de maneira casual, mas aquele não era o momento para casualidade.

Carlotta se esforçou para abrir um sorriso e dizer olá.

Bettina apontou com a cabeça para a rua.

— Ele é bonitinho — disse ela.

Carlotta a ignorou. Seus olhos estavam congelados de raiva, procurando por Donna Martino pela sala de jantar.

Donna estava na porta da cozinha. Seu rosto parecia uma máscara de confiança, fazendo Carlotta entender que aquilo era apenas parte do que aconteceria aquela noite:

Gino Brancato não ficaria frente a frente só com ela, mas com as três irmãs, que também viviam sob o respeitável código do amor e do casamento.

Carlotta olhou para elas com desprezo. Eram como gatas maltesas traiçoeiras, competindo uma com a outra com seus casacos de pele. Irmãs, mas só por uma questão de acidente sanguíneo. Mas também sentia pena delas. Porque apesar de tudo, não conseguiram escapar da mãe aquela vez. Donna Martino jamais conseguira reuni-las, nem mesmo para o Natal. Em vez de aparecerem, mandavam presentes bonitos e davam desculpas esfarrapadas. Mas agora tinham finalmente sucumbido aos apelos da mãe — e Carlotta sabia por que; porque ela permanecera indiferente, chegando a desdenhar de seus maridos, seus bens, suas vidas.

Elas não abriram a boca, assim como fez Carlotta ao atravessar a sala e subir. Ficaram paradas, olhando uma para a outra. Então a porta da frente se abriu. Era Giovanni. Uma casa cheia era sempre motivo de alegria para papa. Ele bateu palmas e gritou olá.

— Olá — responderam em uníssono.

A pesada presença de Donna Martina se fazia sentir no espaço de dois cômodos. Foi então que Giovanni se lembrou. Seu queixo caiu e os ombros se curvaram um pouco mais.

Carlotta não desceu para o jantar. Em vez disso, vestiu um costume cinza de *tweed* que papa costurara. Colocou sapatos rasteiros. E então começou a fazer as malas.

Bem antes das oito, tudo estava pronto. Empilhou a bagagem do lado da porta e deixou o casaco, o cachecol e as luvas jogados na cama. Ficou na janela, observando a rua lá embaixo.

Quando o carro de Gino se aproximou, ela desceu apressada. Na sala de jantar, todos viraram o rosto para vê-la correr lá para fora. Encontrou Gino nos degraus da varanda. Vestia o terno de gabardine que papa fizera para ele e estendia os braços na direção dela. Ele a ergueu em pleno ar.

— Tudo pronto? — perguntou.

Ela segurou a mão dele e o levou para dentro.

Ninguém havia deixado a mesa de jantar. Carlotta sorria, orgulhosa, mostrando o caminho a Gino. Seus belos ombros e o brilho no rosto bronzeado fizeram a sala encolher de tamanho. Cada passo dava mais confiança a ela. Ele exibia um largo sorriso. Aquele Gino estava fazendo com que a garganta de todos palpitasse, que o coração batesse mais depressa. Ela temia que ele se mostrasse sisudo, mas era simpático como uma criança.

A não ser por papa, ninguém levantou da mesa. O velho se ergueu e a adoração pelo garoto enchia seu rosto de brilho. Gino abriu os braços para o velho e o abraçou.

O gesto deixou papa abalado. Tentou fazer as honras da casa, mas não conseguia lembrar o nome de casada das filhas e esqueceu completamente de apresentar o hóspede a mama Martino, que permaneceu sentada, olhando para ele com nojo. Para tornar as coisas piores, ele derrubou uma taça de vinho e o filete escarlate se esparramou sobre a toalha de linho de mama. Aquilo era o bastante para Donna Martino. Deu uma bela pancada na mesa.

— Idiota! — gritou ela. — Sentado!

Ele se desculpou em voz baixa, agarrando a cadeira. Sentindo a cadeira ser gentilmente empurrada sob seu corpo, virou-se e encontrou Gino atrás de si. Sorriu e agradeceu ao jovem. Donna Martino apontou para Gino. — Você aí — disse ela. — Fala italiano?

— *Si, signora.*

— Ótimo — respondeu ela em italiano. — As coisas que tenho a dizer a você podem ser ditas de maneira melhor em minha língua nativa.

— Meus pais me ensinaram.

— Ah. Então tem um pai e uma mãe.

— Meu pai mora com meus irmãos na Filadélfia, *signora*. Minha mãe morreu.

— E você amava sua mãe, rapazinho?

— Mais do que a Terra e o Céu.

Ele as estudou friamente: Bettina estava de braços cruzados, Rosa erguia a cabeça, orgulhosa, e Stella tinha os cotovelos na mesa e as mãos no queixo. Ao lado dele estava Carlotta. Ela tomou o braço dele no seu.

— Pare de acariciar o rapaz — disse Donna Martino. — Não tem autocontrole algum? Deixe de lado toda essa sua paixão por alguns instantes.

Carlotta ficou cega de raiva. Sentiu então a pressão do braço de Gino, que sugeriu que ela sentasse. Ele puxou a cadeira à esquerda de papa e ela tomou seu lugar, frágil e indignada.

— Amava sua mãe mais do que a Terra e o Céu — continuou Donna. — Poderia matar alguém que a machucasse. Não é verdade?

— É quase certo, *signora*.

— Brancato, eu estou velha. Você está me matando.

Ele sorriu. — Nisso, *signora*, não consigo acreditar.

Ela estalou os dedos com raiva. — Veja só, Brancato. Sou mãe de quatro filhas. Pode ver por si mesmo que são belas meninas. Três delas conseguiram ótimos casamentos, Brancato. Vivem em casas esplêndidas, com seus maridos ricos e dedicados. Para uma mãe, não há nada mais gratificante do que saber que suas filhas estão protegidas. Mas só resta tristeza e noites sem dormir quando uma de suas filhas sofre com o peso da pobreza.

— Isso é verdade, *signora*.

— Você é pobre, Brancato. Dirige um caminhão. Isso comprova sua pobreza. Um homem de recursos não dirige um caminhão.

— Eu não sou um homem rico, *signora*. Algum dia, pela graça de Deus, pode ser que eu tenha a sorte de seus genros. Estou longe de ser rico. Por outro lado, não sou tão pobre assim a ponto de fazer Carlotta passar fome.

Donna Martino mudou de tática. Agora exibia um sorriso.

— Ganhe seu dinheiro primeiro, Brancato. Deixe que este casamento aconteça daqui a alguns anos. Vocês dois são jovens. Volte quando for confiável como os outros, quando tiver dinheiro e uma certa posição.

Algo nos olhos de Gino dizia a Carlotta que ele chegara ao limite. Olhou para Donna Martino como se quisesse medir bem as palavras.

— *Signora* — disse ele. — Não acho que estamos falando da mesma coisa. Não vim aqui para comprar Carlotta. Vim porque nós dois nos amamos e queremos nos casar.

Donna Martino se levantou majestosamente e se curvou na direção dele, apoiando-se sobre os braços pesados.

— Estou cansada dessas bobagens de amor. Estou dizendo agora: eu proíbo o senhor de se casar com minha filha. E proíbo minha filha de se casar com o senhor. Não posso e não vou aceitá-lo como genro. Como o senhor é um homem obstinado, entendo que não tenho como evitar esse matrimônio. Mas eu o condeno. A maldição de Deus todo-poderoso estará sempre sobre vocês, exatamente como recaiu sobre meu próprio e trágico casamento.

Ela se sentou outra vez, desabando como um velho prédio cujas estruturas tinham apodrecido. A poeira e os destroços de sua fúria maligna emanavam de si. Eles não conseguiam olhar para ela — nem Gino, nem Carlotta e tampouco as outras filhas. Viraram o rosto e esconderam seus olhares dela. Todos, menos Giovanni. Ele não tirou os olhos dela. O queixo estava um pouco levantado, como se a olhasse de cima para baixo, mas o rosto não traía qualquer emoção.

Gino se virou para Carlotta.

— Faça sua mala.

— Já fiz. Estou pronta.

Quando voltaram trazendo a bagagem, os outros ainda estavam ali. Donna Martino não se movera. Mas estavam todos longe dela, repelidos, afastados. Carlotta se despediu com a voz abafada e ansiosa, dizendo: — Adeus, mama.

Nenhuma resposta. As irmãs, porém, estavam diferentes: com os olhos, era como se dissessem a Carlotta para não deixar escapar a oportunidade de amar, para que fugisse com seu Gino.

Papa os acompanhou até o carro. Estava em silêncio, muito calmo. Gino contou seus planos: casariam em Nevada e voltariam para casa em poucos dias. Carlotta beijou a testa fria do velho e Gino apertou sua mão.

O carro se afastou e papa ficou ali, sozinho, indeciso, sem vontade de entrar em casa. A dor em sua alma preenchia a noite. Que coisa horrível dissera sua mulher! Como era possível? Não havia dúvida de que ele fora um mau marido e merecia algumas palavras mais fortes por sua falta de empenho. Mas Deus não tinha amaldiçoado seu casamento. Não!

Voltou se arrastando para casa. Mama não se movera, mas as filhas tinham deixado a mesa e vestiam casacos e luvas em silêncio. Deram um beijo em papa e Bettina beliscou seu nariz. Na saída, pararam diante da porta e sorriram para ele, passando-lhe confiança.

Ele as viu entrar em seus belos carros e partir. Depois, voltou-se e encontrou Donna ainda imóvel à mesa. Ele não podia ficar ali. Pegou o casaco e saiu noite afora.

Enquanto caminhava, lembrou uma centena de episódios: Bettina com sarampo, Carlotta em sua bata de formatura, Rosa fugindo de casa numa vassoura, os boletins vermelhos de Stella — um murmúrio de coisas semiesquecidas. Ele sorriu e no instante seguinte chorou, pois Deus fora tão generoso com ele — um preguiçoso, um sonhador — enchendo sua vida de beleza e de filhas. Não, Donna não deveria ter dito aquilo. Mas sua língua sempre fora perigosa e incontrolável. Era como um relâmpago, uma espada sendo empunhada. Quantas vezes ela o humilhara e depois se arrependera! Aquele dia em Nova York, quando o encontrou pobre e doente, em vez de rico e triunfante — aquele era um dia que ele jamais esqueceria. Donna expressou sua raiva e amargura numa enxurrada de palavrões, até não sobrar um só e ela ficar perdida e tomada de remorso, implorando que ele a perdoasse. Era sempre assim com aquela mulher. E ele sabia que dessa vez não seria diferente. Mas era difícil suportar.

A força do hábito fez que seus pés o levassem à alfaiataria. Ele destrancou a porta e entrou. Afundando na cadeira atrás da mesa de trabalho, repousou a cabeça nos braços e dormiu.

Já estava claro quando acordou. Alguém estava batendo na vitrine. A imensa silhueta de Donna Martino se impunha diante da porta.

— Já vou — gritou ele.

Destrancou a porta. Ela olhou para ele com o rosto castigado por horas de choro, como a terra que é massacrada pela chuva, e tentou sorrir.

— Não deveria dormir aqui — disse ela. — Seu lugar é em casa.

Ele a abraçou.

— Minha mulher — sussurrou. — Minha pobre e bela mulher.

Ela chorou tanto e com tanta dor que sua carne tremia, o corpo estava arrepiado. Assim era seu remorso, mais devastador que a fúria, percorrendo-lhe os ossos, sufocando sua respiração. Mas em pouco tempo já se sentia melhor e voltaram juntos para casa sob o sol fresco da manhã. Ela encontrava dificuldades, pois o reumatismo deixava seus joelhos mais lentos.

— Brancato falou da fazenda perto de Palermo — disse ela. — A fazenda de seu pai.

— Ele esteve lá, mama.

— A fazenda de minha mãe não era muito longe.

— Só alguns passos descendo a estrada. — Ele sorriu.

— Será que Brancato também esteve lá?

— Terá de perguntar a ele, mama.

Não falaram mais até chegarem em casa. Ele a ajudou a subir os degraus da varanda. Era difícil.

— Vou perguntar a ele — arfou ela. — Aquela Carlotta! Ela é muito impulsiva, Giovanni. Faz o que lhe dá na telha.

A GRANDE FOME

Ele ouviu a mãe subir a escada, usando chinelas macias. Há uma hora estava acordado na cama, lendo *Crime em quadrinhos*, o que era proibido, pois sua mãe dizia que não era bom para crianças. Mas Dan Crane não sabia ler; não de verdade, pois mal tinha sete anos, uma idade terrível, dois anos mais novo que seu irmão, Nick, que sabia ler muito bem, aquele danadinho.

— Levanta, *Danny boy* — disse a sra. Crane do outro lado da porta. — O café da manhã está na mesa.

Café da manhã. O estômago de Dan se revirou. Toda manhã era a mesma história: café da manhã. Ele não estava com fome. Fora dormir com um saco de ameixas e comera todas, guardando os caroços atrás do aquecedor. Agora ela queria que ele comesse outra vez. Dan continuou deitado, olhando para o teto e tratando a mãe com frieza.

— Você me ouviu, filho?

— Tudo bem, mãe.

— E lave o rosto. E limpe as unhas.

As ordens estavam tão abaixo dele que nem se dignou a responder. Uma coisa era evidente: Dan Crane não aguentava mais. Café da manhã. Lave o rosto. Limpe as unhas. Escove os dentes. Penteie o cabelo. Mude os shorts. Pendure o casaco. Vá dormir. Acorde. Fique em silêncio. Fale. Não se mova. Mexa-se. Abra a boca. Coloque a língua para fora. Feche a boca. Por sete longos anos, Dan Crane suportou aquilo tudo. Sete anos: sua vida inteira, uma escravidão.

Quando se livrava dos lençóis, gostava de ver as manchas de sujeira nos calcanhares. Vá tomar banho. Use a escova. E se ele a mandasse se danar? Daí teria que lidar com o Velho. E isso era um problema? Ha, ha. Ele tinha o Velho sob controle. Sabia fazer uma cara — um sorriso enigmático, um olhar de inocência sagrada — que sempre derretia o coração do pai.

A cama do irmão ficava do outro lado do quarto, as cobertas bem-estendidas sobre a cama e o pijama de Nick dobrado organizadamente debaixo do travesseiro. Nick *gostava* de usar pijama! Com a desculpa de só passar por perto, Dan Crane agarrou subitamente o pijama e o segurou diante de si, com um sorriso irônico nos lábios.

Agora Nick estava onde ele queria, ao alcance de seus punhos, e tudo lhe veio em mente: o Garoto Esperto que só tirava dez, que desenhava bem, ajudava a mãe, deixava as visitas impressionadas, o velho Garoto Esperto em pessoa. O pijama dançava no ar, enquanto Dan Crane o enchia de socos. O pijama então pareceu revidar e Crane cambaleou e caiu no chão. Nick o estava sufocando e Dan ficou com o rosto roxo, lutando para respirar. Ele rolou pelo chão, com o pijama em cima dele, até que, usando de força sobre-humana, Crane conseguiu livrar as mãos do pescoço e o rumo da batalha se inverteu. Nick agora estava debaixo dele, recebendo golpes duríssimos na boca e no nariz, com sangue escorrendo das narinas e os olhos inflamados de terror. Uma pancada final do punho de Crane e Nick ficou imóvel, sem respirar. Dan Crane cutucou o olho de Nick com o indicador. Nick estava morto. Sem forças, Crane se colocou de pé, ciente de suas próprias feridas, do rosto desfigurado, do braço flácido e do sangue que escorria dos lábios. Ficou ali parado, cambaleante, bufando de cansaço, sem oferecer uma só explicação quando o xerife chegou. Seus olhos se arregalaram diante da cena brutal.

— Você o matou, Crane — disse o xerife. — Espancou o próprio irmão até virar picadinho. Meu Deus, que surra.

— Fui obrigado, xerife — suspirou Crane. — Era ele ou eu. Você conhece Nick. Ele puxou a faca para mim.

O xerife estendeu a mão. — Ele era um verdadeiro patife, Dan. Todos nós do condado devemos a você um voto de agradecimento.

O xerife evaporou e, nu, Dan Crane se encaminhou a passos largos rumo ao banheiro. Andava com o peito estufado e o novo dia assumia um tom mais alegre agora que Nick estava morto. Viu o brilho matinal através da janela: a luz do sol refletia na parede branca de gesso da garagem e fazia seus olhos arderem. O relógio do banheiro indicava oito e meia. Ele o estudou com atenção. Nick sempre zombava dele por não saber ver as horas. Ah, aquele imbecil! Eram quinze para meio-dia, dez para as sete e onze horas; que diferença fazia?

Da escada vinha novamente a voz *dela*: — Daniel Crane. Você me ouviu? O café está na mesa!

Ele molhou a ponta da toalha na água quente, apoiou os pés e deu três esfregadas de leve no rosto, na testa e nas bochechas. Era revoltante. Cerrava os dentes ao se limpar com a toalhinha. O espelho lhe informava que não precisava pentear o cabelo; estava bom daquele jeito, sem cobrir o rosto e os olhos. Talvez estivesse um pouco desgrenhado dos lados, mas quem se importava? Analisou as unhas. Mas Dan não era uma pessoa que soubesse identificar uma unha suja. Os diversos anos de observação finalmente o fizeram entender que suas unhas tinham dois tons: rosa e cinza-escuro. Às vezes, valendo-se de força bruta, sua mãe conseguia retirar parte da substância cinza-escura. Em tais ocasiões, Dan gritava de dor, certo de que ela arrancava sua carne.

O cheiro de bacon e ovos ocupava o corredor, assim como o de torrada com manteiga e gérmen de trigo. Por um momento, ficou feliz. Mas no instante seguinte decidiu que aquilo o deixava enjoado e sua mente imaginou um prato de bacon e ovos banhado em gordura, o gérmen de trigo coberto com aquela geleca doce que chamam de mel. Esse desvio da imaginação produziu o efeito desejado. Sentiu na garganta o suco rançoso das ameixas da noite anterior. Crane as forçou de volta. Estava passando mal, não conseguiria comer o café da manhã.

Amargurado, começou a refletir sobre seu trágico destino. Nada de sucrilhos naquela porcaria de casa, ou cereais inflados, Rice Krispies ou Corn Pops ou qualquer outra daquelas delícias que mostravam na televisão. Sua mãe só comprava lixo no mercado. E aquele lixo deveria lhe dar dentes perfeitos. Mas era verdade? Crane abriu um sorriso irônico, sentindo com a língua a obturação que o dentista colocara há não mais que uma semana; do outro lado da rua vivia David Culp, nove anos, que não comia nada além de Rice Krispies no café da manhã e tinha dentes grandes, brancos e absolutamente perfeitos.

Colocou a roupa com enorme preguiça, tomando cuidado para não vestir os shorts limpos deixados para ele, ou o jeans e a camiseta recém-passados, nem tampouco as meias novas.

Os velhos shorts lhe caíram bem. Eram quase como uma segunda pele, com aquele aroma pessoal que só Dan Crane tinha. A camisa de ontem estava manchada com a agradável lembrança das aventuras sob a casa de David, um esconderijo secreto onde ele e o amigo enterraram as conchas que recolheram na praia. De fato, o odor preponderante emanando de Dan Crane era de mar, o velho e cansado mar em dia de maré baixa. Os jeans grudavam em suas pernas como lona molhada e o sebo e a sujeira lhe conferiam uma viscosidade íntima como a camurça nas coxas de Daniel Boone. As meias tinham uma leve elasticidade, como os trapos sujos de um mecânico, com um furo confortável e feito sob medida para cada dedão. Ele sabia que a mãe reclamaria por causa dos velhos tênis. Aproximou um deles do nariz e fungou. Não sentia nada, a não ser cheiro de pé. Depois de muito lutar e resmungar, conseguiu calçá-los. Os laços formavam um emaranhado de nós que mãe alguma em todo o planeta seria capaz de desatar.

Especulou se conseguiria se safar vestido daquele jeito. Podia ser que sua mãe o mandasse de volta lá para cima; por outro lado, talvez não. Valia a pena tentar. Desceu a escada devagar, deslizando o peito no corrimão. Viu então sua irmã Victoria, de dois anos, lá embaixo e logo ficou alerta ao perigo, pois ela estava ali a esperá-lo, com aqueles grandes olhos castanhos, cheios de más intenções. Ela era a maior angústia de sua vida, a pessoa a quem gostaria de estraçalhar de cima a baixo.

— Tudo bem, Vicky — advertiu ele. — Cuidado. Digo só isto: preste atenção.

Ela se ajoelhou no degrau de baixo e sorriu para ele.

— Danny — sorriu ela. — Danny.

Ela esticou os dedos gorduchos e rosados para ele, mas Dan Crane sabia muito bem que aquela era uma mulher de comportamento duvidoso, beijando-o num instante e mordendo-o em seguida. E o que era pior: ele não tinha permissão para se defender. O Velho dava um monte de ordens pela casa, sendo que a maioria podia ser ignorada. Apenas uma era sempre reforçada: ninguém podia encostar a mão em Victoria — nem mesmo se ela enfiasse o dedo no seu olho, mordesse seu dedo ou desse uma pancada na sua cabeça com um taco de *croquet*. Em sua vida, ela já fizera todas aquelas coisas a Dan Crane e seu cálice de amargura transbordara.

— Danny...

Ela abraçou a cintura dele, que sentiu a maciez dos cabelos da irmã e sua alegria matinal. Subitamente, lamentou ter nutrido tanto ressentimento. Ela continuava a repetir seu nome com aquela boca que mais lembrava um botão de rosa, idolatrando-o com olhos cheios de magia.

— Querida Vicky — murmurou ele. — Minha queridinha.

Ele sentou no degrau de baixo e ela tocou o rosto dele e acariciou sua mão, ronronando de felicidade em vê-lo. Aquela inocência toda quase o tomou por completo, deixando-o sob o domínio dela. Ele a abraçava forte e beijava-lhe os cabelos macios na nuca.

— Beijo — implorou. — Beijo irmão.

Como uma rosa flutuante, sua boca se aproximou dos lábios dele, que fechou os olhos numa deliciosa recepção. Mas um diabinho irrompeu dentro dela e seus dentes brilhantes morderam-lhe o lábio inferior, num ataque terrível. Gritando, ele soltou os braços, caindo na escada com a boquinha ainda presa à sua. Quando ela o soltou, Dan Crane ficou no chão, chorando. Cobriu o rosto com as mãos e chorou mais forte.

— Victoria! — disse a mãe. — Menina má!

Aquilo assustou a criança, que começou a guinchar. A sra. Crane se abaixou para examinar o lábio trêmulo de Dan. Ele agora chorava com fervor, sabendo que a mordida o salvara e que não precisaria mais subir e mudar de roupa, nem tampouco tomar café da manhã. Tudo o que precisava fazer era continuar com todo aquele sofrimento, deixando a angústia escapar do peito, enquanto a mãe o abraçava com carinho, fungando desconfiada, mas ainda assim o consolando.

Como um homem sofrido, cambaleou até a cozinha e desabou no banco no cantinho do café da manhã. Através das lágrimas, via o bacon e os ovos, o cereal, o suco de laranja, o copo de leite. Era mais do que podia suportar. Uma nova enxurrada de tristeza fluiu de seus olhos, enquanto o corpo todo tremia.

— Por favor, mãe! Ah, mãe, mãe! Eu te imploro, mãe. Não me faça comer!

Ela passou a mão no cabelo sujo do menino, sentindo areia e piche nos dedos. — Claro que não, Danny!

Ele não se levantou inesperadamente ou bateu em retirada. Por alguns instantes, continuou a soluçar. Até mesmo Vicky, arrependida, ficou emocionada diante de seu sofrimento. Ela se aproximou dele e esfregou sua mão numa bochecha ainda molhada pelas próprias lágrimas.

Ele teve vontade de apertá-la, mas lembrou o quanto lhe fora útil. Com suspiros profundos, deixou a cozinha mancando levemente, mas sem exagerar. Ao chegar à varanda, deixou para trás a máscara da tristeza e os olhos começaram a bailar com a perspectiva daquele novo e belo dia. Em voz baixa, deixava escapar alguns sons guturais, elaborando uma frase enquanto pensava na mãe.

— Otária — disse ele, sorrindo. — Que otária.

Um vulto furtivo no canto da garagem chamou sua atenção. Era Johnny Stribling, o vizinho. Estava armado até os dentes: uma faca de borracha na boca, um rifle nas mãos e duas Gene Autry .45 amarradas na cintura. John Stribling era o inimigo jurado da lei e da ordem no Oeste. Ele vagava noite e dia pelas planícies, atirando nos policiais, esfaqueando xerifes, fazendo emboscadas contra os delegados. Por duas semanas, desde o início das férias de verão, Stribling deixara uma trilha de sangue e mortes em seu rastro. Suas armas faziam chk! chk! com o movimento da língua contra o céu da boca.

Crane tinha matado muita gente sozinho. Levou exatamente dois segundos para analisar a situação. Em seguida, entrou em ação. Com uma carabina incendiária numa das mãos e um revólver Hoppy six-shooter dourado na outra, saltou da varanda e cumprimentou o vizinho.

— Quem você está procurando, Johnny?

A saudação irritou Stribling, fazendo com que voltasse para a sórdida realidade de um quintal no sul da Califórnia, sobre o qual pairavam as indumentárias da família Crane: roupas de baixo, shorts e camisas.

— Que foi?

— Quer brincar comigo?

Stribling o estudou com olhos de lince. — Quer ser a lei?

— Não. Quero ser Billy the Kid.

— Não, senhor. Tem que ser a lei.

— E ser morto? Sem chance.

— Então não tem brincadeira.

John Stribling caminhou todo emproado até o portão dos fundos, chocalhando sua artilharia.

— Espera, Johnny. Eu brinco.

O fora da lei se virou. Seus lábios cruéis estavam sorrindo.

— Acabei de roubar o banco de San Juan. Matei três homens. Atirei para valer por toda parte. Mandaram um pelotão atrás de mim. São vocês. Conte até cem e venha me pegar.

— Tudo bem.

Dan Crane não sabia contar até cem. Depois do dezenove, simplesmente começava a balbuciar algumas palavras. Mas sabia quanto tempo levava mais ou menos para chegar a cem. A imbecilidade extrema da lei minava sua empolgação com a brincadeira. A lei não era boa. A lei eram as pessoas mais velhas, como sua mãe, seu pai e a professora, dizendo-lhe o que fazer, o que comer e quando comer. A lei te mandava para cama e te acordava. A lei lavava seu rosto, enfiava uma toalha no seu ouvido, fazia você ir à escola e à igreja. A lei o ofendia, lhe dava dor de barriga, o insultava. E, no fim, a lei acabava derrotando o fora da lei. Com o coração angustiado, ficou ali parado, sem querer tomar parte na vitória que seu papel representava.

Colocou-se a procurar o inimigo. Sabia onde Stribling se escondia, pois tinham brincado uma centena de vezes. Descendo o beco cinco casas, entre as folhas da grande figueira dos Beckers, encontraria John Stribling. Tudo o que precisava fazer era dar a volta e entrar no quintal pela rua, caminhando na ponta dos pés pelo caminho de entrada dos Beckers, e Stribling estaria na mira de sua carabina. Mas Crane se entregara ao espírito de tragédia e o velho instinto de caça o abandonara. Com passos fortes, marchou pelo beco sem qualquer esforço para ser discreto. Era como se seu coração ansiasse pela bala do fora da lei.

— Chk! chk! — veio a rajada mortal da figueira.

Crane cambaleou, sentindo a dor quente e lancinante do projétil embaixo do coração. A carabina caiu de seus dedos e ele correu com pés embriagados até desabar. Soltando um urro de triunfo, Stribling saltou da árvore e foi até ele. Crane estava muito mal. A bala atravessara-lhe o corpo e o sangue jorrava da ferida. Enfraquecido, tentou sacar o revólver. Com um sorriso cruel nos lábios, Stribling esperou até que a mão de Crane tocasse a arma. Atacou-o então com a faca de borracha, jogando-se sobre aquela figura fragilizada e desferindo golpes. Depois de um espasmo, a vida se esvaiu do corpo massacrado de Crane: estava completamente imóvel. Morto. A brincadeira chegara ao fim. Era hora de começar tudo de novo.

Crane morreu outras duas vezes aquela manhã. No papel de Hopalong Cassidy, arrancaram seu coração e o jogaram aos urubus do Arizona. Como Lone Ranger, o cavaleiro solitário, sua morte foi ainda mais terrível. Stribling o amarrou a uma árvore e arrancou suas orelhas a bala; quando ele se recusou a revelar o lugar onde o carregamento de ouro estava guardado, o fora da lei cortou fora seu nariz com a faca de borracha. Crane desabou num lago de sangue, gemendo de dor, mas carregando o segredo pela eternidade.

As mortes poderiam ter continuado por toda a manhã se eles não tivessem encontrado as garrafas de refrigerante. Havia dez cascos vazios num saco de estopa jogado entre as moitas do beco. Valiam tanto quanto ouro, cinco centavos cada. Os meninos carregaram a pilhagem numa carroça e a levaram ao mercado. Quando saíram de lá, cada um com vinte e cinco centavos, eram homens ricos, esbanjando o dinheiro em gomas de mascar e chocolates na farmácia.

Era como uma festa nababesca e secreta. Escondidos no teto da garagem de Crane, chafurdavam em silêncio, deitados de barriga para baixo. O sol quente do meio-dia derretera o chocolate, que eles raspavam da embalagem com os dentes e lambiam dos dedos. Viraram-se de costas e colocaram a goma de mascar, quente e deliciosa, em suas mandíbulas, mastigando lentamente, de olhos fechados, deleitando-se com o líquido doce que lhes escorria pela garganta.

— Danny!

Era sua mãe, que o chamava da varanda dos fundos.

— O que você quer?

— O almoço está pronto.

Crane resmungou. Só de pensar em almoçar a goma de mascar se transformara em fel. Ele a cuspiu, com desgosto.

Desceram da garagem, pulando na cerca e depois no gramado. Stribling foi para casa. Crane abriu a mangueira e deixou a água escorrer pela boca, secando-a com a manga da camisa. Olhou para a porta da cozinha e refletiu por um instante. O almoço provavelmente seria um prato de sopa de tomate, um sanduíche e um copo de leite. Não havia escapatória, a não ser por meio de uma revolta total. Ele estava de mau humor, sentindo o estômago pesado. Com a cara fechada, entrou na cozinha.

Era isso mesmo: sopa de tomate, sanduíche e leite.

Nick estava quase acabando. Engoliu todo o leite e afastou a cadeira.

— Estava muito bom, mãe. Obrigado.

— Bobão — desdenhou Dan.

— Quem você está chamando de bobão?

— Você, cara. *Faz* alguma coisa.

A sra. Crane interrompeu. — Vá sentar, Danny. Coma seu almoço.

— Não estou com fome.

— Mas nem tomou o café da manhã.

— Ainda não estou com fome.

— Você está se sentindo bem, Danny?

— Nunca me senti tão bem em toda a minha vida.

A raiva deixou a voz de sua mãe mais aguda. — Dan Crane, não vou admitir que me desrespeite. Já para o seu quarto.

Sem se abater, Crane subiu para o quarto e se jogou na cama. Ficou encarando o teto e sonhando em ter um asno, um simples burrinho simpático, com o qual pudesse fugir de Los Angeles e ir para Sacramento, terra de seu avô, onde os montes eram cheios de ouro, onde um homem podia enriquecer e cuidar da família. Sorriu ao se ver como um homem rico, jogando pepitas para a mãe, que chorava, arrependida de tê-lo maltratado nos velhos tempos.

Às três da tarde, ele ouviu os balbucios de Victoria através da parede e se deu conta de que a irmã acordara do sono vespertino. Pensou em Vicky no berço, rosada, com olhos brilhantes, cantando para si mesma e sentiu uma vontade incontrolável de vê-la.

Ela estava deitada entre bonecas e ursinhos de pelúcia, com as pernas para o ar, cantando para os dedos do pé.

Dan ficou ali parado, admirando-a em silêncio, encantado por seus olhinhos cheios de sono e os lábios vermelhos.

Como sempre, a beleza dela arrefecera seu instinto assassino e ele balbuciou para ela: — Que menina linda. Linda, linda, linda.

Os dedos rosados de Victoria exploraram os olhos e as orelhas do irmão e ele disparava beijinhos quando tocavam seus lábios. As pequenas unhas tatearam suas narinas. Ela parecia esperar até que ele estivesse completamente hipnotizado. Então, deu o bote outra vez. As unhas cravaram fundo. A dor era insuportável. Nos dedos e escorrendo pela camiseta, ele viu não o sangue de Hopalong Cassidy ou de Lone Ranger, mas o sangue espesso, rubro e inestimável de Daniel Crane.

— Mãe, me ajude! Mãe, mãe!

Ela o encontrou no banheiro, tremendo de medo, apertando uma toalha tingida com o líquido escarlate contra o rosto. Dois cubos de gelo envoltos num pano rapidamente interromperam o sangramento e a sra. Crane perdoou tudo e deixou que ele saísse outra vez. Ele não reclamou quando ela sugeriu que mudasse de roupa. Voltou vestindo trajes limpos e parou diante dela, vencido e um tanto triste. Subitamente, abraçou-a e deu-lhe um beijo que a deixou intrigada, pois Crane era um sujeito durão, avesso a beijar a mãe.

Ele a deixou ali, aturdida, e saltitou escada abaixo. O cheiro de fígado, bacon e feijões cozidos vinha da cozinha. Sentiu-se completamente tomado por uma fome insana e correu até lá. O fígado e o bacon cantarolavam na frigideira e os feijões chiavam numa bandeja marrom no forno. Mas tudo estava quente demais para ser tocado. Abriu a geladeira, tirou um pedaço de queijo de meio quilo e uma maçã e os colocou debaixo do braço. Levou uma garrafa de leite aos lábios e bebeu quase tudo de uma só vez. Fechou o refrigerador e saiu.

O jantar ficou pronto uma hora mais tarde, mas Dan Crane não conseguia comer. A saciedade plúmbea do queijo cheddar pesava em seu estômago e quando a sra. Crane serviu o fígado com bacon, os feijões assados e uma salada de alface e pepino, Dan ficou encarando o prato, desamparado, enquanto ouvia o irmão dizer: — Uau, mãe, eu adoro fígado com bacon. Os feijões também são uma delícia.

— Qual o problema, Danny? — disse o sr. Crane.

— Não estou com fome, pai.

— Mas você nem *experimentou* o fígado com bacon — disse Nick, impaciente.

Dan baixou o queixo e fechou a cara.

— Estou muito preocupada com esse menino — disse a sra. Crane. — Ele simplesmente parou de comer.

O sr. Crane estudou o rosto retorcido de Dan. — Ele vai comer. Só não está com fome. Não é, Danny?

Dan Crane olhou para o pai do outro lado da mesa e ondas de amor e ternura irradiaram de seus olhos. A carranca deu espaço a um leve sorriso nos lábios e duas lágrimas caíram sobre o prato vazio.

— Ó pai! — soluçou ele. — Você é o único no mundo inteiro que me entende.

— Eu tento — disse o sr. Crane, sorrindo para o filho. — Faço o melhor que posso. Pode levantar da mesa, se quiser.

— Obrigado, pai.

Dan afastou a cadeira e se encaminhou para a porta da frente. Ouviu a voz da mãe vindo da sala de jantar, tomada de preocupação. — Converse com ele. Estou tão preocupada. Tem dias que não come.

Sentado nos degraus da varanda, com o queixo nas mãos, Crane esperava pelo pai. Pensava numa vida melhor para si próprio, longe daquilo tudo, uma vida de vagabundo, ele e seu pai a viajar clandestinos em trens de carga, pegar carona pelas estradas, vivendo como homens livres, viajando juntos por todo o planeta, amigos até o fim.

O sr. Crane abriu a porta de casa e sentou ao lado do filho. Um enorme gêiser de autopiedade começou a irromper na garganta de Dan, subindo até resultar em lágrimas. Chorava em silêncio. O sr. Crane colocou o braço nos ombros do menino.

— Diga, Dan. Qual é o problema?

Dan não conseguia pensar em nada, então continuou a chorar até que uma ideia lhe veio em mente. — Eu me sinto sozinho, pai. Ninguém gosta de mim. É por isso que não como, pai. Porque me sinto sozinho o tempo todo.

O sr. Crane levou cinco minutos para derrubar aquela desculpa e convencer Dan que não estava sozinho. Na verdade, ele tinha muitos amigos e sua família o amava de verdade.

Com um lenço, enxugou as lágrimas de Dan. O menino olhou para a testa franzida do pai, a preocupação em seus olhos. Estava se saindo muito melhor do que podia imaginar e decidiu ir até o fim.

— Estou com saudade da escola, pai — mentiu ele. — Quero voltar e aprender a ler e escrever.

— Que bom, filho. E você vai aprender, mas não precisa ter pressa. Você tem tempo de sobra.

Dan abraçou o pescoço do pai. — Caramba, pai. Você é demais. De verdade.

O sr. Crane desencavou uma moeda de cinquenta centavos do bolso. — Vá tomar um leite achocolatado na drogaria, *Danny boy*. Vai te fazer bem. É cheio de proteínas.

Como num sonho, Dan Crane foi até a drogaria. Escalou o banco em frente ao balcão, com o dinheiro na mão. E quase chegou a pedir um leite achocolatado, mas felizmente seus olhos recaíram sobre um saboroso cartaz no espelho atrás do balcão: era uma maravilha feita de sorvete, grãos de nozes, cerejas marrasquino, rodelas de banana, chantilly e caldas coloridas.

— Uma banana split — pediu.

À meia-noite, uma fome desvairada assombrou Dan Crane. Uma fome de coisas simples, como pão, carne e feijão. Deitado na cama, enquanto seu irmão Nick roncava baixinho do outro lado do quarto, ele teve uma imensa sensação de vazio no estômago.

Em silêncio, escorregou da cama e na ponta dos pés atravessou o corredor e desceu a escada. Como um fantasma nu, flutuou pela cozinha. Sua mão treinada não fez qualquer ruído para abrir a geladeira. Vasculhou o interior iluminado. Os feijões assados estavam numa tigela e o fígado com bacon em outra. Dan as abraçou junto ao peito, suportando sem reclamar o frio do contato com a pele.

No minuto seguinte estava de volta na cama, deitado de bruços, com a comida à sua frente e a coberta por cima.

A comida estava bem fria, mas aquilo não era problema, pois ele era Dan Crane da Polícia Montada do Noroeste, vivendo num iglu no Extremo Norte, e comia carne de urso. O ronco de Nick eram os uivos dos lobos lá fora. Crane, da Polícia Montada, comeu dois pedaços de fígado frio e três punhados de feijões gelados antes de sentir os efeitos do sono. Mal conseguiu tirar a comida da cama e colocá-la atrás do aquecedor; de fato, sua mão adormeceu e ele não teve forças para trazê-la de volta para debaixo do cobertor antes que uma nova onda de sono o levasse para outro mundo.

Já era manhã quando acordou. Mais uma vez, aquela voz subia pela escada:

— Levanta, *Danny boy*! O café está pronto.

Caramba, que mulher chata. Dan Crane resmungou. Não queria comer. Nunca mais voltaria a comer.

A PRIMEIRA VEZ QUE VI PARIS

Eu descia a Avenida George V por volta das oito da noite, me arrastando em meio a uma onda de calor, com o casaco no ombro, perguntando a mim mesmo como diabos aqueles franceses conseguiam passar o dia inteiro vestidos como pinguins, com seus colarinhos engomados e gravatas, e as mulheres sempre elegantes, usando vestidos-balão, algumas chegando a usar casacos de pele em pleno calor. Mas a maioria das garotas vestindo casacos de pele eram americanas. As estolas de vison são como um crachá de identificação global, tão evidentes quanto as Estrelas e Listras do nosso pavilhão, e significam que estamos indo ao Maxim's e depois a um clube de striptease, nu total, querida, e quando voltamos para o hotel Harry era como um menino de novo.

Já nessa esquina, apoiada no muro da Cruz Vermelha francesa, estava essa velha, tão velha quanto Paris, o ser humano mais velho, torpe e feio que vi em Paris durante nove semanas inteiras, cuja pele era como Notre Dame e os cabelos, grisalhos, sebentos e emaranhados, lembrando um ninho de pombos, e um vestido de algodão que você encontraria em barracões abandonados no Texas Oriental, algo que usariam para tapar um vazamento debaixo da pia... e os tornozelos, roliços como dois postes, inchados, brancos como peixes, jogados em trapos de couro chamados sapatos, e ela chorava com o rosto na dobra do cotovelo, soluçando — um rio de lágrimas de meu filho morreu, ou meu marido, eles o levaram para sempre e eu agora estou sozinha —, algo tão comovente que eu parei e fiquei olhando, sentindo que devia fazer algo, mas o quê? Pelo menos perguntar alguma coisa, a senhora sente dor, precisa de um médico, quer um pouco de dinheiro, madame?

Mas fui embora com o restante das pessoas, todos imunes ao tormento de outro ser humano, passando sem parar no calor da noite, mas depois de atravessar a rua pensei, espera aí, não pode fazer isso, deixá-la ali daquele jeito, precisa voltar e ajudá-la, mas por que deveria? Ninguém dá a mínima, por que eu deveria? Bem, talvez alguém apareça, e eu esperei, e a única coisa que se aproximou para investigar foi um terrier escocês cinzento, e ele estava amarrado a uma coleira, e foi até ela e farejou seus tornozelos brancos como peixe e foi advertido por gritos que o trouxeram de volta a um estado respeitável por sua dona.

Depois apareceu um cavalheiro carregando o casaco no ombro, como eu, talvez fosse um padeiro, ou talvez um estucador, com o pó de um bom dia de trabalho a cobrir-lhe de leve, e ele parou e esfregou o queixo e seguiu em frente, e então olhou mais uma vez sobre o ombro e partiu para sempre. Eu e ele, digo, eu e ele.

Meu Deus, ninguém se importa com nada, que civilização, Jacques Fath e sua *pâtisserie* e Judas como te passam a perna nos bistrôs com todas aquelas mulheres, que país, não é de admirar que tenham sido derrotados. Nem dois policiais que se aproximaram e ficaram a um metro dela e engancharam os polegares nos cintos e olharam para o céu e obviamente disseram Deus, bem que podia chover um pouco.

Eu disse bem, seu otário, está gostando disso ou o quê, então por que continua a assistir, está se divertindo? Dei as costas e caminhei por um quarteirão até chegar ao hotel, em meio a um grupo de garotos esperando que Le Presley saísse, quando entrei e pedi minha correspondência. Não havia correspondência. Quase que subitamente me pus a chorar pela minha bela Califórnia, e me dirigi ao bar, completamente majestoso com suas paredes de sete metros cobertas por painéis de mogno, simplesmente fantástico, e me sentei numa poltrona vermelha e olhei ao redor procurando um garoto que conheço de Fresno que de vez em quando aparece por aqui apressado para tomar uma cerveja, mas não encontrei ninguém, exceto uma princesa hindu, uma estrela do cinema italiano, um condessa que não é condessa de verdade, quatro voluptuosas prostitutas orgulhosas da profissão, e terrivelmente caras, e os franceses elegantes de sempre em seus ternos escuros e colarinhos engomados que vestem como suéter. Tomei dois *highballs* enquanto garotas fantásticas demais para serem tocadas flutuavam diante dos meus olhos.

E de repente lá estava ela de novo, aquela velha senhora na esquina — seria possível que ainda estivesse ali? Não podia ser possível, e se fosse, e tudo me voltou à mente, essa coisa, esse lapso terrível de imbecilidade divina que me instiga e acaba comigo, sempre querendo saber das pessoas, jamais as deixando em paz.

Ela ainda estava lá, vi a meio quarteirão de distância, não tinha se movido no calor da noite, e aquilo começou a me irritar, e eu disse é um embuste, ela é uma indigente seu idiota, as pessoas lhe dão moedas por pena, será que não vê? Mas ninguém lhe dava coisa alguma a não ser um olhar de soslaio, e quando cheguei à esquina e ela estava do outro lado da rua, sua dor recomeçou, pesada, rasteira e manca no calor da noite, e aquilo me entristeceu de verdade, e vi que precisava ajudar aquela mulher ou aquilo continuaria a me martelar, e talvez tirar outra lasquinha da minha própria morte neste mundo.

Atravessei a rua e parei diante dela, e meu francês magistral assumiu o controle, e eu disse há algo de errado madame, posso ajudá-la, *señora*, não falar *français*, *madama, parla um poco italiano*, precisa — eu te dou, qual o problema, minha senhora? E então toquei a pele da velha Notre Dame, minha mão suave sobre a gárgula, e me perguntei subitamente assustado será uma santa, aquilo era possível porque as santas podem ser pessoas estranhíssimas nos lugares mais impensáveis.

Ela se virou e olhou para mim, os olhos pequeninos e enrugados, lágrimas grandes como pingos de chuva desabando no calor da noite. Eu disse, por favor, madame, você não chorar mais, eu te ajudo, precisa de um médico, precisa de comida, vinho, qualquer coisa que seu coração deseje, e saquei algumas cédulas enormes de dinheiro feitas de papel, e disse pegue, *pour vous, merci*, por favor, *gracias*, o prazer é meu. Ela sacudiu a cabeça e parecia dizer seu imbecil, e chorou ainda mais.

Fiquei em pânico, perdi o controle, e segurei esse cavalheiro pelo braço, ele carregava um guarda-chuva e vestia um paletó xadrez e podia ser o embaixador da França, e eu disse, pelo amor de Deus, descubra o que há de errado com ela, e ele pareceu surpreso e se virou e falou com ela num sussurro melódico e íntimo, carinhoso como um filho, e ela respondeu num tom baixo e íntimo, carinhosa como uma mãe.

Ele se virou para mim e disse: — Ela não quer coisa alguma, apenas que a deixem em paz com sua dor. — Curvou-se como o embaixador francês e foi embora.

Soltei um suspiro no calor da noite e voltei ao hotel, passando pelos garotos que esperavam por Le Presley, e pedi um drinque, e num certo momento engasguei diante da dignidade do homem e subitamente Paris era uma grande cidade.

NOTAS DO EDITOR

As notas que se seguem oferecem algumas informações básicas sobre as histórias contidas neste livro. Os leitores em busca de aprofundamento poderão se interessar por meu livro *Full of Life: A Biography of John Fante.*

Fante escreveu "Quaquaraquaquá, Dibber Lannon" no final de 1936 ou no início de 1937, quando ainda era solteiro e morava com os pais em Roseville, no número 211 de Pleasant Street. A referência do narrador ao Papa Pio é sobre Pio XI (Achille Ratti), pontífice de 1922 a 1939. Os autos eram peças religiosas, muitas vezes alegóricas, encenadas nas escolas primárias e secundárias católicas na época do Natal e da Páscoa.

Fante morava num apartamento em Long Beach com Helen Purcell, no número 926 da East Fourth Street, quando escreveu "A mãe de Jakie", no início de 1933. O modo como Petey morre na história remete à morte do primo favorito de Fante, Mario Campiglia, atropelado por um carro em Denver ainda quando garoto. A cena do luto na sala de estar, na qual Petey está deitado dentro do caixão, pressagia "Um de nós", história que Fante viria a escrever baseando-se com maior proximidade à morte do primo.

"As suaves vozes silentes" é uma história ainda mais antiga, escrita no início de 1932, quando Fante morava em Long Beach e recebia sua correspondência via posta-restante. No manuscrito, a página-título indica que esse foi o primeiro de seis esboços breves; os outros cinco não sobreviveram.

"Bote na conta", publicado na edição de abril de 1937 da *Scribner's Magazine*, é uma tentativa inicial do que no ano seguinte viria a se tornar o quarto capítulo de *Espere a primavera, Bandini.*

Embora os manuscritos de "O criminoso" e "Uma mulher do mal" não contenham datas ou endereços, os dois demonstram sinais de terem sido escritos no final da década de 1940, no rastro dos anos caóticos da guerra.

O narrador anônimo de "Um sujeito monstruosamente esperto" pressagia o Arturo Bandini de *A estrada para Los Angeles*, concluído em 1936, mas publicado só em 1985. Como Arturo, o narrador da história é um jovem escritor obcecado por si mesmo, que dispara suas referências literárias a torto e a direito, muitas das quais hoje em dia podem soar obscuras. Além de nomes prontamente reconhecíveis, como Voltaire, Nietzsche, H. L. Mencken, Sinclair Lewis, Sherwood Anderson e Ralph Waldo Emerson, ele invoca as figuras de James Gibbons Huneker (1860-1921), músico e crítico literário americano; George Jean Nathan (1882-1958), crítico dramático americano que trabalhou com Mencken em *The American Mercury*; E. Boyd Barrett (1883-1966), psicólogo dublinense autor de *O enigma jesuíta* (1927) e *Ex-jesuíta* (1931); James Branch Cabell (1878-1959), prolífico escritor americano cujo romance *Jurgen: Uma comédia de Justiça* (1919) se tornou uma *cause célèbre* literária quando foi proibido e posteriormente inocentado de acusações de obscenidade; Everett Dean Martin (1880-1941), psicólogo social americano e autor de *O comportamento das multidões* (1920) e *O significado da educação liberal* (1926); e William Jennings Bryan (1860-1925), o orador americano e eterno candidato democrata à presidência. Nesta história, Fante também utiliza os nomes de diversas pessoas a quem conheceu em sua vida pessoal. A irmã Mary Ethelbert foi uma de suas professoras na escola de alfabetização do Sagrado Coração de Jesus em Boulder. Padre Benson era um inspetor da Escola Média de Regis, em Denver, na época em que Fante a frequentou, e Paul Reinert e Dan Campbell eram colegas de classe e de time na equipe de beisebol do colégio, os Clovers. Reinert depois se tornou padre jesuíta e presidente da Universidade de Saint Louis.

"...E a chuva levou" apareceu na edição de outubro de 1934 da *Westways*. Aqui, mais uma vez Fante sacia sua inclinação a misturar ficção e realidade — astutamente confundindo as duas. "Quando lhe disse que levei uma garota chamada Helen Purcell para o Hotel Biltmore de Santa Barbara, era verdade", confessa o narrador, usando o nome da namorada de Fante na época, só para se contradizer em seguida: "Mas não existe nenhuma Helen Purcell que eu conheça."

Fante escreveu "Sou um escritor da verdade" em papel timbrado da MGM no início de 1936, quando era cliente da agente literária nova-iorquina Elizabeth Nowell. Numa troca de correspondências notável, que durou grande parte daquele ano, Nowell fez com que Fante lesse o grande romance *Fome*, de Knut Hamsun, que por sua vez exerceu uma influência decisiva sobre o estilo de Fante em *A estrada para Los Angeles*, *Espere a primavera*, *Bandini* e *Pergunte ao pó*.

Quando "Prólogo para 'Pergunte ao pó'" foi publicado pela editora Black Sparrow em 1990, faltava a última página do manuscrito sem título de Fante. Aquela página foi restaurada nesta edição. Corria o início de 1939 quando Fante escreveu este resumo notável da história que viria a se tornar *Pergunte ao pó*. A primeira página do manuscrito indicava que Fante originalmente enviara o texto a William Soskin, seu editor na Stackpole Sons. Antes de mandar as páginas a Soskin, porém, Fante as mostrou ao vizinho, Daniel Mainwaring, um ex-jornalista que trabalhava na época como publicista cinematográfico e depois se lançaria numa bem-sucedida carreira como romancista (sob o pseudônimo Geoffrey Homes) e roteirista (*Fuga do passado*, *Vampiros de almas*). Mainwaring insistiu para que Fante repensasse sua estratégia de revelar o fim do romance logo no início, com o desaparecimento de Camilla no deserto narrado no primeiro parágrafo da história. Mesmo resistindo inicialmente à sugestão de Mainwaring, Fante acabou mudando de ideia e o resultado foi *Pergunte ao pó*.

A história aqui publicada com o título "Viagem de ônibus" foi escrita como o segundo capítulo do romance inacabado de Fante sobre os trabalhadores rurais filipinos na Califórnia, *The Little Brown Brothers*. A história recomeça com o protagonista Julio Sal, a partir do ponto onde termina o conto "Helen, sua beleza é para mim —", que seria o primeiro capítulo do romance. Fante trabalhou com grandes expectativas no projeto do início a meados dos anos 1940, até finalmente abandonar o projeto em 1946.

Embora o protagonista de "Mary Osaka, eu te amo" se chame Mingo Mateo, Fante planejava usar uma versão revisada da história, na qual o nome de Mingo seria mudado para Julio Sal e usada na conclusão de *The Little Brown Brothers*.

Tal plano nunca foi posto em prática. "Mary Osaka, eu te amo" foi publicado na edição de outubro de 1942 de *Good Housekeeping*, precedida pela seguinte "Nota do Editor":

> Em nossa opinião, esta é uma das melhores histórias do ano. Por motivos óbvios, o texto foi enviado ao Escritório Executivo do Presidente, Escritório de Administração de Emergência, Washington, D.C. De acordo com a visão do governo, o texto não apresenta qualquer efeito de propaganda digno de censura. Segundo disse, em parte, o Escritório de Informações da Guerra: "O governo reconhece que há um grande número de nipo-americanos leais e leva em consideração as dificuldades sofridas no período da guerra... A Autoridade de Remanejamento de Guerra, ao estabelecer seus Centros de Remanejamento, entrou em ação para proteger esses nipo-americanos leais. Tais centros não são meros campos de internação; os cidadãos americanos que lá se encontram mantêm todos seus direitos ao voto, o acesso à Justiça etc.

O hino de Mary em homenagem à América, pelo qual Mingo tem uma síncope, é um verdadeiro catálogo de personagens e fenômenos genuinamente americanos: entre outros estão Artie Shaw e sua *big band*, Joe DiMaggio e suas habilidades no beisebol, Cab Calloway e seu jazz, o Presidente Roosevelt, calças femininas e assim por diante. Contra tudo que é bom na América, a história aponta um único vilão: "um homem chamado Yamamoto". Comandante da Frota Imperial Japonesa, o almirante Yamamoto (1884-1943) organizou o ataque a Pearl Harbor em 7 de dezembro de 1941. Nas palavras do *Los Angeles Times*, o ataque frio e traiçoeiro de Yamamoto representava "o ato de um cachorro louco, uma afronta mafiosa a todos os princípios de honra internacionais". Apesar do sucesso inicial, ao final da guerra o Japão foi derrotado e Yamamoto perdeu a vida.

"Domesticando Valenti" foi publicado na edição de abril de 1941 da *Esquire*.

Fante escreveu "O caso do escritor assombrado" e "O sonho de Mama" no final dos anos 1940, quando, depois de desperdiçar a segunda metade da década jogando golfe e bebendo, tentava retomar seu foco como romancista.

"Os pecados da mãe" foi publicado originalmente na edição de dezembro de 1948 de *Women's Home Companion* como "O vinho da juventude".

Em "A grande fome" (revista *Collier's*, 2 de agosto de 1952), Fante volta a misturar ficção e realidade. Embora o sobrenome do protagonista seja Crane, e não Fante, o jovem Dan tem o mesmo nome do próprio filho de Fante, assim como seu irmão se chama Nick e a irmã Vicky.

Fante escreveu "A primeira vez que vi Paris" no verão de 1959, quando morava em Paris e escrevia um roteiro para o produtor Darryl F. Zanuck. Elvis Presley se hospedou por um tempo no mesmo hotel que Fante, o Hotel Prince de Galles, na Avenue George V. Quando o escritor e o roqueiro foram apresentados, trocaram um aperto de mão amigável e Fante depois faria referência a Presley como "um bom garoto". "A primeira vez que vi Paris" trata de um encontro ainda mais sobrenatural, que se cristaliza quando o narrador toca a pele murcha da velha que chora, "minha mão macia sobre a gárgula, e me perguntei subitamente assustado será uma santa, aquilo era possível porque as santas podem ser pessoas estranhíssimas nos lugares mais impensáveis".

John Fante, reze por nós.

Este livro foi composto na tipologia Sabon LT
Std, em corpo 10,5/15, e impresso em
papel off-white no Sistema Cameron da
Divisão Gráfica da Distribuidora Record.